Le Libraire

« *L'ANGE ÉCARLATE*, UN ROMAN OÙ L'ESPRIT GOTHIQUE SE MÊLE AU CONTEMPORAIN ET OÙ LE VAMPIRE S'ÉLOIGNE DE TOUS LES CLICHÉS. [...] LE DÉBUT D'UNE SAGA QUI S'ANNONCE ORIGINALE, COMPLEXE ET COMPLÈTEMENT TORDUE. »

La Presse

« L'INTRIGUE DE *L'ANGE ÉCARLATE* SE DISTINGUE PAR SES PERSONNAGES INTROSPECTIFS ET SON IMAGINAIRE DÉBRIDÉ [...] ET NOUS INTRODUIT LENTEMENT DANS UN RICHE UNIVERS GOTHIQUE, PEUPLÉ D'ÊTRES ÉNIGMATIQUES. »

Voir – Montréal

« UN PREMIER ROMAN FORT DÉRANGEANT QUI ANNONCE UN CYCLE PROMETTEUR... »

Ailleurs

« L'UNIVERS SOMBRE ET CRUEL CRÉÉ PAR NATASHA BEAULIEU EST À LA FOIS FASCINANT PAR SA COHÉSION ET PAR LE MYSTÈRE DONT ELLE ENTOURE SES PERSONNAGES. »

Accès Laurentides

… ET DE *L'EAU NOIRE*…

« *L'EAU NOIRE* CONFIRME QUE LA MAÎTRISE
ET LE TALENT DE LA ROMANCIÈRE
N'ONT CESSÉ DE S'AFFINER […] »
Le Libraire

« […] UNE ŒUVRE MYSTÉRIEUSE,
SENSUELLE ET TROUBLANTE. »
Solaris

« […] *L'EAU NOIRE* EST UNE ENVOÛTANTE
PLONGÉE DANS L'UNIVERS SENSUEL ET TROUBLANT DE NATASHA BEAULIEU. »
Infoculture.ca

« UNE HISTOIRE
À LA TROUBLANTE SENSUALITÉ. »
Les Chroniques d'ailleurs

« CONTRAIREMENT À BEAUCOUP DE SÉRIES,
NATASHA BEAULIEU A RÉUSSI LE PRODIGE DE
FAIRE UN SECOND TOME À LA FOIS DIFFÉRENT
DU PREMIER, MAIS ENCORE PLUS FASCINANT,
ENCORE PLUS MYSTÉRIEUX,
ENCORE PLUS ENVOÛTANT ! »
Les Chroniques de l'Imaginaire

L'Ange écarlate

Les Cités intérieures –1

DE LA MÊME AUTEURE

LES CITÉS INTÉRIEURES

1. *L'Ange écarlate*. Roman.
   Beauport : Alire, Romans 033, 2000.

2. *L'Eau noire*. Roman.
   Lévis : Alire, Romans 067, 2003.

3. *L'Ombre pourpre*. Roman.
   Lévis : Alire, Romans 096, 2006.

Le Deuxième Gant. Roman.
   Lévis : Alire, à paraître en 2010.

L'Ange écarlate

Natasha Beaulieu

ALIRE

Illustration de couverture : JACQUES LAMONTAGNE
Photographie : JÉRÔME ABRAMOVITCH

Distributeurs exclusifs :

Canada et États-Unis :
Messageries ADP
2315, rue de la Province
Longueuil (Québec) Canada
J4G 1G4
Téléphone : 450-640-1237
Télécopieur : 450-674-6237

France et autres pays :
Interforum editis
Immeuble Paryseine
3, Allée de la Seine, 94854 Ivry Cedex
Tél. : 33 (0) 4 49 59 11 56/91
Télécopieur : 33 (0) 1 49 59 11 33
Service commande France Métropolitaine
Tél. : 33 (0) 2 38 32 71 00
Télécopieur : 33 (0) 2 38 32 71 28
Service commandes Export-DOM-TOM
Télécopieur : 33 (0) 2 38 32 78 86
Internet : www.interforum.fr
Courriel : cdes-export@interforum.fr

Suisse :
Interforum editis Suisse
Case postale 69 – CH 1701 Fribourg – Suisse
Téléphone : 41 (0) 26 460 80 60
Télécopieur : 41 (0) 26 460 80 68
Internet : www.interforumsuisse.ch
Courriel : office@interforumsuisse.ch
Distributeur : OLS S.A.
ZI. 3, Corminboeuf
Case postale 1061 – CH 1701 Fribourg – Suisse
Commandes :
Tél. : 41 (0) 26 467 53 33
Télécopieur : 41 (0) 26 467 55 66
Internet : www.olf.ch
Courriel : information@olf.ch

Belgique et Luxembourg :
Interforum Benelux S.A.
Fond Jean-Pâques, 6, B-1348 Louvain-La-Neuve
Tél. : 00 32 10 42 03 20
Télécopieur : 00 32 10 41 20 24
Internet : www.interforum.be
Courriel : info@interforum.be

Pour toute information supplémentaire
LES ÉDITIONS ALIRE INC.
C. P. 67, Succ. B, Québec (Qc) Canada G1K 7A1
Tél. : 418-835-4441 Fax : 418-838-4443
Courriel : info@alire.com
Internet : www.alire.com

Les Éditions Alire inc. bénéficient des programmes d'aide à l'édition de la Société de développement des entreprises culturelles du Québec (SODEC), du Conseil des Arts du Canada (CAC) et reconnaissent l'aide financière du gouvernement du Canada par l'entremise du Programme d'aide au développement de l'industrie de l'édition (PADIÉ) pour leurs activités d'édition.

Gouvernement du Québec – Programme de crédit d'impôt pour l'édition de livres – Gestion Sodec.

1er dépôt légal : 2e trimestre 2000
Bibliothèque nationale du Québec
Bibliothèque nationale du Canada

10 9 8 7 6e MILLE

À Jim Lévesque, pirate urbain.

Table des matières

PROLOGUE

LONDRES, 4 DÉCEMBRE 1664

On aurait dit qu'il était tombé une pluie d'encre, cette nuit-là, sur la Cité de Londres. Seule la flamme des lanternes et des torchères, accrochées à l'extérieur des maisons, permettait aux rares passants de retrouver leur chemin dans le dédale de la Cité.

Serrées les unes contre les autres, les maisons en bois de la paroisse St-Giles-in-the-Fields n'en finissaient plus de craquer sous la tourmente du gel. Grelottant sous son tricot de laine noir, David Fox descendait Drury Lane en marchant d'un pas rapide. Cachés dans une pochette cousue sous son chandail, deux shillings tintaient, don d'un gentleman pour qui il venait de livrer un billet doux chez une jolie jeune dame.

Un peu avant la jonction de Long Acre, le jeune Anglais s'arrêta. Il leva ses mains transies de froid le plus près possible de la flamme d'une torchère, lorsqu'il entendit chuchoter « David ». Surpris qu'on l'interpelle par son prénom – qui donc parmi ses connaissances pouvait être encore dehors à cette heure-ci ? – il jeta un regard aux alentours. Il ne vit d'abord personne.

— David, répéta la voix, à peine plus fort.

Cette fois, le jeune homme distingua de l'autre côté de la ruelle, un peu à l'écart d'une lanterne, une silhouette drapée dans une longue cape. La tête était couverte d'un capuchon.

— Qui êtes-vous ? demanda-t-il, juste assez haut pour être entendu.

— Approche, répondit une voix rauque Je veux te parler.

Stimulé par la témérité de ses seize ans, David traversa Drury Lane. Une fois devant l'individu, dont le visage demeurait caché sous le capuchon, il réitéra sa question :

— Qui êtes-vous ?

— Je suis Listar et j'ai besoin de toi.

— Pour quoi faire ?

— Je t'ai observé. Tu es différent. Je t'ai choisi pour protéger ma Cité.

On ne pouvait reprocher quoi que ce soit à la conduite de David, sinon les espiègleries dont se rendent coupables les garçons de cet âge. Par contre, son étrange regard aux pupilles dorées était la source de bien des ragots. Les citoyens superstitieux évitaient ce jeune homme aux origines obscures, persuadés qu'il valait mieux ne pas le côtoyer. David, d'aussi loin qu'il s'en souvînt, s'était toujours senti « différent » des gens de son entourage, sans pouvoir expliquer en quoi il l'était. De se voir conforter dans cette intuition, au beau milieu de la nuit, par un inconnu sorti de nulle part, le surprenait à peine ; il espérait depuis longtemps ce genre de rencontre révélatrice.

— Pourquoi dites-vous que je suis différent ?

— Parce que je le sais.

— Comment pouvez-vous savoir cela ?

— Je te l'ai dit, répondit l'homme sur un ton agacé. Je t'observe depuis longtemps.

— Ça ne m'explique rien.

— Et je ne vais rien t'expliquer.

— Dans ce cas, vous trouverez quelqu'un d'autre pour protéger votre Cité !

David s'en allait, mais Listar sortit de l'ombre et lui agrippa vivement le bras. Le capuchon glissa et révéla un visage insolite au teint blanc comme de la craie et aux pupilles rouges comme des rubis.

Au contact de la longue main osseuse étonnamment chaude sur sa peau, le jeune Londonien sursauta.

— Si tu acceptes, je te donnerai l'immortalité.

— Vous êtes le diable ?

— Qui je suis n'a aucune importance. Alors, tu acceptes, oui ou non ?

— Où est-elle, votre Cité ?

— Pour l'instant, avec moi. Mais si tu acceptes d'en devenir le protecteur, je vais transférer cette Cité dans ta tête.

— Je ne comprends pas ce que vous dites. Comment pouvez-vous transférer quelque chose dans ma tête ?

— Ça ne s'explique pas, répondit Listar en s'approchant de Fox.

Il fallait une bonne dose de courage pour ne pas s'enfuir devant ce masque d'étrangeté.

— Écoute-moi bien, poursuivit-il en se rapprochant encore un peu. Cette Cité est la mienne. J'en suis le Maître et propriétaire. Elle se nomme Kaguesna. Tout ce que tu dois faire, c'est veiller sur elle jusqu'à ce que j'en aie besoin. Ça pourra être dans deux, cinquante, trois cents ou cinq mille ans ! Peu importe. Lorsque je reviendrai, elle devra être telle que je vais te la confier, c'est-à-dire intacte et déserte.

— De quelle manière puis-je veiller sur votre Cité ? demanda David, perplexe.

— C'est à toi de le découvrir.

— Mais s'il se passe quelque chose dans votre Cité, un jour, comment vais-je pouvoir l'empêcher ?

— C'est à toi de le découvrir.

— Et comment allez-vous me rendre immortel ?

— Dans vingt-cinq ans, je vais revenir vérifier si tu as bien respecté ton engagement. Si oui, je te donnerai l'immortalité. Dans le cas contraire, j'extirperai ma Cité de ta tête et tu demeureras un simple mortel.

Sans plus attendre, Listar prit entre ses mains squelettiques la tête de David. Ce dernier eut à peine le temps de ressentir une vive chaleur contre ses tempes que l'insolite personnage se volatilisa dans la nuit.

De nouveau seul et frissonnant, le jeune Anglais étira les manches de son tricot pour réchauffer ses mains raidies de froid. Il piétina pour réchauffer ses pieds transis. Puis, soudain conscient qu'il n'avait plus rien à faire en ce lieu, il se remit en marche.

Il se questionnait sur ce qui venait de lui arriver lorsqu'une étrange image fit irruption dans son esprit : une tache bleutée au centre d'un tableau noir.

Fasciné, David cessa d'avancer et ferma les yeux. Il vit alors quelque chose d'incroyable. Quelque chose qu'il n'avait jamais vu, ni avant ni ailleurs. Quelque chose qu'il ne pouvait expliquer.

À ce moment, David Fox comprit que Kaguesna était désormais en lui.

Première partie

La Violence noire

Dorval, 29 septembre 1997

Insensible aux réactions d'étonnement qu'il provoquait sur son passage, Ian Béluterre avançait à grandes enjambées dans l'aéroport de Dorval. Sa silhouette, juchée sur des bottes aux semelles compensées, atteignait deux mètres. Sa combinaison de cuir noir laissait deviner des muscles souples et nerveux. À son épaule gauche était accrochée une poche d'armée kaki bien pleine. Sous une dense brosse de cheveux châtain clair, son visage aux traits anguleux était traversé par des *goggles*, aux vitres sombres, serrées autour de sa tête à l'aide d'une bande élastique noire. Sa peau, hâlée, avait l'apparence d'un cuir tanné. L'homme n'avait pas trente ans, mais on lui en donnait facilement quarante. En intensité.

En traversant les différentes aires bondées de l'aéroport, il constata qu'un mécontentement général flottait dans l'air. Ce mécontentement était sans doute provoqué par le récent transfert des vols internationaux de Mirabel à Dorval. Déjà, en attendant son sac d'armée près des tapis roulants, il avait assisté à la colère de plusieurs voyageurs qui ne trouvaient pas leurs bagages. Et maintenant, dans les trop longues files devant les guichets de départ, les vacanciers et les touristes perdaient patience tandis que les préposés à la clientèle tâchaient de garder la leur.

Béluterre aperçut le comptoir d'information. Il s'y dirigea et prit place dans la file en espérant qu'il n'attendrait pas trop longtemps. Il chercha un point d'intérêt qui l'aiderait à patienter.

Il posa son regard sur une file située à sa droite. Ayant compris qu'ils ne pouvaient espérer aucune marque d'attention de la part de leurs parents, préoccupés par le voyage, trois enfants s'étaient inventé un jeu. Un bambin aux longues mèches noires et un autre aux courtes boucles blondes, chacun à califourchon sur une valise, mimaient une course de chevaux. Debout près d'eux, une fillette rousse les observait en se mordant la lèvre inférieure. Elle attendait, le plus sérieusement du monde, le résultat de la course.

La scène fit sourire Ian. À dix ans, dans un parc près de chez lui, il avait vécu une situation presque semblable ; il avait couru contre un autre gamin, sous l'œil attentif d'une adorable rouquine qui avait décidé que le gagnant de cette épreuve gagnait aussi son cœur. Il avait perdu. N'acceptant pas la défaite, il avait balancé un coup de poing en plein visage de son rival, et celui-ci s'était mis à saigner du nez. Ian avait perdu la course et la rousse.

Le cavalier noir éperonnait sa valise-montée en criant des « ya, ya » énergiques. Penché en avant sur son cheval de fortune, le cavalier blond se concentrait sur une route remplie d'obstacles que lui seul pouvait voir.

Béluterre ferma les yeux. Sous ses paupières closes se déroula une courte scène dans laquelle la fillette rousse embrassait le cavalier blond. Au même instant, dans la réalité, le cavalier noir glissait de sa monture et le cavalier blond se redressait sur la sienne en souriant. L'homme à la combinaison de cuir ouvrit les yeux au moment où la princesse rousse embrassait le vainqueur sur la bouche.

La conclusion de la course était telle que Ian Béluterre venait de la prévisualiser.

◆

Après avoir reçu l'information dont il avait besoin et franchi les portes coulissantes automatiques qui donnaient sur l'extérieur, Ian se fraya un chemin parmi les individus encombrés de bagages qui se bousculaient pour prendre le prochain taxi. Il réussit à atteindre le guichet de la compagnie d'autocars. Comme le temps était sombre et pluvieux, il retira ses *goggles* qu'il laissa pendre à son cou.

— *How much for downtown Montreal*? demanda-t-il au jeune homme replet derrière la vitre.

— *Nine dollars*, répondit ce dernier, d'une voix atone, en évitant de croiser une seconde fois le regard bleu profond de ce client à l'allure inquiétante.

Ian tendit un billet de dix dollars canadiens. L'employé lui remit une pièce de monnaie dorée ainsi qu'un ticket.

— À quelle heure le prochain ?

— À sept heures vingt.

Ian jeta un coup d'œil à sa montre-bracelet : il n'attendrait pas plus de sept minutes.

Il alla se joindre aux personnes qui patientaient près du poteau indiquant les départs pour Montréal. Il eut tout de suite droit à un éventail de réactions : un punk aux cheveux roses lui lança un regard d'admiration, une femme à l'allure décontractée sourit, un adolescent à lunettes trouva soudain cet étrange personnage plus intéressant que le magazine qu'il lisait, une femme d'affaires offusquée haussa un sourcil et un enfant se mit à l'observer avec de grands yeux fascinés tandis que ses parents affichaient une expression scandalisée.

À sept heures vingt précises, l'autocar stoppa à l'arrêt. Le chauffeur, un gros homme grisonnant à l'air jovial, descendit du véhicule. Il ouvrit les portes des soutes à bagages et il commença à y glisser les sacs et les valises qu'on lui tendait.

Béluterre garda sa poche d'armée à l'épaule. Pour rien au monde il ne s'en serait séparé. Elle contenait tout ce qu'il possédait.

◆

Une trentaine de minutes après avoir quitté Dorval, l'autocar se gara dans le stationnement arrière du Terminus Voyageur. Montréal était sombre et maussade.

Son lourd sac à l'épaule, Béluterre entra dans le bâtiment et constata que l'atmosphère y était toujours aussi banale et impersonnelle. Trop blanche. Figée quelque part dans les années quatre-vingt. Les mêmes individus mal rasés et à l'allure louche y traînaient, côtoyant des adolescents qui attendaient le retour d'un ami, des amoureux angoissés dissimulant mal leur impatience à retrouver l'âme sœur, des hommes et femmes d'affaires comptant sur la fidélité du service pour arriver à temps à une réunion et des étudiants qui partaient vers Ottawa ou Sherbrooke pour la semaine.

Installés près du Hershel's Deli, seuls les guichets automatiques permettant d'acheter des billets à l'avance, par carte de crédit, faisaient figure de nouveauté.

En empruntant l'escalier mobile qui descendait vers le métro, Ian se rappela l'*Underground* de Londres. Véritable cauchemar pour claustrophobes, ses interminables couloirs rectangulaires, aussi étroits que bas, n'avaient rien à voir avec les spacieux corridors et les hauteurs vertigineuses de la majorité des stations du métro de Montréal. Ce qui n'empêchait pas certains couloirs, comme celui qui reliait le terminus d'autocars à la station la plus près, d'être d'une grisaille déconcertante.

Arrivé près des guichets de la station Berri-UQAM, Béluterre ramassa les hebdomadaires gratuits. Il feuilleta rapidement le dernier-né, *Ici*, puis le glissa sous son bras avec les trois autres. Il s'engagea ensuite dans le couloir qui débouchait au coin de Berri et de Sainte-Catherine, avec l'intention de s'arrêter à La Petite Bouchée.

Il se revit en 1992 – sa première année à Montréal –, sirotant des cafés infects dans ce resto minable qu'il affectionnait. Dès qu'il y mettait les pieds, Gina, la costaude serveuse au large sourire et aux cheveux aussi jaunes qu'une pelure de banane mûre, venait déposer devant lui une tasse de café couleur eau de vaisselle sale. Ian aimait La Petite Bouchée parce que les prix y étaient ridiculement bas et que les clients réguliers étaient tous plus fascinants les uns que les autres. L'énorme Robert parlait de ses différentes obsessions et le vieux Pat, ridé comme un marin, aimait raconter « encore une fois » les plus grands exploits de sa vie. Il y avait aussi Karine, l'adolescente junkie aux yeux cernés de désespoir et aux propos suicidaires, et Dorothée, la femme à l'imagination vive, mais au regard vide, qu'on avait sortie d'institution. Et, bien sûr, il y avait Gina. Modèle de la serveuse parfaitement dévouée, elle survivait de peine et de misère avec son maigre revenu et elle avait depuis longtemps renoncé à faire un surplus avec les pourboires. Mais, plus qu'à l'argent, elle était attachée à ses clients chômeurs, étudiants, déficients et bénéficiaires de l'aide sociale. Gina avait toujours le bon mot ou le bon geste pour réconforter qui en avait besoin. Pendant des périodes difficiles, Béluterre se souvenait d'avoir apprécié, plus d'une fois, sa vigoureuse tape dans le dos matinale.

Lorsqu'il fut presque au bout du couloir, Béluterre s'immobilisa pour contempler les vitrines tapissées de papier brun d'un local plongé dans la noirceur; La Petite Bouchée n'existait plus.

Un des souvenirs de Béluterre était mort.

Et ce ne serait sans doute pas le seul.

MONTRÉAL, 23 MAI 1995

Assis au bord d'un canapé en velours écarlate, les coudes appuyés sur ses longues et minces cuisses gainées de cuir noir, Jimmy Novak observait les invités lorsqu'on l'interpella:

— Jimmy!

Un homme d'une quarantaine d'années, vêtu d'un pantalon et d'une veste en CPV, s'assit près de lui. Même les yeux fermés, Novak aurait reconnu Dek à la fraîche odeur de shampooing aux amandes qui se dégageait de sa courte chevelure blanche.

— Salut, Dek.

— Je suis content que tu sois venu!

— Ça va comme tu veux, ton *party* fétiche?

— Mets-en! Tu vois la Maîtresse en vinyle rouge, près du bar?

Il indiqua une sculpturale femme aux hanches serrées dans une minijupe hyper moulante. Sa taille, étranglée par un corset lacé dans le dos, haussait sa poitrine rebondie. Ses longs cheveux blonds (ou son postiche), attachés en queue de cheval, lui descendaient jusqu'au bas du dos où ils frôlaient le fouet accroché à sa ceinture. Juchée sur des talons aiguilles, fins à percer des trous dans le plancher, elle discutait avec la barmaid en sirotant un martini.

— C'est *Mistress* Olga, de New York, expliqua Dek. Elle a plusieurs célébrités parmi sa clientèle.

Novak haussa les épaules. Les potins ne l'intéressaient pas.

— J'attends aussi *Mistress* Irina et *Master* Stephan, de Los Angeles, continua l'hôte, enthousiaste. Des spécialistes en *bondage*. Et l'Ange écarlate, de Toronto.

— L'Ange écarlate ?

— Oui, c'est une autre superbe dominatrice. Elle vient de s'installer à Montréal.

L'homme aux cheveux blancs se pencha vers Jimmy.

— J'ai entendu dire que certains clients la payent jusqu'à quatre cents dollars l'heure.

— Elle doit avoir un sacré beau cul ! Qu'est-ce qu'elle fait de plus qu'les autres ?

— Il paraît qu'elle offre des services uniques et très raffinés, précisa Dek en jetant un coup d'œil vers la porte d'entrée. Mais si tu veux en savoir plus, tu pourras lui demander, elle vient justement d'arriver. Excuse-moi, je vais aller l'accueillir.

◆

Assis au bar, Novak arracha une autre feuille du cahier à spirale dans lequel il dessinait. Il cala un quatrième whisky, puis il tira de sa Du Maurier une longue bouffée qu'il expira lentement, la tête inclinée vers l'arrière. Ses longs cheveux noirs encadraient un visage anguleux aux joues creuses et glissaient jusque sur son torse blême, nu et lisse.

Entouré d'éléments qui le stimulaient – Sisters of Mercy, murs noirs, draperies rouges, éclairage tamisé, odeur musquée du cuir, fumée de cigarette, brillance du latex, univers de poitrines offertes, de tailles sabliers et de fesses bombées – Jimmy commençait à se sentir bien, au point de se mettre à fredonner les paroles de *1959*. Il fut tiré de sa « bulle » par *Mistress* Olga, qui regardait, un à un, les croquis traînant sur le comptoir.

— C'est toi qui les as dessinés ?

Jimmy aspira la dernière bouffée de sa cigarette.

— Ouais, répondit-il en écrasant le mégot dans le cendrier déjà plein.

La dominatrice observa une nouvelle feuille. Se reconnaissant, elle leva son visage, maquillé à outrance, vers celui de l'artiste.

— Combien tu me le vends ?

— Ben voyons. J'te l'donne.

En guise de remerciement, *Mistress* Olga offrit à Novak un sourire dangereusement séduisant qui contrastait avec la dureté de ses traits et l'inflexibilité de son regard. Puis, d'une démarche déterminée, elle s'éloigna pour aller rejoindre un petit groupe d'individus à qui elle montra le dessin.

Jimmy regarda les feuilles restées sur le comptoir. Sur chacune, il avait griffonné le croquis d'un invité. L'humain. Son sujet favori.

Il avait bien fait d'accepter l'invitation de Dek. Cette soirée l'inspirait.

Et puis il y avait l'Ange écarlate. Assise dans le canapé, dont la couleur s'harmonisait avec le rouge de ses cheveux, elle discutait avec l'hôte de la soirée, installé dans un fauteuil en face d'elle. Plus ou moins confortable sur son tabouret, Novak ne cessait de remuer en jetant des regards dans leur direction.

Chaque fois que l'Ange bougeait la tête, ses cheveux flamboyants – ou sa perruque, Jimmy n'aurait su le dire – balayaient le contour de son visage ovale et fin. Il était difficile de saisir le regard de cette femme.

Ses yeux, pourtant soulignés par de longues lignes de khôl noir et de fard doré, étaient à moitié cachés par une épaisse frange. Long et pointant légèrement vers le bas, son nez lui donnait un profil de rapace qui plaisait beaucoup à Novak. Ses lèvres, minces et sévères, mais bien dessinées et luisantes d'un rouge aussi cramoisi que celui de ses mèches, étaient surtout jolies lorsqu'elles souriaient. Ce qui arrivait plutôt rarement. Son visage se terminait par une mâchoire étroite mais carrée, qui lui donnait une touche masculine.

Voluptueux, le corps de l'Ange écarlate était épousé à la perfection par une simple combinaison de cuir noir. Seule une petite paire d'ailes rouges, dessinée sur le haut de la manche gauche, faisait office de garniture. Ses jambes, aussi longues que celles de Novak, étaient cachées dans des cuissardes lacées aux talons carrés d'à peine dix centimètres de haut. Mais ce qui fascinait le plus Jimmy, c'était le bout de chacun de ses doigts, recouvert d'un dé en métal qui s'allongeait en une pointe effilée.

Cette femme réveillait en lui un violent désir de provocation.

Il avala un nouveau whisky d'un trait et se leva.

◆

Novak venait de s'asseoir, sans façon, à gauche de l'Ange écarlate. Dek fit les présentations mais s'offusqua de voir le jeune peintre serrer la main de la Maîtresse de manière on ne peut plus cavalière.

— Tu devrais lui baiser la main, suggéra-t-il tout bas à Jimmy.

— J'ai envie d'la baiser tout court.

— À ta place, je n'y penserais pas.

Avachi dans le canapé, les jambes écartées, Jimmy jubilait à l'idée d'avoir insulté l'Ange par son manque d'égard. Il bouillait d'excitation en essayant de deviner comment elle allait réagir. Il s'attendait à ce qu'elle darde sur lui un regard cruel ou qu'elle lui flanque une bonne gifle.

Il tourna la tête vers la Maîtresse aux cheveux rouges et constata que son regard n'affichait qu'une totale indifférence. Insulté de ne provoquer aucune réaction, Jimmy se redressa. Il appuya sa main sur le haut de la cuisse de l'Ange et, cette fois, elle réagit vivement en lui plaquant une main sur le torse. Ils restèrent dans cette position quelques secondes, puis Novak sentit soudain les faux ongles faire pression contre sa peau. Il resta de marbre, son regard aux pupilles noires rivé dans celui de sa tortionnaire, dont les yeux gris demeuraient sans émotion.

Les griffes de l'Ange écarlate s'enfonçaient et descendaient dans la chair du peintre. Quelques invités se groupèrent autour de la scène, ce qui excita davantage Jimmy. Lorsqu'il sentit une coulée de sang chaud glisser sur sa poitrine, il emprisonna le poignet de l'Ange de sa main gauche et appuya sa main droite sur son torse sanglant. Puis il commença à se caresser, avec des gestes sensuels, sous le visage toujours impassible de la Maîtresse et le regard fasciné des individus en demi-cercle autour d'eux.

Il fit glisser ses doigts là où les griffes avaient laissé leur marque, enfonçant ses ongles dans la profondeur des sillons de la blessure. De larges coulées de sang descendaient maintenant jusqu'à sa ceinture. Novak approcha sa main sanglante près de son visage. Il se lécha le bout d'un doigt, puis il enfonça ce dernier dans sa bouche pour le sucer.

Sa main gauche retenait toujours le poignet de l'Ange écarlate. Jimmy la sentit se raidir. Un éclair passa dans son regard et elle se libéra de l'emprise du peintre. Elle se leva et se hâta de disparaître parmi la foule.

Plongé dans un état extatique, Novak se leva à son tour. Il se fraya un chemin jusqu'aux toilettes, où il s'enferma. Appuyé contre un mur en pierre, il caressa son torse et son ventre. Il lécha ensuite avec frénésie ses mains maculées de sang. La bouche pleine du goût métallique de son propre fluide, il défit la boucle de sa ceinture, baissa la fermeture de son pantalon et il empoigna son membre en érection. Il eut à peine le temps de se masturber qu'il jouissait à en perdre conscience.

Une fois revenu à lui, assis sur le carrelage froid et toujours appuyé contre le mur, Jimmy mit quelques secondes avant de comprendre où il était et la raison pour laquelle son sang et son sperme étaient répandus sur lui. Complètement perturbé, il remonta son pantalon et, sans prendre la peine de se nettoyer, il sortit des toilettes.

Il traversa la grande salle dans un état second. Il attrapa son chandail sur le dessus d'une chaise et l'enfila rapidement.

Jimmy Novak quitta le *party* fétiche de Dek sans dire bonsoir à personne.

MONTRÉAL, 29 SEPTEMBRE 1997

Une fine bruine avait remplacé l'abondante pluie de la matinée. Accroupi sur une des grosses roches qui se trouvaient près de la passerelle du parc LaFontaine, Béluterre observait les goélands se battre pour une bouchée de pain. Plus loin, des canards sauvages profitaient de cette halte d'eau avant de bientôt s'envoler pour le Sud.

Il se rappela l'allure désolée qu'avaient les étangs durant l'été 1995. La fontaine, décrépite, était hors d'usage. L'eau, nauséabonde, verte et poisseuse, était si opaque qu'il était impossible de distinguer le fond des étangs, pourtant peu profond. Le maire Bourque avait visiblement mis ses plans à exécution pour embellir cette partie du parc. Les trottoirs longeant les étangs avaient été refaits, de même que la passerelle sous laquelle coulait une cascade. L'eau était maintenant claire et sentait bon.

L'homme à la combinaison de cuir se redressa soudain, aux aguets. Il venait de ressentir une curieuse impression qui l'agaça. Il jeta un coup d'œil aux alentours, mais, à part un homme qui promenait son dalmatien et une femme seule assise sur un banc, il ne vit personne d'autre. Pourtant, une présence indésirable se manifestait près de lui. Il fut tenté d'en découvrir l'origine, mais choisit de ne pas se laisser distraire par ce désagrément. Il avait autre chose de plus important à faire.

Il descendit du rocher et rejoignit un des sentiers pavés.

Le parc LaFontaine pouvait passer pour bien modeste aux yeux des Londoniens habitués de flâner dans les majestueux Hyde Park et Kensington Park. Si Ian avait été impressionné par la beauté de ces parcs, il n'en restait pas moins que c'était dans celui-ci qu'il avait hâte de revenir s'allonger sur l'herbe, par les chaudes soirées d'été. Il se demanda s'il était toujours possible de se balader en pédalo dans l'étang sud, si on présentait encore des soirées de cinéma en plein air, si les joueurs de pétanque continuaient d'organiser des compétitions et si les gais et les amants audacieux y pratiquaient toujours leurs activités nocturnes illicites.

Après avoir croisé une dizaine d'écureuils gris en quête de noix, Béluterre sortit du parc par le côté nord-ouest. Il marcha pendant un moment sur Rachel, en contemplant le sommet du mont Royal nappé de brume.

Menace latente, la présence indésirable rôdait toujours autour de lui.

◆

Je ne le vois que de dos. Son visage demeure un mystère. Cet homme vêtu de cuir m'attire et m'effraie à la fois. Je voudrais pouvoir l'approcher, mais les quelques mètres qui nous séparent me semblent impossibles à franchir. Du moins, pour l'instant.

Montréal, 26 mai 1995

Novak ouvrit les yeux. Lorsqu'il fut convaincu qu'il était bien chez lui, dans son loft, allongé sur l'édredon violet du matelas à même le sol qui lui servait de lit, il put enfin bouger. Il se demanda d'abord pourquoi ses mains et son bas-ventre étaient pleins de taches brunâtres et, lorsqu'il vit son torse couvert de cinq longues marques presque parallèles, il fronça les sourcils.

Il s'assit sur le bord du matelas, alluma la lampe de chevet et prit le paquet de Du Maurier qui traînait sur un vieux haut-parleur converti en table de nuit. Cigarette au coin de la bouche, Novak se mit à tâter son torse, espérant reprendre ainsi contact avec les événements qui étaient à l'origine de ces griffures. Mais il ne se passa rien.

Une fois sa cigarette fumée, il déplia son long corps et s'étira. Quelques minutes plus tard, il sortait de la douche, enfilait un jean noir et des bottillons en cuir.

Assoiffé, Jimmy alla vérifier dans son réfrigérateur s'il n'avait pas quelque chose à boire. Il trouva un litre de jus d'orange qu'il but à même le carton. Il le vida en quelques gorgées mais constata, avec étonnement, que sa soif n'était pas encore apaisée. Il prit le verre le moins sale se trouvant dans l'évier, le rinça et le remplit d'eau. Il dut le remplir trois autres fois. Lorsqu'il déposa le verre sur le comptoir, presque essoufflé d'avoir tant bu, Jimmy se sentit tout drôle.

Il pensa qu'un peu d'air lui ferait du bien. Il ramassa la bouteille de Jack Daniel's à moitié vide qui traînait par terre près d'un chevalet et il se dirigea vers la porte arrière qu'il ouvrit toute grande. L'éclat du soleil le frappa comme la foudre. Jimmy poussa un long gémissement tandis que la bouteille de whisky lui glissait des mains. Son corps se mit à tressauter et il tomba à genoux devant la porte. Tous ses membres étaient parcourus de chocs atrocement douloureux. Le peintre finit par se laisser tomber par terre, en hurlant. Des tessons de bouteille s'enfoncèrent dans ses bras nus.

Environ deux minutes après le début de la crise, la douleur cessa aussi brusquement qu'elle était apparue. Le cœur battant la chamade, le corps meurtri et couvert de sueur, Novak retrouva peu à peu ses esprits. À sa droite, il vit le rectangle de la lumière extérieure s'allonger sur le plancher. Il rampa jusqu'à ce qu'il soit capable d'atteindre le coin inférieur de la porte. Une fois son bras dans le faisceau de lumière, il ressentit une crispation, mais il eut le temps de claquer la porte avant que la douleur devienne insupportable. De nouveau plongé dans la pénombre de son loft, il se sentit un peu mieux, mais non rassuré. Que lui arrivait-il donc ?

Jimmy réussit, tant bien que mal, à se remettre debout. Il arracha de sa peau les plus gros morceaux de verre, sans ressentir la moindre souffrance. Il observa son sang couler le long de ses bras, surpris d'avoir envie de le lécher. Cherchant à se distraire de ce désir insolite, il se rendit à la salle de bain où il s'aspergea le visage et les bras d'eau froide. Se regardant ensuite dans le miroir au-dessus du lavabo, il fut stupéfait : contrairement à ce qu'il attendait, son regard était vif et brillant. Il avait l'air en pleine forme.

Il retourna près de son matelas et se mit à fouiller dans une pile de paperasses qui s'accumulait depuis des semaines près du haut-parleur. Il finit par trouver ce qu'il cherchait : un calendrier. Sous le vingt-trois mai était écrit « *Party* de Dek ».

Un vague souvenir de cette soirée commença à germer dans l'esprit du peintre.

Il alla ensuite vérifier l'horloge de la chaîne stéréo ; elle indiquait 13 h 03. Persuadé qu'il y avait quelque chose d'anormal dans le déroulement du temps, il téléphona au premier numéro auquel il pensa.

— Le Pavillon des Arts, bonjour.

— Pouvez-vous m'dire la date ?

— Euh… Le vingt-six mai, monsieur.

Jimmy raccrocha. Il croyait se souvenir d'être allé au *party* de Dek, mais il ignorait ce qui s'était passé entre cette soirée et maintenant, ce qui représentait au moins une soixantaine d'heures. Se pouvait-il qu'il ait profondément dormi pendant tout ce temps ?

Il alluma une autre cigarette et il dut retourner à la cuisine. Il avait encore soif.

MONTRÉAL, 29 SEPTEMBRE 1997

Arrivé au coin de l'avenue de Chateaubriand – dont l'aspect, sur le Plateau Mont-Royal, rappelait bien plus celui d'une ruelle que d'une avenue – Béluterre tourna à droite d'un pas ferme. Il espérait ressentir bientôt une sensation physique précise autre que celle de la présence désagréable qui l'accompagnait depuis quelques minutes.

Un peu plus loin dans la ruelle, il longea une cour d'école dans laquelle des fillettes frappaient sur des ballons coup-de-poing. Un surveillant à l'air strict lança un regard méfiant à l'homme d'allure non conventionnelle.

Juste avant Marie-Anne, Ian porta son attention sur plusieurs boîtes mises aux ordures. Deux d'entre elles contenaient une série de gros livres identiques à reliure verte. Béluterre se pencha et il en choisit un ; il s'agissait du volume XII de *The International Library of Famous Literature*, édité à Londres en 1899.

Il ouvrit le précieux bouquin, endommagé par la pluie, et lut un passage au hasard :

The fox is heard upon the fell ;
Enough remains of glimmering light
To guide the wanderer's steps aright,
Yet not enough from far to show
His figure to the watchful foe.

Il ferma le livre et le fourra dans sa poche d'armée déjà bien remplie. Il se releva et continua de marcher, non sans penser qu'il aurait bien aimé sauver toute la collection.

Une dizaine de mètres avant d'atteindre l'adresse qu'il avait en tête, Ian sentit son rythme cardiaque accélérer, de manière à peine perceptible mais suffisante pour l'inciter à croire qu'il allait bientôt y avoir plus.

Il ne s'était pas trompé. Lorsqu'il se trouva près de l'immeuble à appartements qui l'intéressait, les pulsations de son cœur se firent encore plus rapides. En observant l'endroit pendant un long moment, Béluterre se remémora une suite de souvenirs reliés à la femme qu'il aimait.

Il monta l'escalier en colimaçon qui donnait sur le balcon. Au dernier étage, il frappa dans la vitre de la porte, en vain. Il allait devoir patienter et revenir plus tard.

Plutôt que de rebrousser chemin, Ian continua de marcher jusqu'au bout de la ruelle de Chateaubriand où il traversa la clôture métallique brisée qui permettait, depuis des années, de déboucher à deux pas de la station de métro Mont-Royal. Il se rendit au Jean Coutu le plus proche. Il en ressortit trois minutes plus tard, un litre d'eau à la main.

Son cœur avait repris son rythme normal, mais l'impression qu'un élément troublant rôdait aux environs était toujours bien présente.

Béluterre avala quelques gorgées d'eau, mit ses *goggles* et poursuivit sa route.

◆

Je ne peux m'empêcher de continuer à suivre cet homme. L'idée que je pourrais perdre sa trace m'est insupportable. Je dois découvrir pourquoi il me bouleverse tant.
Quel mal de tête j'ai eu tout à l'heure, pendant que j'étais cachée dans cette entrée de garage d'où je l'observais! Et cette arythmie... Mais les deux malaises ont disparu dès que je me suis remise à filer l'homme. Curieux...
En ce moment, il marche à grandes enjambées. J'aperçois enfin son visage de face, mais d'ici, de l'autre côté de la rue, je n'arrive pas à m'en faire une idée précise: il est à moitié camouflé par des lunettes aux vitres foncées. Malgré ça, ce visage me donne une étrange impression de déjà-vu...

MONTRÉAL, 29 MAI 1995

Allongé sur son matelas, la bouteille de Jack serrée entre les cuisses, Jimmy fumait. Il avait passé les deux derniers jours à peindre et à boire. À boire du whisky, du jus d'orange, de l'eau et son sang. À peindre, pendant une cinquantaine d'heures intenses, son autoportrait.

Il n'avait pensé à rien en se reproduisant sur la toile, se souciant uniquement de transposer l'émotion qu'il vivait au moment où il peignait. C'était l'œuvre la plus belle qu'il eut jamais réalisée. L'œuvre la plus vraie. La veille, au crépuscule, il était allé porter cette toile, encore humide, en consignation au café Porté disparu, sur Mont-Royal.

Il l'avait intitulée *Kaguesna*.

Depuis, il commençait à reprendre contact avec la réalité. Mais cette réalité était bien différente de celle qu'il avait connue avant le fameux *party* de Dek. Sa mémoire et sa logique demeuraient confuses quant aux événements qui s'étaient déroulés ce soir-là, et depuis.

Il fut tiré de ses réflexions plus ou moins cohérentes en entendant frapper quelques coups discrets à la porte d'entrée. Il se leva promptement, bouteille dans une main et cigarette dans l'autre. Vêtu uniquement de son jean, il alla ouvrir et resta bouche bée devant l'imposant homme chauve aux yeux violets qui se tenait devant lui. Son complet gris foncé était si impeccable qu'on l'aurait cru tout droit sorti de chez le tailleur.

— Bonsoir, monsieur Novak. Je suis Boris Wagner. Excusez-moi de me présenter chez vous inopinément, mais je suis intéressé à acheter *Kaguesna*, exposé chez Porté disparu. J'aurais préféré vous téléphoner, mais les employés du café n'avaient pas votre numéro de téléphone. Ils n'avaient que votre adresse et, comme aucun ne semblait s'entendre sur le prix de vente, j'ai pensé qu'il était préférable que j'en demande le prix à l'artiste en personne.

— Bonne idée, Bob, lança Novak.

— Boris.

— Bon ben, j'suppose que j'dois t'faire entrer pour discuter un peu du prix, « Boris » ?

— Ce n'est pas nécessaire. Je suis certain que votre prix me conviendra.

Il se dégageait de Wagner un charisme mystérieux. Vaguement agacé d'éprouver de l'intérêt pour un homme à l'allure si sereine et respectable, Novak adopta son attitude provocatrice.

— Ce tableau-là est plus cher qu'les autres.

Jimmy s'attendait à ce que l'intéressé lui demande pourquoi, mais comme la question ne venait pas, il finit par préciser.

— Y'est plus cher parce que j'en ai peint une partie avec mon sang.

Toujours debout sur le seuil de la porte, l'homme chauve demeurait impassible. Vexé que sa révélation ne suscite pas d'intérêt, Novak s'échauffa.

— J'suis même pas certain que j'ai envie d'le vendre.

— Mille dollars, offrit Wagner en sortant son portefeuille de la poche intérieure de son veston.

Jimmy commença à se balancer sur un pied et sur l'autre pour se débarrasser des engourdissements qu'il ressentait au bout des orteils, et parce qu'il était nerveux ; jamais personne ne lui avait offert une telle somme pour une de ses toiles et, en reluquant dans le portefeuille bien garni du client, il se dit qu'il y avait peut-être encore mieux à faire.

— Ça sert à rien. J'vends pas.

Wagner sortit alors de son portefeuille tous les billets de cent dollars qu'il contenait.

— Deux mille deux cents, renchérit-il.

Cette fois, Novak s'empara de l'argent en souriant. C'était plus qu'il n'en fallait pour payer ses deux mois de loyer, ainsi que ses comptes de téléphone et d'électricité en retard. Le reste allait lui permettre de survivre un mois, sans problème.

— À ce prix-là, j'vas même aller l'emballer. Mais pour ce genre d'extra, ça paraît toujours mieux d'laisser un pourboire.

Le flegmatique client lui tendit plutôt sa carte d'affaires aux lettres dorées sur fond noir.

— Voici l'adresse où vous devez faire livrer la toile.

Jimmy prit la carte. En y lisant « Westmount », il sourcilla, surpris qu'un snob de cette riche municipalité de l'île puisse vouloir acquérir la toile d'un artiste aussi inconnu que lui. Et puis il s'imaginait mal ce distingué Wagner fréquentant les cafés du Plateau Mont-Royal, en quête d'œuvres d'art. Mais, en se rappelant que les riches pouvaient se permettre toutes les fantaisies qui leur passaient par la tête, et en pensant aux billets de cent pliés dans la poche de son jean, il décida de ne pas se poser trop de questions.

MONTRÉAL, 29 SEPTEMBRE 1997

— Euh..., émit la jeune femme aux courts cheveux roses qui se tenait devant lui.

C'est vrai que Béluterre avait mal choisi son moment pour frapper chez une personne qu'il ne connaissait pas. Il dut crier pour couvrir le bruit de la pluie, qui tombait en cascade, et le roulement d'un coup de tonnerre.

— Je peux entrer ?

En temps ordinaire, elle aurait refusé de laisser entrer chez elle un inconnu sorti de nulle part qui venait frapper à sa porte passé 22 h. Mais elle avait déjà deux bières dans le nez, et l'allure de style futuriste du type l'amusait. Elle se demanda si on n'était pas en train de tourner un film dans le quartier. Quoique avec cette pluie... Néanmoins, la curiosité l'emporta sur la crainte, et elle invita l'étrange individu à entrer sans avoir la moindre idée de ce qu'il voulait.

Le cœur de Béluterre battait déjà plus rapidement et, dès qu'il entra chez la jeune femme, le nombre de ses pulsations à la minute augmenta de nouveau. Pas autant qu'il l'avait espéré, mais assez pour lui confirmer qu'il avait bien fait de revenir ici.

Il déposa son sac kaki détrempé sur la carpette tandis que l'eau ruisselait sur le cuir imperméabilisé de sa combinaison. Afin de voir – à court terme – si ce qui s'en venait augurait bien, il ferma les yeux. Il vit alors son hôtesse qui souriait en lui tendant la main. Il l'entendit dire « moi, c'est Marise ». Il ouvrit les yeux et retira ses *goggles*, les laissant pendre à son cou.

— Moi, c'est Marise, dit la jeune femme en affichant un large sourire.

— Ian, se présenta-t-il en enveloppant la main aux courts ongles vernis de bleu métallique qu'elle lui tendait. Je suis un vieux copain de Jimmy Novak et, comme je passais dans le coin, j'ai décidé d'arrêter. Je croyais qu'il habitait toujours ici.

— Oh ! Tu connais Jimmy Novak ?

Marise était visiblement ravie de rencontrer quelqu'un qui connaissait l'artiste.

— Il ne reste plus ici, expliqua-t-elle. Ça fait pas mal longtemps qu'il est parti.

— Est-ce que Martin Laberge habite toujours à côté ?

— Je ne connais pas de Martin. C'est un Chinois qui reste là et je ne sais pas son nom. De toute façon, même si je le savais, je ne serais probablement pas capable de le prononcer, ajouta-t-elle en ricanant.

— Et toi, ça fait longtemps que tu vis ici ?

— Ça fait un bout, oui. Depuis mai 1996.

Marise trouva soudain ridicule de rester debout près de la porte, à jaser.

— Prendrais-tu une bière, le temps que l'orage se calme ? l'invita-t-elle.

— Pourquoi pas !

— J'ai juste de la Black, j'espère que ça te va ?

— C'est parfait.

Béluterre laissa son sac près de la porte, mais il garda ses bottes.

— Viens, le salon est au fond, dit-elle en avançant dans le long couloir.

Ian la suivit.

Le loft du peintre avait bien changé depuis l'été 1995. Des murs avaient été érigés pour créer des pièces séparées. Certains étaient peints en jaune criard, d'autres en bleu foncé. Lorsqu'il passa près de la porte de la salle de bain, il entendit la pluie frapper contre une vitre ; on avait dû installer un puits de lumière.

À mesure qu'il progressait dans l'appartement, son rythme cardiaque accélérait. Marise passa sous une arche, à droite. Ian attendit dans le couloir que la jeune femme débouche les deux bières et, lorsqu'elle sortit de la cuisine, il la suivit de nouveau.

À l'extrémité du couloir, Marise tourna à gauche.

Au moment où Ian entrait dans le salon, une bouffée de chaleur le submergea.

Sur le plus grand des murs était accroché le portrait de Tura Sherman.

◆

Qu'est-ce qui m'arrive? J'ai peine à penser tellement ma tête me fait mal. Et mes pulsations sont redevenues irrégulières. Je devrais être chez moi, en train de me reposer, au lieu d'attendre dans cette ruelle qu'il sorte de l'appartement où il est entré il y a quelques minutes.

Je sais pourtant que je vais rester là toute la nuit s'il le faut.

WESTMOUNT, 3 JUIN 1995

L'Ange écarlate retira les gants chirurgicaux. Elle passa la lame du stylet sous le jet d'eau bouillante. Le sang dilué tourbillonna au fond de l'évier avant de disparaître. À l'aide d'une étoffe feutrée, elle essuya la lame et glissa le stylet dans un étui rigide en cuir. Elle déposa ce dernier au fond de la mallette noire qui reposait, ouverte, sur le comptoir. Elle y rangea différentes bouteilles de désinfectants, des compresses stériles et une lame de rasoir qu'elle n'avait pas utilisée cette fois-ci. Le tout fut recouvert d'un bas de soie qui venait de servir de bâillon et de plusieurs lanières de cuir, qui avaient été nécessaires pour immobiliser le docteur Raymond. Elle baissa le couvercle de la mallette et pressa les deux fermoirs. Un déclic sec claqua dans la vaste cuisine silencieuse.

Mallette en main, l'Ange marcha jusqu'au vestibule. Elle ouvrit la garde-robe et prit son imperméable qu'elle endossa par-dessus sa combinaison de cuir noir, aux petites ailes rouges. Elle fouilla dans la poche droite du manteau et constata, avec satisfaction, que les quatre billets de cent dollars s'y trouvaient, comme d'habitude. Elle noua la ceinture de l'imper et s'observa un moment dans le miroir situé près de la porte d'entrée. Ce dernier lui renvoya l'image d'une femme sûre d'elle, qui savait exactement ce qu'elle faisait.

Prête à partir, elle se rendit d'abord au salon. Étendu à plat ventre sur le luxueux tapis de Perse, le docteur Raymond semblait mort. L'Ange se pencha près de lui :

— Ça va aller, Marcel ?

— Oui, murmura-t-il. Merci.

Elle regarda les incisions qui striaient le dos de son client. Satisfaite de son travail, elle retourna dans le vestibule où sa mallette l'attendait. Elle sortit en éteignant la lumière derrière elle.

Dehors, une pluie tiède assourdissait les bruits de la ville.

L'Ange écarlate remonta le col de son manteau. Elle avait envie d'un autre rendez-vous.

◆

La femme aux cheveux rouges stationna sa Fiat noire dans une entrée de garage. Il n'était que 20 h, mais tout Westmount semblait déjà dormir.

Elle descendit de sa voiture sans sa mallette. Elle traversa la haute haie de cèdres et s'aventura sur le sentier en pierre des champs qui menait à une villa aux murs cachés sous un dense lierre. Une fois sous le portique, elle appuya sur la sonnette dorée qui se trouvait à droite de la massive porte en bois.

Cinq ans plus tôt, sur un vol Toronto/Montréal, l'Ange s'était trouvée assise à côté d'un homme chauve à large carrure. Elle lui avait demandé de lui descendre un oreiller du compartiment au-dessus d'eux. En entendant sa requête, l'homme avait légèrement sursauté, puis il avait baissé les paupières. Il avait ensuite inspiré, puis expiré très lentement. L'Ange n'avait pas su de quelle manière interpréter cette réaction inusitée, mais lorsqu'il s'était tourné vers elle pour lui répondre « avec plaisir », elle avait été impressionnée par ses yeux violets qui reflétaient intelligence et sérénité. Il s'était levé et l'Ange avait pu constater à quel point l'homme était imposant. Il aurait pu passer pour un rustaud, mais plusieurs détails révélaient plutôt son raffinement et sa culture. Ses mains, larges et carrées, étaient très soignées. Les ongles étaient limés. Ses gestes étaient précis et plutôt gracieux. Il portait un élégant costume gris foncé sur un col roulé noir. Un charisme considérable irradiait de l'homme chauve, mais celui-ci ne semblait guère du genre à en tirer parti.

— Voilà, avait-il dit à l'Ange en lui tendant l'oreiller blanc.

— Vous êtes bien aimable.

— Il est toujours agréable de servir une belle femme.

Elle avait installé l'oreiller sous sa nuque et croyait qu'elle allait pouvoir poursuivre la lecture de *Dürer et son temps*, mais cela s'était avéré peine perdue. Le désir d'échanger avec cet inconnu l'avait emporté sur celui de lire.

— Vous voyagez souvent entre Toronto et Montréal ?

Il avait de nouveau réagi de manière curieuse, comme si le fait d'entendre la voix de l'Ange lui donnait des sensations physiques qu'il cherchait à neutraliser. Mais, cette fois, il n'avait pas fermé les yeux ; il s'était tout de suite tourné vers sa compagne de voyage.

— À l'occasion.

— Vous réagissez étrangement à mes questions.

— Non pas à vos questions. À votre voix.

— Qu'a-t-elle de particulier ?

— Elle est remarquable.

Habituée à modifier sa voix, surtout pour lui donner le registre froid et sans pitié propre à sa profession, l'Ange avait trouvé surprenant que son ton normal puisse sembler aussi intéressant.

— La voix révèle beaucoup de détails sur la personnalité, avait continué l'homme chauve. Ainsi, en vous écoutant, je sais que vous êtes une femme autoritaire et déterminée, qu'il est difficile de gagner votre amitié et que vous vous confiez rarement. Vous exercez une profession où vous avez le contrôle et le pouvoir de faire peur. Vous excellez dans l'art de donner des sensations fortes et risquées. Vous seriez une parfaite dominatrice.

D'entendre un inconnu lui décrire qui elle était en termes aussi justes et précis l'avait intriguée.

— Vous êtes clairvoyant ?

— Non. J'entends.

Cet homme lui avait plu. Il avait lui-même la trempe d'un dominateur, mais il avait consciencieusement choisi de ne pas en tirer avantage.

— Je suis l'Ange écarlate, avait-elle dit en lui tendant la main.

Il l'avait prise avec respect, l'avait portée à ses lèvres et baisée.

— Boris Wagner.

Ils étaient restés silencieux un long moment après leur présentation. La femme aux cheveux rouges avait fini par sommeiller. Elle s'était réveillée alors qu'on servait le petit-déjeuner que Wagner avait poliment refusé. Elle avait avalé le sien avec appétit. Une trentaine de minutes plus tard, l'avion atterrissait à Montréal, sous un ciel gris et pluvieux.

Avant de quitter l'avion, l'Ange s'était tournée vers son compagnon de vol. Elle lui avait donné sa carte d'affaires sur laquelle il n'était écrit que « L'Ange écarlate » et un numéro de téléphone.

— Vous n'avez qu'à téléphoner si vous avez besoin de mes services.

L'homme aux yeux violets avait pris la carte. Sans rien dire, il l'avait glissée dans la poche de son veston.

Un mois après leur rencontre, alors qu'elle n'y pensait plus, il avait téléphoné.

— C'est Boris Wagner.

Croyant qu'il s'était soudain décidé à recourir à ses services professionnels, elle avait pris son ton froid et distant de Maîtresse.

— Que puis-je pour vous, monsieur Wagner ?

— J'aimerais vous inviter chez moi.

— La première rencontre a toujours lieu dans un endroit public.

— Je ne vous téléphone pas pour vos services. J'aimerais vous revoir.

Au fil des mois, l'homme chauve avait réussi à gagner la confiance de l'Ange écarlate. Il était devenu ce singulier et unique confident qui pouvait l'écouter pendant des heures en ne l'interrompant qu'au bon moment. Elle avait voulu qu'il lui parle aussi de sa vie, mais chaque fois qu'elle lui posait une question il répondait de manière ambiguë. L'Ange avait vite compris qu'elle ne devait pas insister. Elle avait imaginé plusieurs hypothèses : il avait été victime d'un traumatisme dont il ne s'était jamais remis, il avait vécu une peine d'amour inconsolable, il travaillait pour des services secrets, il était tueur à gages… Peut-être avait-il simplement hérité d'une fortune colossale lui permettant d'habiter cette immense villa du plus chic quartier de l'île. Tout était possible.

Même si elle en savait peu sur son passé ou sur son présent, l'Ange avait noté certains détails à propos de Wagner. Les murs de la villa avaient beau être lourds de tableaux, de masques, d'affiches ou d'objets d'art, nulle part on ne trouvait trace d'une photo. Aucun portrait de Wagner plus jeune. Aucune photo de famille. Aucune femme. Aucun enfant. Pas même la photo d'un chien. Jamais elle ne l'avait vu prendre un repas ni même grignoter quelque chose. Jamais il n'avait bu une seule goutte de ces vins rares et raffinés qu'il lui servait. Peu importe l'heure du jour ou de la nuit à laquelle elle débarquait chez lui sans prévenir, jamais elle n'avait eu l'impression de le tirer du sommeil ; chaque fois il l'accueillait frais et dispos, habillé de manière aussi impeccable que s'il sortait dîner dans un restaurant chic.

Il n'avait jamais été question de rapports sexuels entre eux. Une profonde amitié, qui convenait aux deux parties, les liait. Un soir, l'Ange avait demandé à Boris de quelle façon il exprimait ou vivait sa sexualité.

— Ce n'est pas important pour moi.

— Tu n'as jamais de relations sexuelles ?

— Je n'en ai jamais eu.

— As-tu des fantasmes ?

— Quelques-uns. Mais ils ne sont pas sexuels.

L'Ange écarlate se demandait parfois si son ami était humain.

Mélomane, Boris aimait discuter sur un fond musical. Il recevait toujours l'Ange dans la salle de musique, au second étage de sa villa. Au centre de la pièce, une bergère en velours marron de style Queen Ann et un fauteuil en cuir brun foncé étaient placés de manière que les auditeurs puissent apprécier les œuvres musicales à leur meilleur, diffusées par les haut-parleurs qui se trouvaient aux quatre coins de la pièce. Deux des murs étaient tapissés de disques optiques compacts, principalement d'œuvres vocales, classiques et contemporaines. Le fait d'avoir découvert que Boris collectionnait les « belles voix » avait aidé l'Ange à mieux comprendre sa sensibilité pour la sienne. Chaque fois qu'elle lui racontait quelque chose qui durait plus de quelques minutes, il fermait les yeux et son visage affichait alors un profond bien-être.

Ce soir-là, en entrant dans la salle de musique, l'Ange remarqua une nouvelle toile sur le mur du fond, à gauche des portes françaises qui donnaient sur le balcon ; il s'agissait du portrait en pied d'un homme aux longs cheveux noirs et au regard d'ébène. Sa chemise turquoise était ouverte sur un torse nu et lisse comme celui d'un adolescent. Ses fines cuisses étaient enveloppées d'un jean noir et ses pieds coincés dans des bottillons à l'extrémité pointue. Debout, le personnage avait les bras tendus derrière le dos. Ses longues mains aux doigts noueux étaient appuyées contre une paroi rocheuse suintante. Reculait-il devant une force imaginaire qui lui faisait face ou s'apprêtait-il à s'élancer vers elle pour la combattre ?

Intriguée par la figure du personnage, qui lui sembla familière, l'Ange avança vers la toile. Elle fit à peine quelques pas qu'elle se figea, frappée par une violente douleur qui traversa tout son corps. Son sang se mit à pousser contre les parois de ses veines qui semblaient soudain trop étroites. Debout au beau milieu de la pièce, raide et incapable de bouger, l'Ange avait de la difficulté à respirer. Des taches noires commencèrent à tapisser graduellement sa vision. La toile, qu'elle fixait depuis le début de son malaise, ne devint plus qu'un vide. La douleur se fit plus intense. Quelque part au plus profond d'elle, l'Ange eut l'impression qu'on lui lacérait les entrailles, qu'on cherchait à lui déchirer les muscles et à lui percer les os. Au moment où elle crut que des mains invisibles allaient lui arracher tous les organes pour les extirper de son enveloppe charnelle, se produisit un choc moitié sensation physique, moitié illumination mystique. Son sang se mit à circuler à une vitesse foudroyante dans ses artères soudain dilatées. C'était comme si son corps se réveillait brusquement après des années d'anesthésie. La souffrance et la sensation de libération furent si excessives que l'Ange poussa un long gémissement.

En entendant ce cri de détresse, Wagner, qui montait l'escalier avec une bouteille d'un coûteux bordeaux, se précipita dans la salle de musique. L'Ange était debout, la tête penchée vers l'arrière. Son corps, pourtant crispé, donnait l'impression qu'il allait s'effondrer.

Boris déposa sur la table ronde, entre les deux fauteuils, la bouteille et le verre en cristal qu'il tenait. Il s'approcha ensuite de l'Ange et la prit doucement par les épaules. Il la guida jusqu'à la bergère dans laquelle il l'aida à s'asseoir. Elle haletait. Son visage était couvert de sueur. Penché vers elle, Wagner appuya soudain fermement son front contre le sien, à peine quelques secondes. Ce fut suffisant pour que la respiration de la femme aux cheveux rouges redevienne normale, sans qu'elle puisse déterminer la raison de ce soudain soulagement. Plongée dans un état second, elle n'avait pas eu conscience qu'une partie du corps de son hôte était entrée en contact avec une des siennes.

L'homme chauve quitta la pièce mais revint rapidement, muni d'une serviette humide avec laquelle il rafraîchit le visage de son amie. Elle le remercia tandis qu'il débouchait le Château de La Tour 1961. Une fois la bouteille ouverte, il remplit le verre de cristal dans lequel l'Ange avait l'habitude de boire, puis il le lui offrit. Elle savoura une première gorgée de vin, le temps que Boris prenne place dans le fauteuil en cuir.

— Je ne sais pas ce qui m'est arrivé, dit-elle en replaçant les mèches de chaque côté de son visage. Je me suis soudain sentie si mal…

Elle se déplaça dans son fauteuil, croisa les jambes et avala une nouvelle gorgée de bordeaux. Elle détestait les rares moments de son existence au cours desquels elle se sentait vulnérable.

— J'aime beaucoup la nouvelle toile. C'est ta dernière acquisition ?

— Oui. Elle est de Jimmy Novak, un jeune artiste. C'est son autoportrait.

L'Ange fronça les sourcils. Elle comprenait pourquoi elle avait éprouvé cet air de déjà-vu devant le portrait.

— Quelle coïncidence. J'ai justement rencontré ce Novak il y a quelques jours. Je ne savais pas qu'il était peintre. Et je dois avouer que je n'ai pas spontanément reconnu son portrait. Il a l'air plus… jeune dans la réalité.

Elle but une autre gorgée.

— En fait, continua-t-elle, puisqu'on parle de ce Novak, il s'est passé quelque chose d'un peu spécial entre lui et moi. Nous étions au même *party* fétiche et, à la suite d'un acte de provocation de sa part, je lui ai enfoncé mes ongles de métal dans le torse, devant tout le monde. Il s'est mis à saigner, mais il n'a pas réagi. J'ai d'abord cru qu'il le faisait par défi, pour savoir jusqu'à quel point il pouvait supporter la douleur physique, mais quand il a commencé à lécher son propre sang en me regardant droit dans les yeux, j'avoue que ça m'a…

— Plu.

Chaque fois que Boris mettait le doigt sur une de ses émotions, l'Ange lui en voulait un peu. Sentiment qui passait néanmoins aussi vite qu'un coup de vent.

Elle se leva avec l'intention d'aller enfin examiner l'autoportrait de Jimmy Novak de près mais, dès qu'elle l'eut dans son champ de vision, elle se sentit de nouveau mal.

MONTRÉAL, 29 SEPTEMBRE 1997

— Elle est belle, hein ? lança Marise en constatant la fascination de Ian pour la toile de Jimmy Novak. Tu ne l'avais jamais vue ?

— Je ne me souvenais plus qu'elle était aussi belle.

Béluterre prit la Black que Marise lui tendait et il s'assit dans la causeuse, face au portrait de Tura Sherman. Marise vint s'asseoir à côté de lui, de biais, pour mieux faire la conversation.

— Tu sais quoi ? Je l'ai eue pour rien, en plus. Je crois qu'elle vaut cher. Dans les sept ou huit mille dollars. Peut-être plus.

— Comment ça se fait que tu as cette toile ?

— Ça fait longtemps que tu n'as pas vu ton ami peintre, hein?

— Oui, très longtemps.

Marise avala une gorgée de bière.

— C'est une drôle d'histoire, commença-t-elle. Quand je suis venue visiter, les affaires de Novak étaient encore ici. Les meubles, les vêtements, le matériel de peinture mais surtout beaucoup de bouteilles d'alcool vides. Bon sang, ce qu'il y en avait, des bouteilles de Jack Daniel's! Le propriétaire m'a pourtant dit que si j'étais intéressée, c'était libre tout de suite. En jasant avec lui, j'ai appris que Novak, qui était censé toujours habiter ici, n'avait pas donné signe de vie depuis des mois. Quelqu'un avait payé le loyer mais, avec le dernier paiement, cette personne avait aussi envoyé une lettre. Une lettre qui disait que Jimmy Novak résiliait son bail et que le propriétaire pouvait disposer de tout ce qui se trouvait dans l'appartement comme bon lui semblait. Quand j'ai vu cette toile – Marise indiqua le portrait de Tura – appuyée contre un mur, j'ai fait un arrangement avec le proprio: si je pouvais la garder, je louais son logement à l'instant même!

Marise s'esclaffa. Ian continuait de fixer la toile sérieusement. Intimidée, la jeune femme avala une gorgée de bière et remarqua que son étrange invité n'avait pas encore touché à la sienne.

— Mon proprio ne connaît rien à l'art, expliqua-t-elle. C'est pour ça que j'ai pu obtenir un Novak pour absolument rien.

Il était difficile pour Ian de se concentrer sur quoi que ce soit d'autre que le portrait de la femme qu'il aimait. Une fois devant l'élément concret qui avait déclenché l'Appel du sang – la présence du sang de Tura sur la toile – Béluterre avait senti se réveiller en lui le pouvoir destructeur qui l'habitait. Inassouvi, l'Appel du sang stimulait ce qu'il avait nommé la Violence noire. Une violence, très souvent sexuelle, qui le poussait à agir avec cruauté envers les êtres pour lesquels il ressentait un désir de possession, de vengeance ou de destruction. Une violence qui lui permettait de passer à des actes sadiques sans éprouver le moindre remords.

Comme Marise ne lui inspirait aucun sentiment agressif, Béluterre avait déjà pu « réendormir » son instinct pernicieux, sachant très bien que ce n'était qu'une étape temporaire ; tant que l'Appel du sang resterait inassouvi, la Violence noire pouvait exploser à tout moment.

Ian aurait tant voulu être certain qu'il pourrait encore l'assouvir…

— Il faut que j'y aille, dit-il en se levant brusquement.

En quelques enjambées, il était dans le couloir. Déconcertée, Marise mit un moment avant de se lever et de lui courir après.

— Eh ! Attends ! L'orage n'est pas fini. Tu es certain que tu ne veux pas rester encore quelques minutes ? J'aimerais ça que tu me parles de Novak !

Déjà près de l'entrée, sa poche sur l'épaule, Béluterre ouvrait la porte. Un éclair zébra le ciel. La jeune femme se risqua :

— Ça serait l'fun qu'on se revoie.

— Non.

— Pourquoi ?

— Parce que je suis fou à lier et que si je ne t'ai pas tuée la première fois que je t'ai rencontrée, ça ne veut pas dire que je n'en n'aurai pas envie la deuxième fois.

◆

Je me sens mieux depuis que je me suis remise à le filer. Il continue de déambuler sur le Plateau Mont-Royal, comme il l'a fait toute la journée, son sac à l'épaule. À part cet appartement dans lequel il est resté une trentaine de minutes, il me donne l'impression de ne pas avoir d'autre endroit précis où aller.
Il ne porte plus ses lunettes. Son profil fait penser à celui d'un rapace. D'un rapace nocturne. Mais je n'arrive jamais à le voir d'assez près, et de face, pour avoir une meilleure idée de son visage.

MONTRÉAL, 9 JUIN 1995

Assis par terre, ses jambes gainées de noir croisées en lotus, le dos nu appuyé contre un canevas vierge et le poignet gauche caché sous un bandeau de coton noir, Jimmy Novak insérait et ressortait son index droit sanglant du goulot d'une bouteille de Jack Daniel's presque vide. Il regardait la toile en face de lui. Sa toile.

— Criss que c'est laid !

— Qu'est-ce que tu trouves laid ? demanda la fille, aux longs cheveux noirs, allongée sur le matelas.

— Rien, marmonna Jimmy. Tu peux pas comprendre.

La fille roula sur le ventre et s'appuya sur les coudes. Elle jeta un coup d'œil au portrait. Il représentait un jeune punk, au regard aussi usé que ses vêtements, assis sur un balcon.

— C'est ton dessin que tu trouves laid ? Moi, j'le trouve très joli.

Dans l'imaginaire visuel de Novak, le compliment prit la forme d'une rose aux épines limées mais aux pétales en papier d'émeri. Il se vit arrachant ces pétales abrasifs un à un, les laissant tomber sur sa toile et les frottant contre la peinture jusqu'à ce que le canevas redevienne blanc. Épuré de ce non-sens dont il l'avait maculé.

Que cette fille qualifie son art de « très joli » était intolérable.

— Fous l'camp. J'ai plus l'goût de t'voir la face.

À la fois étonnée et vexée d'être renvoyée de manière si brusque, la jeune *goth* se leva et commença à s'habiller en proférant des insultes.

Ignorant les blasphèmes qui lui étaient destinés et se bousculaient les uns derrière les autres, Jimmy inséra son doigt blessé dans sa bouche et le suça avidement ; il s'était volontairement coupé avec un tesson de verre, élément familier de son décor. Le peintre leva la bouteille de whisky à la hauteur de ses yeux, puis il l'agita doucement en regardant le liquide rosé qui y tanguait. Appuyant soudain le goulot contre ses lèvres, il pencha la tête vers l'arrière, ce qui permit au mélange d'alcool et de sang de couler dans sa gorge.

La *goth* ramassa son sac à main près du matelas, puis elle marcha d'un pas ferme jusqu'à la porte qu'elle ouvrit.

— Tu devrais lâcher l'alcool si tu veux encore bander à trente ans, cria-t-elle en guise d'au revoir avant de sortir en claquant la porte.

Toujours assis par terre, la bouteille vide entre ses cuisses, Jimmy apprécia le silence. Il alluma une cigarette en observant de nouveau sa toile qu'il détestait de plus en plus. Amalgame d'éléments flous influencés par le style impressionniste, de détails hyperréalistes inspirés de l'œuvre de Dali, d'une touche macabre à la Bosch et de quelques parties plus abstraites, elle était techniquement impeccable. Le problème se situait sur un autre plan : il ne s'en dégageait rien de spécial. Aucune sorte d'intensité.

Jimmy prit la bouteille de Jack et la lança de toutes ses forces contre l'innocent punk, sa créature sans vie. Sans âme. La toile bascula tandis que de nouveaux tessons s'éparpillaient sur le plancher de bois.

Après dix années de travail, la réalisation de centaines de toiles et de croquis (presque tous vendus ou donnés), Novak demeurait insatisfait de son art. Périodiquement, comme ces derniers jours, il angoissait à l'idée de ne jamais réussir à faire quelque chose de vraiment remarquable. Il sombrait alors dans son vice préféré : l'alcool.

Depuis qu'il était adolescent, Jimmy était hanté de mystérieuses images lugubres qu'il avait maintes fois cherché à transposer sur la toile, convaincu qu'elles étaient la source fondamentale de son œuvre. Son inspiration ultime. Pourtant, à chaque nouvelle tentative, il échouait à reproduire ces scènes floues qui s'enchevêtraient dans sa tête et dans lesquelles se confondaient atmosphère, décors et personnages. Le résultat de ses essais ne ressemblait qu'à une étude d'ombres et lumières. Impatient, et surtout insatisfait, Novak peignait alors autre chose, le plus souvent des jeunes punks en contexte urbain.

Malgré le mécontentement général qu'il éprouvait pour son œuvre et malgré ses périodes dépressives, Jimmy Novak était persuadé d'avoir autant de talent que Dali et Bosch, ses peintres préférés. Le jour où il réussirait à recréer visuellement l'étrange univers qui surgissait occasionnellement dans sa tête, il serait enfin reconnu pour son originalité et son talent.

L'artiste déplia les jambes et se leva. D'un long pas souple, il se rendit jusqu'à l'espace de son loft réservé à la cuisine. Bien en vue sur le comptoir, une nouvelle bouteille au label noir et blanc l'attendait.

Quelques secondes plus tard, cigarette au coin de la bouche et Jack en main, le peintre sortait sur son balcon arrière. Il passa sa main libre dans ses longs cheveux, ondulés ou emmêlés – il ne le savait plus – puis il appuya son dos moite contre le mur de briques frais.

Mécontent de son œuvre, Jimmy n'était guère plus satisfait de sa vie. Il venait d'avoir vingt-six ans, vivait sous le seuil de la pauvreté, fumait trois paquets de cigarettes par jour, buvait comme un trou et mangeait à peine. La tendresse, qui n'avait jamais eu une grande place dans son existence, en avait de moins en moins. Ses relations sexuelles devenaient de plus en plus vides de sens et même de plaisir. Pourtant séduisante, la jeune *goth* qu'il venait de mettre à la porte n'avait même pas réussi à l'exciter. Sans profondeur intellectuelle ni émotive, elle n'était qu'une « autre » et n'avait déjà plus d'importance. Novak rêvait de rencontrer une femme qui le stimulerait à la fois physiquement et mentalement.

Il fit glisser son dos le long du mur jusqu'à ce que ses fesses touchent ses talons. Entre ses cuisses, à travers la grille qui servait de plancher à son unique balcon – celui de la sortie d'urgence –, il observa la ruelle sombre.

Le lendemain de la visite de Wagner, Jimmy avait réussi à reconstituer les événements qui avaient eu lieu pendant et après le *party* de Dek. Il s'était enfin rappelé sa rencontre avec l'Ange écarlate, dans les moindres détails. Cette Maîtresse cruelle avait remué quelque chose d'enfoui en lui ; elle avait entrouvert une porte obscure de sa personnalité. Une porte qu'il avait envie d'ouvrir plus grande, curieux de découvrir ce qui se trouvait de l'autre côté. Une porte qu'il n'aurait peut-être jamais entrouverte lui-même...

Il caressa son torse, maintenant couvert de longues cicatrices. Il se remémora la puissance de l'orgasme qui lui avait fait perdre conscience. Indescriptible extase… Comme si, en même temps, il avait été en train de peindre, de plonger dans un gouffre sans fond et de faire l'amour avec une déesse imaginaire. De retour chez lui, il avait bien passé une soixantaine d'heures à dormir. Curieusement, il n'avait pas dormi depuis ; pourtant il ne ressentait pas le moindre symptôme de fatigue et il se produisait le même phénomène pour la nourriture : en un peu plus de deux semaines, Novak n'avait rien avalé de solide. Il devait, par contre, ingurgiter quotidiennement des quantités incroyables de liquide qui ne semblaient jamais suffisantes pour combler une soif insatiable.

Jimmy ne comprenait pas ce qui s'était passé exactement le vingt-six mai, après son réveil. Cette réaction anormale qu'il avait éprouvée face au soleil demeurait un mystère. Depuis, il pouvait à peine tolérer la lumière du jour. Se rendre au dépanneur du coin lui était pénible. Il ne sortait donc plus le jour, sauf si c'était réellement nécessaire, par exemple s'il manquait de peinture, de cigarettes, d'alcool ou de jus d'orange.

Jimmy se leva pour détendre ses jambes engourdies.

Il pensa aux deux toiles qu'il avait peintes récemment. Des toiles sur lesquelles il avait passé plusieurs jours et dont il n'était pas satisfait. Seule la troisième, *Kaguesna*, faite dans un état second, lui donnait l'impression de réellement vibrer de ce quelque chose qu'il tentait depuis si longtemps d'exprimer. Et il ne pouvait s'empêcher de penser que les étranges émotions et réactions physiques qu'il éprouvait ces derniers temps résultaient de sa rencontre avec l'Ange écarlate. Cette Maîtresse commençait d'ailleurs à occuper une importante partie de ses pensées.

Novak dénoua le bandeau enroulé autour de son poignet gauche. Il glissa un doigt sur les minces gales parallèles qui ornaient sa peau – on aurait dit un code barres – sur la face extérieure du poignet. Il fouilla dans la poche arrière de son jean à la recherche de son canif.

Parmi ses liquides préférés, il y avait aussi son sang.

JOURNAL DE JULIE, 29 SEPTEMBRE 1997, 23 H 45

Je ne suis pas trop, trop de bonne humeur. Ce matin, j'ai bretté à Dorval pour absolument rien ! J'ai essayé d'obtenir la liste des passagers qui étaient arrivés de Londres sur le vol de six heures quarante-cinq, mais un grand dadais aux cheveux graisseux m'a répondu « Ce sont des renseignements confidentiels, madame ». J'ai eu beau lui montrer ma carte de journaliste, inventer que j'attendais une vedette que je devais interwiever, que c'était une question de vie ou de mort, le type n'a rien voulu savoir. Il m'a expliqué, sur un ton plate de prof endormant, que ces informations étaient disponibles uniquement dans les cas de personnes âgées malades ou de mineurs non accompagnés.

J'aimerais bien savoir le nom de l'insignifiant qui m'a fait perdre mon temps en me transmettant une fausse information. Non, mais c'était quoi son but, au juste ?

VIEUX-MONTRÉAL, 19 JUIN 1995

Au volant de sa voiture sport, l'Ange écarlate traversa une intersection – où elle aurait dû s'arrêter – sans même ralentir.

Elle venait de se revoir enfonçant ses ongles métalliques dans la chair de Jimmy Novak. Et ce n'était pas la première fois qu'elle se laissait distraire par ce souvenir.

Novak lui avait manqué de respect : qui aurait osé toucher la cuisse d'une Maîtresse de manière aussi familière à moins d'être un intime ou d'avoir obtenu, au préalable, son consentement ? Elle aurait dû le gifler. Au lieu de ça, elle l'avait fait saigner. Elle lui avait donné le privilège d'expérimenter, gratuitement, la jouissance que provoquaient ses ongles d'argent. Au moment où Novak lui avait brusquement pris le poignet, elle avait été traversée d'un vif frisson passionné. Lorsqu'il s'était mis à lécher ses doigts sanglants, il avait également resserré sa prise sur le poignet de l'Ange, lui transmettant l'intensité du plaisir qu'il ressentait. Cette manière de communiquer l'avait déconcertée, car elle avait ressenti, elle aussi, le plaisir. Elle s'était finalement libérée de la poigne de Novak : le contact de sa chair l'avait affolée.

Elle tenta de faire abstraction de ces pensées exacerbantes, du moins le temps d'insérer sa Fiat dans l'espace restreint entre une Honda et une Toyota. Une fois l'opération terminée, elle descendit de sa voiture et verrouilla les portières. Puis, d'une allure fière, elle s'éloigna sur ses talons aiguilles.

L'Ange écarlate faisait saigner bien des hommes avec ses faux ongles et ses lames. Fendre la peau et faire couler le sang était sa spécialité. Son art. Elle pratiquait ce travail rare et raffiné – pour lequel elle pouvait se permettre de charger un tarif plus élevé que la majorité des dominatrices – et, à l'occasion, elle offrait les services de domination habituels.

La Maîtresse aux cheveux rouges se dirigea vers une bâtisse dont les portes étaient grandes ouvertes. Le souvenir de sa rencontre avec le peintre jaillit de nouveau, et elle en éprouva une bouffée d'exaspération ; elle n'arrivait donc pas à oublier ce jeune effronté ! Elle commençait vraiment à redouter la possibilité que Jimmy Novak ait atteint quelque chose au plus profond d'elle. Quelque chose que personne d'autre n'avait fait vibrer avant.

Et cette éventualité était intolérable.

◆

Une vingtaine de personnes se promenaient dans la vaste galerie L'Étrange. L'Ange écarlate y avait rendez-vous avec un client potentiel, référé par le docteur Raymond. Elle observa les hommes seuls présents, mais aucun ne correspondait à la description qu'elle avait de William Glencross. Un coup d'œil à sa montre lui confirma qu'elle était en avance de quelques minutes. Elle en profita donc pour visiter l'exposition en cours.

Toutes de petit format, 21 cm sur 28 cm, les toiles du peintre John Blackwater représentaient des paysages ruraux nocturnes parsemés de maisonnettes dans lesquelles, derrière les fenêtres à carreaux, vacillait la flamme d'une bougie. Sur une des toiles intitulée *He's coming*, un troupeau de moutons, au lainage blanc comme de la ouate, broutait autour d'une chaumière. L'une des bêtes fixait la porte d'entrée comme si, d'un moment à l'autre, elle allait s'ouvrir sur un invité extraordinaire.

Peut-être sur le lapin blanc d'*Alice au pays des merveilles*, pensa l'Ange.

L'œuvre de Blackwater lui rappela l'atmosphère de la campagne anglaise, où elle avait vécu une enfance heureuse. Après, sa vie était devenue difficile.

Lorsqu'elle avait quinze ans, son père, ingénieur, avait accepté un emploi à Ottawa. L'Ange avait donc traversé l'Atlantique avec ses parents et sa sœur Mary. Une aventure qui avait vite pris des allures de cauchemar. À peine un an après leur installation au Canada, son père abandonnait sa femme et ses filles pour une secrétaire francophone avec laquelle il retournait vivre en Angleterre. Trois ans plus tard, à la suite d'un accident de voiture, la mère de l'Ange se retrouvait clouée dans un fauteuil roulant. La même année, Mary, alors âgée de vingt-quatre ans, épousait un fonctionnaire. À dix-neuf ans, l'Ange se voyait donc confinée dans une ville qu'elle trouvait laide – et où elle ne s'était liée d'amitié avec personne – avec pour seule confidente une mère handicapée et aigrie qui tentait d'engourdir ses souffrances physiques et morales dans l'alcool.

Quelques mois de cette vie misérable lui avaient suffi pour se décider : l'Ange avait quitté Ottawa pour aller vivre à Toronto, où elle avait entrepris des études universitaires en histoire de l'art. D'Angleterre, son père lui envoyait de l'argent pour payer ses études, ainsi qu'une rente mensuelle suffisante pour survivre. De nature profondément solitaire, la jeune femme ne s'était pas fait davantage d'amis dans sa nouvelle ville de résidence.

Pendant sa dernière année d'université, l'Ange s'était trouvé un boulot mal rémunéré, mais qu'elle aimait, dans une galerie d'art. Sa vie, banale et simple, avait pris une tournure hors du commun le jour où sa patronne l'avait mandatée pour monter l'exposition de Karl Von Reiner, un artiste underground dont l'œuvre mettait en valeur une sexualité débridée. Célibataire libertin dans la quarantaine, il s'était vite épris de la séduisante anglophone responsable de l'installation de ses toiles. Comme elle était très peu instruite sur les joies de la chair, il l'avait baptisée « son ange » et il s'était fait un devoir de lui servir de professeur. Après lui avoir enseigné l'art des caresses et les différentes positions, il l'avait graduellement initiée aux divers délices pervers. Deux ans plus tard, elle était devenue « son ange écarlate » : celle qui aimait le sang; celle qui savait faire saigner avec art; celle qui lui dessinait d'étranges cicatrices symboliques sur le corps. Elle était devenue sa préférée parmi les autres.

L'Ange s'immobilisa devant la toile intitulée *Sheep in trouble*. Dans l'ombre d'une des fenêtres d'une maisonnette presque aussi noire que la nuit qui l'entourait, on distinguait une silhouette qui observait la scène se déroulant dans la grange à côté. Un vieillard vêtu d'un pagne de suède, la tête cachée sous une cagoule noire, était attaché avec une large corde à des bottes de foin empilées les unes sur les autres. À quelques pas devant lui, un mouton, prisonnier d'un complexe enchevêtrement de tiges de métal, portait sur son dos une jeune albinos nue qui l'entourait de ses bras démesurément longs. La bure relevée au-dessus de la taille, un homme exhibait son membre, dur et aussi blanc que la laine du mouton et la peau de la fille.

— Ça vous plaît? chuchota-t-on soudain à sa droite.

L'Ange se tourna vivement pour faire face à un homme qui la dévisageait de ses larges yeux verts. Fascinée par l'exposition, la Maîtresse avait oublié son rendez-vous.

— William Glencross?

— C'est bien moi.

Il lui prit la main droite et la baisa de ses lèvres minces et humides.

— Je suis ravi de rencontrer l'Ange écarlate. Puis-je vous inviter à dîner? demanda-t-il d'une voix à la fois aiguë et légèrement éteinte.

— Je vais d'abord finir ma visite de l'exposition, monsieur Glencross.

— Oui, bien sûr, bien sûr. Je vous attends dehors, près de ma voiture. Je suis stationné devant.

La femme aux cheveux rouges l'observa s'éloigner. La jeune quarantaine, moyennement grand et avec quelques kilos en trop, Glencross ne se distinguait en rien, du moins physiquement, de ses autres clients. Pourtant, sans pouvoir en expliquer la cause exacte, cet homme la rebuta. Néanmoins, elle termina la visite de l'exposition et sortit rejoindre Glencross qui l'attendait devant sa Mercedes.

— Vous montez ? l'invita-t-il.

— Je préfère prendre ma voiture. Rendez-vous au Jardin du Ritz.

L'Ange se faisait toujours un plaisir de remettre à leur place les nouveaux clients qui cherchaient à l'impressionner.

Une demi-heure plus tard, attablée en face de Glencross, elle sirotait un martini en écoutant l'homme se présenter d'une manière détaillée, comme s'il cherchait à la mettre en confiance. Architecte spécialisé dans l'élaboration de plans d'édifices à bureaux pour les grandes villes, il travaillait pour une importante firme internationale située au centre-ville de Montréal. Célibataire fortuné, il commençait un congé de quinze mois qu'il avait décidé de s'offrir dans un but bien précis : réaliser son ultime fantasme de vivre une année complète sous la domination d'une Maîtresse vêtue d'une longue robe de cuir rouge (il lui montra même le dessin qu'il avait fait de la robe). Et cette Maîtresse était l'Ange écarlate, qu'il avait choisi pour ses références professionnelles et, il ne pouvait le cacher, pour « l'écarlate » de son nom, sa couleur fétiche.

— J'ignore ce qu'on vous a dit à propos de mes services, intervint l'Ange tandis que Glencross entamait son potage, mais je doute d'être la Maîtresse dont vous avez besoin. Je suis de moins en moins intéressée à offrir les services habituels de domination. Je suis spécialisée en scarification, un art qui se rapproche beaucoup plus de la chirurgie que de l'industrie du sexe, précisa-t-elle, en le regardant droit dans les yeux, d'un air hautain.

— Pardonnez-moi si je vous ai offensée en vous demandant de simples services de dominatrice, répondit-il en épongeant nerveusement, avec la serviette de table, son front couvert de sueur. Mais je ne vous ai pas tout expliqué. Croyez-moi, je ne vous propose pas quelque chose de banal.

La femme aux cheveux rouges se demanda quel effet aurait la voix stridente de Glencross dans la fine oreille de Boris.

— Vous savez, poursuivit l'architecte, une lueur d'excitation brillant dans ses pupilles jade, mon fantasme s'échelonne sur des mois et il est très élaboré. Très précis.

— Dans ce cas, soyez donc aussi précis avec moi que ça semble l'être dans votre tête, l'incita-t-elle avant d'avaler, à son tour, une cuillerée de potage.

— Je vais vous donner un document dans lequel tout sera écrit.

— Vous êtes à ce point mal à l'aise de me dire ce que vous voulez ?

— Je préfère que vous le lisiez.

— Vous voulez me donner un livre d'instructions ? demanda l'Ange, irritée.

— Oh ! Il ne s'agit pas d'un livre d'instructions comme vous l'imaginez !

Elle déposa sa serviette sur la table.

— Je ne désire pas vous avoir comme client, monsieur Glencross.

— Je vous offre deux cents dollars l'heure.

— Mon tarif est de quatre cents dollars l'heure.

— J'aurai besoin de vous tous les jours pendant un an.

L'Ange se ravisa. La proposition n'était pas banale. Elle lui garantissait un revenu quotidien pendant un an. Jamais on ne lui avait fait ce genre d'offre. William Glencross avait beau lui être antipathique, il se révélait une bonne affaire.

MONTRÉAL, 30 SEPTEMBRE 1997

Debout dans l'étroit cabinet de la Caisse populaire Saint-Jacques, Béluterre fouillait dans son unique bagage. Sous une pile de vêtements et une paire de bottes d'armée, il trouva un cylindre noir en coton brut, enserré d'une lanière de cuir, dont il défit la boucle ; la pochette se déroula sur le comptoir gris, révélant ses étroits compartiments bourrés de billets de cent dollars canadiens. Ian venait de survivre calmement aux différentes procédures administratives requises pour devenir membre des Caisses populaires Desjardins afin d'obtenir le droit de louer un coffret de sûreté.

L'homme à la combinaison de cuir avait passé sa première nuit montréalaise à déambuler sur le Plateau Mont-Royal. Songeur. Déçu. Il avait bien ressenti l'Appel du sang sur la toile signée Novak appartenant à Marise. Il pouvait sentir la plus subtile présence du sang de Tura Sherman, même sec depuis longtemps. Sauf que cette découverte ne l'aidait en rien à retrouver Tura ; elle n'avait que ravivé le souvenir de cette femme qui lui manquait plus que tout et stimulé la Violence noire, qui s'était un peu apaisée au cours de la nuit.

Ian rangea tous les billets bien à plat au fond du coffret, puis il glissa la pochette vide dans son sac. Appuyé sur le comptoir, il retira sa botte gauche et pressa le dessous de la semelle compensée de dix centimètres. Un déclic retentit en même temps qu'une partie de la semelle se soulevait, révélant une cavité contenant d'autres billets bruns ainsi qu'un petit étui oblong en velours bourgogne. Ian s'empara de la liasse d'argent et la sépara en deux parts égales ; il en divisa une en petits paquets qu'il inséra dans les différentes poches de sa combinaison et replaça l'autre au fond de la semelle creuse, par-dessus le mystérieux étui. Un second déclic, plus discret, se fit entendre dans le cabinet. La semelle avait repris son apparence initiale.

Quelques secondes plus tard, après avoir signé une attestation de départ sur un carton jaune, Ian sortait de la Caisse populaire Saint-Jacques. Sa semelle truquée contenait quatre mille dollars, quatre autres mille étaient cachés dans ses poches et il laissait derrière lui douze mille dollars en sécurité.

Une somme de vingt mille dollars.

Un don de David Fox.

◆

Ai-je bien vu ? Est-ce possible ? Ce visage...
Je dois absolument savoir qui il est.

MONTRÉAL, 20 JUIN 1995

— Les nerfs, j'arrive ! cria Novak qui sortait de la douche.

Il s'empara d'une serviette pourpre et l'enroula autour de ses hanches. Après avoir passé une main dans ses cheveux mouillés – et juré parce qu'ils étaient emmêlés depuis plusieurs jours – il se dirigea vers le paquet de cigarettes en équilibre sur le coin de la table.

On frappa trois autres coups. Irrité, Jimmy changea de direction et décida d'aller d'abord ouvrir à la personne qui s'impatientait. De ses mains encore humides, il fit faire un tour complet au mécanisme de la serrure et tira la poignée vers lui. De l'autre côté de la porte se tenait, bien droite, une femme d'allure sévère qui le dévisagea d'un air pompeux. Le peintre haussa les sourcils.

— On s'connaît ? lui demanda-t-il.

— Pas encore.

— Qu'est-ce tu veux ?

— Je suppose que vous êtes Jimmy Novak ? s'informa la dame en insistant sur le « vous ».

— Ça s'pourrait.

— Je peux entrer ?

— Ça dépend pourquoi.

— Vous êtes bien peintre ?

— Y a des bonnes chances.

— Alors, j'ai une offre à vous faire.

Novak hésita ; l'idée d'avoir à écouter ce genre de femme ne l'emballait guère. Mais sa nature curieuse l'emporta sur sa réticence et, d'un geste de la main plutôt moqueur que poli, il invita l'inconnue à entrer. Porte-documents en cuir brun sous le bras, la dame en tailleur marine pénétra dans l'antre de l'artiste sans ébaucher le moindre sourire.

— Évelyne Dufort, se présenta-t-elle en lui tendant la main.

Jimmy s'attendait à une poigne aussi rigide que la personne, mais la main de madame Dufort était moite et mollasse. Après ce contact déplaisant, il essuya sa propre main sur la serviette. Toujours debout près de la porte, Évelyne Dufort avait commencé à jeter un regard à la ronde, l'œil visiblement attiré par les toiles plutôt que par le modeste mobilier, le désordre ou les éléments insolites du décor.

— Quelqu'un m'a parlé de vous. Je suis intéressée à organiser une exposition de vos toiles, expliqua-t-elle.

— Vraiment ? Où ça ?

— Dans mon salon.

— Ben voyons, n'importe quoi. Dans tes chiottes aussi, tant qu'à faire.

— Je suis sérieuse, monsieur Novak, répondit-elle sans broncher.

En souriant dans sa barbe de quatre jours, Jimmy alla récupérer le paquet de Du Maurier sur le coin de la table. Il alluma la dernière cigarette qu'il contenait, tout en réfléchissant; c'était la première fois qu'on lui proposait d'exposer ses toiles. Il en vendait une à l'occasion – il les montrait surtout dans des cafés – mais ça ne suffisait pas. Toujours en retard pour acquitter ses factures mensuelles, Novak angoissait périodiquement à l'idée d'être expulsé de son loft et de ne plus avoir d'endroit pour pratiquer son art et entasser ses toiles. L'unique certitude de sa vie étant qu'il ne pouvait faire autre chose que peindre – même si son œuvre ne le satisfaisait pas encore – Jimmy en vint à la conclusion qu'il avait peut-être intérêt à écouter la proposition de la dame Dufort.

De son avant-bras droit, il balaya le dessus de la table: papiers gribouillés, journaux, pinceaux, chiffons maculés de peinture séchée ainsi qu'un litre de jus d'orange et plusieurs paquets de cigarettes vides se retrouvèrent sur le plancher. Il n'y laissa qu'un cendrier en verre, rempli de mégots. S'emparant d'un t-shirt jadis blanc, accroché à un chevalet, il essuya le dessus de la table et de la chaise.

— Café? offrit-il.

— Non, merci.

— Whisky?

Sans répondre, Évelyne Dufort déposa son porte-documents sur la table. Convaincu qu'il ne serait pas facile de *dealer* avec elle et sa proposition, Jimmy alla chercher la bouteille de Jack Daniel's, à moitié pleine, sur le bord de la fenêtre. En marchant, il se débarrassa de la serviette drapée autour de ses hanches avant d'aller enfiler le jean noir qui traînait au pied du matelas. Évelyne, occupée à consulter quelques feuilles brochées ensemble, ne passa aucun commentaire. Jimmy finit par s'asseoir sur la chaise en face d'elle, bouteille en main et jambes croisées en lotus.

— Comme ça, t'as un genre de galerie d'art ? questionna-t-il.

— C'est cela, oui. Je suis diplômée universitaire en histoire de l'art et amateure de belles œuvres depuis fort longtemps. Je collectionne les plus intéressantes. Un jour, j'ai décidé que j'avais envie de faire quelque chose pour les artistes, alors j'ai converti le rez-de-chaussée de ma vaste demeure, à Outremont, en plusieurs salles d'exposition. J'aime encourager les nouveaux talents que je découvre et j'ai tous les contacts nécessaires pour les aider à progresser dans leur carrière. Je suis différente des autres agents d'artistes qui sont uniquement intéressés par les profits qu'ils font sur les œuvres vendues.

En entendant un discours aussi pédant, Jimmy faillit changer d'idée et mettre la femme à la porte. Il avala plutôt une gorgée d'alcool, en espérant que ça l'aiderait à continuer d'écouter cette personne désagréable.

— Comment tu m'as découvert ?

— Grâce à monsieur Boris Wagner.

Novak avala une nouvelle gorgée de whisky et décroisa ses jambes engourdies. L'homme chauve lui avait donc fait de la promotion ?

— C'est quoi ta proposition, Évelyne ?

— Vingt-cinq pour cent des ventes totales.

Connaissant peu l'univers des galeries, mais ayant déjà entendu parler d'artistes qui recevaient dix pour cent pour la vente de leurs toiles, Jimmy jugea que l'offre paraissait honnête.

— Et, avec cela, poursuivit madame Dufort, je vous garantis une excellente couverture médiatique. En exposant chez moi, vous ferez parler de vous.

— Ouais, ben, une seconde. J'veux pas devenir une super vedette instantanée, moi. T'sais, l'principe du Jello : belle poudre de couleur attrayante, t'ajoutes de l'eau, ça pogne, ça durcit, mais dans l'fond, c'est toujours juste du Jello. J'veux devenir une colonne de marbre, pas un paquet de gélatine.

Il porta le goulot de la bouteille à sa bouche.

— Je sais que j'ai du talent, affirma-t-il après avoir calé deux bonnes gorgées.

— Alors, quel est le problème ? Vous ne voulez pas de publicité sous quel prétexte ?

— J'ai jamais dit que j'voulais pas qu'on parle de moi.

— Que voulez-vous, alors ?

— J'veux pas qu'on voie ma face et mes toiles partout pendant un bout de temps pis qu'après on s'en crisse.

— Ça, c'est votre responsabilité, monsieur Novak. Si vous êtes vraiment aussi talentueux que vous le croyez, vous n'avez qu'à continuer de produire et on ne vous oubliera jamais. On suivra votre évolution et vous deviendrez cette « colonne de marbre » que vous aspirez à devenir.

Jimmy écrasa sa cigarette au cœur de la colline de mégots.

— Alors, ça vous intéresse ou non ? s'enquit l'agente.

— Qu'est-ce que tu trouves d'accrocheur dans mon œuvre ? J'veux dire, au point d'vouloir exposer mes toiles ?

Évelyne Dufort se leva, tira un peu sur le bas de son veston – elle venait de remarquer un petit faux pli – et elle se dirigea vers le mur au fond du loft. Elle fit un geste pour ouvrir l'épais rideau noir qui couvrait les deux fenêtres et la porte donnant sur le balcon, mais Jimmy l'arrêta.

— Non ! J'haïs ça, la lumière du jour.

L'agente laissa tomber le bord du rideau et fit quelques pas en direction de l'interrupteur sur lequel elle appuya. Le loft fut soudain inondé d'une lumière froide et impersonnelle diffusée par les six tubes fluorescents suspendus au plafond. Jimmy, bien sûr, ne les allumait jamais, préférant l'éclairage chaleureux des ampoules incandescentes.

Madame Dufort entreprit de faire le tour du loft en examinant chacune des toiles suspendues, celles qui étaient appuyées contre les murs et les deux autres, à moitié achevées, sur les chevalets.

— Vous avez encore du chemin à faire avant que votre œuvre soit vraiment intéressante.

— Eh ! T'es ici pour m'insulter ou quoi ? J'ai pas commencé à peindre la semaine passée. Ça fait dix ans que j'peins.

— Et alors, vous n'allez pas me dire que vous êtes satisfait de toutes vos toiles ? En fait, à part votre autoportrait que j'ai vu chez monsieur Wagner, et dans lequel vous vous êtes laissé aller sans aucune retenue, le reste de votre œuvre est assez banal, dit-elle en fouillant dans quelques-unes des toiles appuyées contre une caisse. Vous êtes obsédé par l'idée de faire quelque chose de beau.

— De provocant, corrigea-t-il.

— Beau ou provocant, vous avez surtout un but esthétique.

— Un but esthétique, moi ?

La femme d'affaires choisit, dans une des piles, une toile représentant une jeune punk aux cheveux bleus assise sur le dossier d'un banc de parc. Elle l'éleva en face d'elle afin que Jimmy puisse aussi la voir.

— Analysons cette toile, par exemple, commença-t-elle sur un ton doctoral. Prenons d'abord le sujet principal, la jeune fille. Vous l'avez rendue de manière hyperréaliste. Le spectateur est donc porté à admirer le rendu bien plus qu'il n'est choqué par quoi que ce soit dans cette œuvre. Il n'y a d'ailleurs rien de provocant dans cette scène; une fille aux cheveux bleus avec un anneau dans le nez, on en voit tous les jours dans la rue. Il s'agit donc d'un personnage bien représenté, certes, mais tout à fait banal. On dit... « sans relief ».

Afin de l'aider à supporter ce qu'il considérait comme une insulte, Jimmy avala une autre gorgée de Jack. Évelyne Dufort, quant à elle, continua son exposé en indiquant du doigt, un à un, tous les éléments du décor qui entouraient le personnage.

— Par contre, si on observe attentivement le reste du tableau, on voit la vraie personnalité de Jimmy Novak, votre vrai talent d'artiste qui s'exprime par votre choix de couleurs sombres contrastant avec les vives, votre coup de pinceau tantôt très libre, tantôt très léché et ce, dans la même toile. Regardez comme les arbres, la rue et les édifices derrière le sujet sont vivants. Voyez-vous de quelle manière ils vibrent? s'enthousiasma-t-elle soudain. Le spectateur se pose des questions. Il cherche à comprendre pourquoi l'artiste s'est appliqué à peindre un sujet aussi réaliste dans un décor aussi fantaisiste. On dirait le personnage d'un Dali maladroit dans le décor d'un Monet futuriste.

Cette fois, Jimmy, surpris et flatté par l'agente qui s'animait ainsi devant ses toiles, laissa passer l'affront d'être comparé à un mauvais Dali.

— Vous avez voulu dessiner la jeune fille pour qu'elle soit jolie, monsieur Novak, et le reste semblait peu vous importer. Élément secondaire de votre réflexion, c'est pourtant dans le décor, et non dans le sujet principal, qu'on trouve le vrai créateur.

Madame Dufort remit la toile à sa place et revint s'asseoir en face du peintre. Elle tendit à Novak les feuilles brochées qu'elle avait déposées sur la table quelques minutes plus tôt.

— C'est quoi ?

— Votre contrat.

— Parce qu'il faut un contrat ?

— Il faut « toujours » un contrat. Tenez, dit-elle en pointant le doigt vers un paragraphe de la page un, ça dit ici que vous vous engagez à produire dix toiles d'ici trente jours et que la date du vernissage est fixée au vingt juillet.

— Tu veux dix nouvelles toiles ?

L'agente le regarda droit dans les yeux.

— C'est exact. Je veux du « vrai » Jimmy Novak, comme *Kaguesna*.

— J'peux pas peindre dix toiles en un mois. J'ai besoin de beaucoup plus de temps.

— Non. Je veux que vous vous donniez au maximum, dans le moins de temps possible.

— Pourquoi ?

— Parce qu'en si peu de temps vous n'aurez pas le choix d'être vrai.

Jimmy allongea un bras vers la chemise turquoise qui reposait, froissée, sur le dossier d'une troisième chaise. Il fouilla dans une des poches, à la recherche d'un paquet de cigarettes, tout en jetant un regard désintéressé sur la feuille remplie de longs paragraphes. Évelyne Dufort lui proposait un défi. Un énorme défi. Il n'était pas certain de se sentir d'attaque à le relever mais, en même temps, l'idée l'attirait. Sa vie n'aurait-elle pas enfin, pendant au moins un mois, un but précis ? Sans compter que le résultat de cet effort influencerait sa carrière.

— Je signe où ?

— Vous devriez d'abord le lire.

Novak haussa les épaules puis alluma une cigarette.

— Prenez au moins le temps de lire les clauses dix et onze.

Jimmy aspira une bouffée de Du Maurier en étirant le bras gauche pour prendre le contrat. Il chercha tout de suite les deux clauses suggérées par madame Dufort.

> **CLAUSE 10**
> Les dix œuvres commandées pour l'exposition du vingt juillet 1995 devront toutes inclure quelques gouttes de sang de l'artiste signataire dudit contrat.
>
> **CLAUSE 11**
> La signature de ce contrat est valable uniquement si la clause 10 est respectée dans son intégrité.

Jimmy éclata de rire. Il ne connaissait peut-être pas le jargon officiel d'un contrat entre agents et artistes, mais il savait reconnaître une plaisanterie.

— Ben voyons, c'est quoi ce niaisage-là ? demanda-t-il, le sourire encore aux lèvres.

— C'est très sérieux, monsieur Novak. Vous acceptez ou vous refusez.

— C'est quoi l'rapport ?

— Vous n'avez pas besoin de détails. Vous devez respecter le contrat. C'est tout.

— On veut que j'foute mon sang sur mes peintures et j'ai pas l'droit d'savoir pourquoi ?

— Ceux qui vont acheter vos œuvres n'ont pas précisé en quoi ce détail était important.

— Ceux qui vont acheter mes œuvres ! ? ! Une minute là ! Si j'comprends bien, mes toiles sont vendues d'avance ?

— C'est bien cela.

— Pis c'est qui, ces acheteurs-là ?

— Ils désirent garder l'anonymat.

— Et j'ai pas l'droit d'savoir pourquoi les acheteurs exigent que j'mette mon sang dessus ?

— Exact.

— Est-ce que j'peux au moins savoir pourquoi « mon » sang les intéresse plus que celui d'un autre ?

— Je l'ignore.

— Tu pourrais leur demander.

— Qu'est-ce que ça peut vous faire ? répliqua Évelyne Dufort. Vous devez renoncer à me poser des questions. Vos toiles seront admirées, bien conservées, vous serez grassement payé, vous ferez le bonheur de plusieurs personnes, les médias vont vous porter aux nues et tout cela pour quelques gouttes de sang.

— Et qu'est-ce qui t'fait croire que j'vais accepter de mettre mon sang sur mes toiles ?

— Monsieur Wagner m'a dit que vous l'aviez fait sur votre autoportrait.

Et Jimmy qui croyait que l'homme aux yeux violets était resté indifférent en apprenant que l'autoportrait incluait le sang de l'artiste ! Cette visite, cette proposition d'Évelyne Dufort, était en réalité une suite à l'achat de *Kaguesna* par Wagner. Mais dans quel but ?

Plusieurs événements convergèrent soudain dans sa tête. Depuis quelques semaines, il se produisait bien des coïncidences reliées à son sang ; l'Ange écarlate l'avait fait saigner et il en avait eu une extase sexuelle ; il avait découvert qu'il aimait s'abreuver de son propre sang, goût qui se transformait de plus en plus en besoin ; il avait taché de son sang, pour la première fois, une toile qu'il avait vendue dans un temps record et voilà qu'on lui proposait d'exposer son œuvre, à la condition de signer un contrat et toute la production avec sa sève écarlate. Le fait de signer ce contrat allait-il provoquer un nouvel événement relié au sang ?

Novak réfléchit ; quelques gouttes de sang contre beaucoup d'argent, c'était peut-être insolite, mais certainement intéressant. Pour un don de sang, La Croix-Rouge n'était pas aussi généreuse. Il se leva pour aller chercher son canif sur la tablette d'un des deux chevalets puis il revint, nonchalant, s'asseoir en face d'Évelyne. Il dénoua le bandeau noir qui cachait son poignet gauche en cherchant à croiser le regard de sa première agente officielle. Cette dernière fixait la mini toile abstraite qu'étaient devenues les coupures sur le dessus du poignet de son nouveau protégé. Il dirigea la lame vers l'œuvre sur chair, mais madame Dufort l'arrêta. La main molle pouvait devenir une main de fer.

— Vous devriez vous habituer à désinfecter la lame, si vous ne voulez pas mourir du tétanos avant d'avoir fini votre contrat.

Il n'y avait jamais pensé.

Après avoir stérilisé la lame du canif avec la flamme de son briquet, il pratiqua une incision bien droite et parallèle à la plus récente. Plutôt que de laisser tomber quelques gouttes de sang sur le contrat, il prit le papier, le frotta sur la blessure puis le déposa sur la table. Évelyne s'en empara et tendit un deuxième contrat à l'artiste.

— Votre copie.

Jimmy répéta son geste. Une fois sa copie signée, il se mit à sucer la coupure en plongeant son regard noir dans celui, d'un bleu très pâle, de son agente.

— Vous avez des instincts vampiriques, monsieur Novak ?

— Peut-être bien…

Madame Dufort rangea l'original du contrat dans son porte-documents, puis elle se leva. Le peintre la raccompagna jusqu'à la porte.

— Au revoir, monsieur Novak. Vous me tiendrez au courant de la progression de votre travail.

— J'en ai pas l'intention. Ce sera prêt pour le vingt juillet.

La femme d'affaires s'avança dans le couloir.

— Eh ! cria-t-il sur le pas de sa porte. Et si j'réussis pas à respecter l'contrat ?

Arrivée à l'escalier, elle se retourna.

— J'ai confiance en vous. Ne me décevez pas.

Pendant un moment, Jimmy écouta les talons hauts claquer contre les marches de ciment, puis il rentra dans son antre en espérant avoir pris la bonne décision.

◆

Novak fut presque renversé par la fille aux courts cheveux noirs qui lui sauta au cou pour l'embrasser fougueusement. Petite et menue, elle portait un short en jean noir, un t-shirt blanc aux manches arrachées et des bottes d'armée.

— Salut, mignonne, réussit-il à dire dès qu'il put respirer. J'ai une bonne nouvelle à t'annoncer.

— Tu veux qu'on s'marie ?

Jimmy la repoussa de manière brusque et s'éloigna.

— J'finirai ben par t'avoir, murmura-t-elle en entrant puis claquant la porte derrière elle.

Novak détestait entendre parler de mariage. Surtout par Chantale. Il avait toujours été clair à ce sujet : il n'en était pas question. Jamais. Mais ce n'était pas entré dans sa tête à elle.

— Fais-moi un café, Jiminy chéri.

Chaque fois qu'elle utilisait ce surnom enfantin, Novak grognait. Mais la mignonne ne s'en préoccupait pas.

Une fois dans la cuisine, le peintre se demanda s'il avait envie de la présence de cette fille chez lui. Il n'eut pas le temps de se répondre qu'elle surgissait derrière lui en fonçant droit sur la porte du réfrigérateur, qu'elle ouvrit toute grande.

— Y a jamais rien dans ton frigo.

— Tu l'sais que j'ai pas d'argent.

Jimmy s'était bien gardé de dire à Chantale qu'il avait vendu une toile pour deux mille deux cents dollars. Dieu seul savait quel plan elle aurait pu manigancer. Pourquoi pas un voyage en amoureux dans le Sud ? Juste d'y penser, le peintre en avait la nausée.

Ça faisait dix mois qu'il connaissait Chantale Lamothe, une jeune punk avec peu de scolarité, mais beaucoup de caractère. Il l'avait croisée au coin de Berri et Sainte-Catherine où elle quêtait. Elle était si mignonne que Jimmy l'avait invitée à prendre un café au Second Cup. Depuis, l'adolescente s'était imposée dans son univers d'artiste solitaire. De caractère aussi prompt et violent que le sien, Chantale savait, au bon moment, utiliser grandes déclarations et larmes pour désarmer son homme.

Petit à petit, elle s'était acharnée à transformer leur relation à l'image qu'elle se faisait du couple idéal : elle passait de plus en plus de temps au loft, nettoyait et rangeait, s'organisait pour distraire Novak lorsqu'il commençait à dessiner ou à peindre, l'incitait à chercher un emploi plutôt que de vivre de ses maigres revenus d'artiste et elle ne voulait pas qu'il devienne l'ami de Martin, son tout nouveau voisin de palier, parce que « sa face ne lui revenait pas ».

« Jiminy » n'avait cédé à aucune des pressions de la gamine. Il voulait peindre, détestait vivre dans un univers ordonné, il verrait Martin chaque fois qu'il en avait envie et il n'était pas question que Chantale habite chez lui. Lorsqu'elle passait plus de deux jours sans sortir du loft, il finissait par trouver sa présence si intolérable qu'il lui criait de retourner dans la rue.

Elle prenait alors son sac d'armée en bandoulière et disparaissait. Novak ignorait où et ne cherchait pas à le savoir. Il la soupçonnait de se prostituer pour survivre, mais cela le laissait indifférent. Elle revenait, toujours à l'improviste, trois, quatre et parfois même cinq jours plus tard.

Leurs rencontres n'étaient plus qu'un feuilleton d'injures et une saga d'objets lancés contre les murs. Le plus souvent, les bagarres se terminaient au lit. Jimmy en avait ras le bol. En réalité, il en avait assez de coucher avec Chantale, dispute ou pas. Cette fille était inépuisable. Elle le vidait de toute son énergie. Jalouse et possessive, elle gardait tout pour elle. Il ne restait rien pour son art. C'était pourtant difficile d'en décrocher ; elle était la première fille qui semblait tenir à lui autant et cela flattait son ego.

Jimmy revint avec deux tasses, celle de Chantale remplie de café, la sienne de whisky. Il s'assit en face de la jeune fille et fit glisser vers elle les feuilles brochées qui traînaient sur la table.

— Mon premier contrat.

— Un contrat d'quoi ?

— Ben voyons, un contrat pour exposer mes toiles. Sûrement pas un contrat d'plomberie.

Elle jeta un coup d'œil méprisant sur les papiers.

— Ça dit quoi ?

— Ma première exposition officielle va avoir lieu le vingt juillet. Il faut que j'peigne dix toiles d'ici là.

Chantale éclata d'un rire hystérique. Jimmy fronça d'abord les sourcils, puis il cala la moitié de sa tasse.

— Toi, Jimmy Novak, tu t'es engagé à faire dix toiles d'ici un mois ? T'es malade ! T'arriveras même pas à en faire trois ! Tu t'prends pour une star parce que tu viens d'signer un p'tit contrat d'marde, hein ?

— Osti, Chantale, t'arrêtes pas d'me dire de faire qu'que chose de ma vie. J'pogne un contrat qui va m'payer pis t'es pas encore contente. Tu m'fais chier. T'es vraiment conne.

Chantale parcourait de nouveau le contrat sans se soucier des insultes du peintre. Le hasard voulut qu'elle tombe sur la clause dix. Elle sursauta.

— C'est quoi ça ?

— Ça quoi ?

— Pourquoi ça parle de sang dans ton contrat ?

— C'est pas important.

Elle fit l'effort de lire.

— Ça dit qu'il faut que tu mettes ton sang sur tes toiles ?

— Ben oui. C'est un détail.

— T'appelles ça un détail ? C'est qui les capotés qui t'ont proposé ce contrat-là, hein ?

Elle tourna les feuilles et vit la tache sur la dernière page.

— C'est quoi ça, Jimmy ? C'est ton sang ? T'as signé ce contrat-là avec ton sang pour vrai ? Crisse que t'es malade. Tu vois pas que c'est un contrat pour débile !

Jimmy allait répliquer, mais Chantale éclata en sanglots.

— As-tu pensé à moi là-dedans, Jiminy ? Moi qui veux bâtir quelque chose de solide avec toi. Tu t'mets à signer des papiers avec ton sang. Tu trouves ça sérieux ? T'aurais pu me demander mon avis avant d'faire le cave. J't'aime, Jiminy, mais toi, t'aimes plus la peinture que moi ! J'suis écœurée que tu m'trompes avec ton art.

Jimmy se leva. Une fois près d'elle, il la serra contre lui.

— Jure-moi que tu m'aimes, exigea-t-elle entre deux gros sanglots.

— Ben oui, ben oui, j't'aime, confirma-t-il en lui caressant les cheveux. Mais donne-moi ma chance.

C'est juste un mois d'travail. Après, tout redeviendra normal, on pourra s'revoir, on pourra…

— Tu veux dire quoi par « on pourra s'revoir » ?

— J'vais avoir besoin de m'isoler si j'veux réussir à faire dix toiles en si peu de temps. C'est pas long un mois, tu vas voir, ça passe vite.

Chantale se dégagea des bras de l'artiste.

— Non, mais tu m'prends pour qui, Novak, hein ? Tu veux m'voir la face seulement quand ça fait ton affaire ? Va chier. Y va falloir que tu choisisses : c'est moi ou c'est la peinture !

Jimmy vida sa tasse et la déposa violemment sur la table.

— Fais-moi pas d'chantage de même, toi !

— Sinon quoi, sinon quoi, hein ? Tu vas me frapper peut-être ? T'aimerais trop ça, hein ? Ça t'défoulerait, maudit frustré.

— Crisse ton camp, Chantale.

— Oh ! Non. Pas avant que t'aies fait ton choix ! C'est moi ou la peinture ?

— Décrisse !!!

Le peintre s'empara de sa tasse et la lança contre le mur le plus près. Elle éclata en morceaux et aboutit avec les tessons témoins des disputes précédentes. Il sortit ensuite sur le balcon où il était en train de peindre avant l'arrivée de Chantale. Cette dernière le suivit.

— Toi pis ta chienne de peinture, penses-tu que c'est drôle d'être ta blonde ?

— Y a personne qui t'force.

— Si tu penses que tu vas t'débarrasser d'moi de même, tu t'mets l'doigt dans l'œil, Jimmy Novak.

— Fais d'l'air. J'veux peindre en paix.

Plutôt que de s'éloigner, Chantale s'approcha de Jimmy. Elle lui arracha la palette des mains et la lança à l'intérieur.

— J'veux que t'arrêtes de t'prendre pour un artiste. Occupe-toi de moi. C'est-tu clair ?

Pendant que la furie s'acharnait à lancer pinceaux, spatules et tubes de peinture dans tous les sens, Novak, les bras croisés, restait muet.

— J'te donne vingt-quatre heures, maudit chien sale, pour choisir entre la peinture ou moi. Pas une minute de plus. J'vas repasser demain à la même heure.

Chantale quitta le loft, comme elle était entrée, en claquant la porte. Jimmy prit la toile en cours et la lança en bas du balcon. Œuvre inachevée, elle échoua en pleine face sur l'asphalte crevassé de la ruelle.

Le peintre s'effondra contre les barreaux du balcon, la tête entre les mains. Abandonner la peinture était une éventualité insupportable. Chantale, elle, était insupportable. Si la décision semblait claire, il n'en restait pas moins que l'idée de ne plus avoir quelqu'un dans sa vie angoissait Novak. Chantale était peut-être invivable, mais lui n'était pas mieux. Peut-être même était-il pire.

Il pensa au contrat. C'est vrai qu'il l'avait signé à l'aveuglette. Il avait pris connaissance des clauses dix et onze, mais que contenaient celles qu'il n'avait pas lues ? Et cette histoire de sang sur ses toiles… Jimmy devait bien admettre que Chantale n'avait pas complètement tort ; cette entente soi-disant légale n'avait pas d'allure.

Il retourna à l'intérieur chercher le contrat qui était toujours sur la table – Chantale n'avait pu s'empêcher de tacher la première page de café – puis il sortit de nouveau sur le balcon, cette fois pour s'y asseoir. Il se concentra sur la lecture des vingt-cinq clauses sans y déceler un détail qui lui semblât bizarre. Comme promis, il était écrit que l'artiste toucherait vingt-cinq pour cent des profits. En fait, Novak eut l'impression que tout le document était crédible, sauf les clauses dix et onze, comme si on avait effacé deux des clauses originales pour les remplacer par celles du sang. Un contrat trafiqué. Mais, dans un sens, que le contrat soit trafiqué ou non, qu'est-ce que ça changeait pour lui ? Au pire, s'il n'y avait pas d'argent au bout du compte, il aurait au moins eu la chance d'exposer, pour la première fois, plusieurs toiles au même endroit.

Puisqu'il était maintenant seul, Jimmy en profita pour dénouer le bandeau qui couvrait son poignet gauche, geste qu'il se gardait de faire – depuis bientôt trois semaines – en présence de Chantale. Pourtant curieuse, elle n'avait pas insisté sur le sujet après la seule fois où elle lui avait demandé pourquoi il portait ce bandeau.

— C'est pour m'éponger l'front quand j'peins.

— Quand tu dors, tu peins pas.

— J'le porte tout l'temps juste pour le *fun*.

— C'est con.

Quant à la trace de griffes qu'il avait sur le torse, Jimmy avait inventé une histoire de chat qui venait parfois sur son balcon et avec lequel il s'était amusé. À son grand soulagement, l'adolescente y avait cru.

Depuis le vingt-trois mai, Novak n'avait toujours rien mangé. Ses quelques tentatives pour avaler de la nourriture solide l'avaient rendu malade. Son garde-manger et son réfrigérateur avaient beau demeurer vides – mis à part les cartons de jus d'orange et les bouteilles d'alcool – Chantale n'avait rien remarqué de différent dans les habitudes alimentaires de son homme depuis toujours déficientes. Jimmy n'avait toujours pas dormi non plus, depuis le vingt-six mai. Lorsque la jeune punk passait la nuit chez lui, il attendait qu'elle dorme profondément. Il se levait alors pour feuilleter ses livres d'art, regarder un film sur sa mini-télévision noir et blanc ou aller boire sur le balcon.

Novak aurait aimé savoir de quel étrange syndrome il était atteint pour se sentir plus en forme que jamais sans avoir besoin ni de manger ni de dormir. Depuis le début de ce qu'il appelait sa « transformation », il ressentait parfois – en réalité de plus en plus souvent – des engourdissements dans les membres inférieurs mais, comme ce n'était pas douloureux et que cela ne durait jamais bien longtemps, il ne voyait pas de raisons de s'inquiéter.

Après avoir fait danser la flamme du briquet sur la lame de son canif, l'artiste pratiqua une nouvelle coupure parallèle aux précédentes. Le sang forma une ligne nette sur le dessus de son poignet.

Il allait devoir bientôt sucer son sang au poignet droit, car le bandeau du poignet gauche n'était plus assez large pour camoufler la série de coupures. Jimmy songeait également à utiliser une lame de rasoir plutôt que celle du canif, ce qui lui permettrait de pratiquer des incisions plus fines.

Existait-il une saveur métallique universelle ou le goût du sang était-il propre à chaque individu, groupe sanguin, race ou état de santé ? Novak fantasmait sur le goût et la texture que pouvait avoir le sang d'une femme et, en particulier, celui de l'Ange écarlate.

Excité par cette pensée, il pressa ses lèvres contre la coupure qu'il se mit à sucer goulûment.

MONTRÉAL, 30 SEPTEMBRE 1997

Ian apprécia de retrouver l'atmosphère sombre, chaleureuse et théâtrale du Else's, un bistro de quartier – situé au coin des rues Roy et de Bullion – qu'il fréquentait, à l'époque, avec Tura. En cet après-midi maussade, l'endroit abritait trois étudiants qui philosophaient autour d'une bière, un homme en complet concentré sur son ordinateur portatif et un couple de vieux bohèmes qui lisaient, elle *Le Devoir* et lui le dernier Michel Tremblay. Derrière le bar, un grand rouquin jasait au téléphone.

Béluterre marcha jusqu'au fond du bistro et tourna à droite, dans un étroit et court couloir. Il ouvrit la porte sur laquelle était écrit « Garçons » et pénétra dans les minuscules toilettes où il s'enferma. Après avoir déposé sa poche kaki sur le carrelage, il s'observa un moment dans le miroir. Devant la pâle repousse de sa barbe, il eut un air contrarié ; il avait oublié d'acheter un rasoir. Il se contenta donc d'ouvrir les robinets, de glisser ses mains sous le puissant jet d'eau et de s'asperger le visage.

C'était un homme bien portant aux courts cheveux noirs qui l'avait accueilli au Diamant de cuir, une heure plus tôt.

— Est-ce que Dek est ici ? avait demandé Béluterre.

— Dek ? Tu veux parler de l'ancien proprio ?

— La boutique ne lui appartient plus ?

— Dek est mort il y a un an. Son p'tit copain a piqué une crise de jalousie et l'a poignardé. C'était en première page d'*Allô Police*. Ç'a été une grosse perte pour le milieu fétiche montréalais. Dek en était un des piliers. Mais puisqu'il n'est plus de ce monde, est-ce que je peux faire quelque chose pour toi ?

Ian lui avait montré la photo de Tura.

— Cette femme est-elle déjà venue ici ?

L'homme avait regardé la photo attentivement.

— Non, ça m'dit rien.

Béluterre ne pouvait donc plus compter sur l'aide de Dek pour l'aider à retrouver la femme de sa vie.

En juillet, Ian avait téléphoné à Tura pour lui annoncer qu'il revenait bientôt à Montréal. Il était tombé sur la boîte vocale d'un inconnu. À peine une minute après cet appel, une conversation téléphonique avec le concierge de l'immeuble où habitait Tura lui avait appris que madame Sherman avait quitté son appartement deux mois plus tôt, soit en mai. L'homme ignorait où elle était déménagée.

Le visage encore humide, Béluterre sortit des toilettes. Il alla s'asseoir près des baies vitrées qui donnaient sur la rue Roy. Une jeune serveuse aux cheveux noirs hirsutes et aux grands yeux bleus – hanches étroites et poitrine menue serrées dans une courte robe en nylon noir – vint à sa table.

— Qu'est-ce que je peux te servir?

— Un thé Earl Grey.

Deux ans au pays de la Reine avaient suffi pour lui inculquer le goût du thé.

La serveuse s'éloigna. Elle ne travaillait pas au Else's, à l'époque.

Ian fouilla dans une des multiples poches de sa combinaison et il en sortit la photo de Tura qu'il déposa sur la table. Il plongea ensuite une main dans son sac d'armée et récupéra les journaux qu'il avait pris, la veille, à la station Berri. Il alla directement aux petites annonces du *Voir*, à la rubrique des logements à louer sur le Plateau Mont-Royal.

Lorsque la serveuse apporta tasse et théière, Ian lui tendit la photo.

— As-tu déjà vu cette femme ici?

La jeune fille se pencha pour mieux voir.

— Non, ça ne me dit rien, mais si tu veux, je peux aller la montrer à Rob. C'est l'autre serveur. Il l'a peut-être déjà vue, lui.

Elle prit la photo et elle alla interrompre la conversation téléphonique de Rob. Après qu'elle lui eut expliqué de quoi il s'agissait, il jeta un coup d'œil sur la photo mais hocha la tête négativement. La serveuse revint vers son client.

— Ça ne lui dit rien, précisa-t-elle en lui redonnant la photo. Désolée.

— Merci, répondit Béluterre.

Il rangea la photo et se versa une tasse de thé. Sans aucun indice sur le nouveau lieu de résidence de Tura, la retrouver serait peut-être une quête moins facile qu'il ne l'avait cru. Elle n'habitait peut-être même plus à Montréal.

Il parcourait les annonces de la rubrique 222 lorsqu'il sentit une soudaine et intense pulsation à ses tempes. Au moment où il levait les yeux de son journal, il aperçut, de l'autre côté de la baie vitrée, une longue silhouette qui s'enfuyait en courant.

La Violence noire se mit à circuler dans ses veines, répandant une chaleur infernale dans tout son corps. Il crut que les martèlements qui s'acharnaient sur ses tempes allaient défoncer son crâne.

À une vitesse foudroyante, des images se bousculèrent dans son esprit.

◆

Dans l'état où je me trouve, je me demande encore comment j'ai réussi à revenir chez moi.

Toutes ces images qui filent dans ma tête à une vitesse vertigineuse... Confusion de lieux, individus, noirceur, odeur, impression de peur, violence... Et en même temps, ces sensations physiques d'attirance puis de répulsion, de désir de communiquer puis de détruire. Je crois que les pièces du casse-tête commencent à se mettre en place dans mon esprit.

Je me sens fatiguée. Terriblement épuisée par tant d'énergie qui se court-circuite en moi.

Je n'ai pu m'empêcher de fuir d'effroi lorsque j'ai enfin vu le visage de cet homme, à travers une baie vitrée mais de très près.

Mes soupçons étaient donc fondés.

Cet homme a le même visage que le mien.

Montréal, 20 juin 1995

Le Diamant de cuir était reconnu comme le meilleur endroit à Montréal pour satisfaire tous les fantasmes fétichistes vestimentaires et les désirs les plus exigeants en matière d'équipement sadomasochiste.

La boutique, minuscule, était un vrai capharnaüm de sous-vêtements à dérouter les plus experts, de pantalons et vestons de cuir au modèle unique, de « presque » robes et de « semblant » de jupes en latex, de souliers et de bottes à rompre l'arche du pied, de masques suffocants, de colliers d'esclave, de fouets de toutes les longueurs, de chaînes de toutes les grosseurs, de bijoux pour les parties intimes et d'autres vêtements et accessoires spécialisés dans les plaisirs érotiques et les perversions.

Occupé à vider des boîtes derrière le comptoir, Dek, le propriétaire aux courts cheveux blancs, fut content d'entendre tinter la clochette de la porte d'entrée en ce mardi après-midi de juin, trop tranquille à son goût.

Vêtue d'une simple robe courte en cuir noir et de bottes qui lui montaient aux genoux, l'Ange écarlate entra au Diamant de cuir. Sans jeter un regard à la marchandise, elle se dirigea vers le fond de la boutique. Elle repoussa une longue mèche rouge derrière son épaule puis elle sortit de son sac en bandoulière un dessin, recouvert d'un plastique transparent, qu'elle déposa sur le comptoir vitré sous lequel s'étalaient quelques objets coûteux. Dek émit un long sifflement d'admiration.

— Toute une robe ! Est-ce vous qui l'avez dessinée ?

— Non.

Le propriétaire de la boutique examina le dessin de la longue robe moulante rouge vif, sur laquelle de nombreuses ouvertures de formes arrondies et asymétriques laissaient la peau nue.

— Dans combien de temps sera-t-elle prête ?

Dek sourit ; rares étaient les clients qui demandaient la date de livraison avant de s'informer du montant de la facture.

— En quel tissu la voulez-vous ?

— En cuir.

— En cuir rouge ?

L'Ange confirma d'un petit « oui » de la tête.

— Hum… Ce n'est pas évident. Il faut d'abord que je trouve un lot de belles peaux et qu'ensuite je les fasse teindre. Le problème, c'est que les teinturiers capables de sortir un rouge aussi éclatant sont plutôt rares. Je vais probablement devoir envoyer les peaux aux États-Unis. On parle donc de… voyons voir… pour la recherche des peaux et la teinture… deux à trois semaines… pour la confection, incluant les ajustements, il me faut une bonne semaine de travail… Disons que dans un mois, jour pour jour, votre robe sera prête.

La Maîtresse sortit de son sac un agenda noir à couverture rigide.

— On s'entend pour le vingt juillet ?

Dek prit un des carnets près du téléphone.

— Le vingt juillet, c'est bon, nota-t-il en même temps que sa cliente.

Il disparut ensuite dans l'arrière-boutique pour revenir, un moment plus tard, avec un ruban à mesurer et une petite boîte grise en plastique. Un seul coup d'œil avait suffi à l'Ange pour comprendre les intentions de Dek.

— Tu n'as pas besoin de prendre mes mensurations, je les ai déjà.

— Hum… Si ça ne vous dérange pas trop, je préférerais les prendre moi-même.

— Celles que je vais te donner sont « très » exactes.

Le commerçant n'osa contredire la Maîtresse. Il sortit une fiche vierge de la boîte et commença à noter les parties du corps dont il avait besoin de savoir les mensurations.

— Tu connais bien Jimmy Novak ? lança soudain la dominatrice.

— Un peu, répondit Dek en continuant d'écrire.

— Comment l'as-tu connu ?

— La première fois que Jimmy est entré ici, il mourait d'envie de s'acheter un pantalon de cuir, mais il n'avait pas d'argent. Comme sa tête me revenait, je lui ai demandé ce qu'il faisait dans la vie. Quand j'ai su qu'il était artiste, je lui ai proposé un marché : une toile à mon goût en échange d'un pantalon de cuir sur mesure. Une semaine plus tard, il est revenu avec une toile absolument superbe que j'ai accrochée dans ma chambre à coucher. La semaine d'après, il sortait de ma boutique avec son pantalon. Depuis, quand certains de mes clients ont une bonne idée dont ils aimeraient d'abord voir le résultat sur papier avant la confection, je demande à Jimmy de faire des croquis, en échange de quoi je lui refile quelques dollars.

Dek tourna le carton en direction de sa cliente. Elle prit le stylo qu'il lui offrait et se mit à remplir, sans hésiter, les espaces vides de la fiche. La pointe de ses cheveux effleurait le comptoir. Lorsqu'elle eut fini, elle donna la fiche à Dek, mais garda le stylo en main.

— Tu crois qu'il accepterait de faire mon portrait ?

— Oh ! Sans aucun doute.

— Tu as ses coordonnées ?

Fouillant une deuxième fois dans la boîte grise, Dek en retira une fiche identifiée « Jimmy Novak » sur laquelle étaient inscrits l'adresse et le numéro de téléphone du peintre. L'Ange nota les informations dans les dernières pages de son agenda qu'elle glissa ensuite dans son sac. Puis, elle remit une enveloppe cachetée au propriétaire de la boutique.

— Voici cinq cents dollars de dépôt. On se revoit quand ?

— Je vous appelle pour un premier essayage d'ici trois semaines.

— Parfait.

Elle quitta la boutique sans dire au revoir.

Dek fut tenté de téléphoner au peintre pour l'avertir que l'Ange écarlate allait peut-être lui demander de faire son portrait, mais il décida de ne rien dire. Il valait mieux que Novak ait l'éventuelle surprise d'être contacté directement par cette femme hors du commun.

◆

Le toit baissé, la Fiat filait dans la rue Sherbrooke.

Il existait de nombreux portraits de la femme aux cheveux rouges, tous signés Karl Von Reiner. Elle avait gardé plusieurs croquis et deux toiles de l'époque où elle n'était que « l'Ange ». Ils étaient cachés dans le fond d'une garde-robe et elle ne les avait plus jamais regardés depuis sa rupture avec le peintre, en 1991. De la période de sa vie où elle était devenue « l'Ange écarlate », elle ne possédait qu'une seule toile de Von Reiner et elle l'avait décrochée du mur de son salon quelques jours auparavant. À trente-six ans, dans toute sa splendeur féminine, elle voulait de nouveau être immortalisée par un artiste ; pourquoi pas Novak, peu importe les sentiments contradictoires qu'il lui inspirait. Son choix était d'ailleurs uniquement motivé par le talent du peintre dont elle avait pu admirer l'autoportrait, chez Boris.

Coin Sherbrooke et Saint-Denis, la voiture prit vers le nord.

Au cours de sa dernière séance chez Marcel Raymond, l'Ange avait pris quelques informations sur William Glencross. Le médecin lui avait dit avoir fait la connaissance de l'architecte par le biais d'un groupe – secret, avait-il précisé – d'hommes d'affaires amateurs de sadomasochisme et de fétichisme. Nouveau dans le réseau, Glencross restait toujours curieusement imprécis sur le genre de services auxquels il était intéressé. Comme Marcel en savait peu sur lui, outre le fait qu'il était prêt à payer le prix qu'il fallait pour obtenir ce qu'il voulait, il lui avait donné le nom de l'Ange écarlate qu'il considérait comme la plus expérimentée des Maîtresses dans tous les domaines.

L'Ange n'aimait absolument pas Glencross. Toute sa personne lui déplaisait : son front en sueur, son air de chien battu, ses lèvres minces à la commissure dédaigneuse, ses mouvements précieux... sa voix... Elle l'enviait cependant de pouvoir s'offrir un congé sabbatique et, en plus, d'être capable de se payer les coûteux services d'une Maîtresse. Elle-même aurait aimé voyager, partir des mois, faire le tour de l'Europe ou visiter des pays orientaux, mais elle s'était contentée de quitter Toronto pour Montréal, histoire de changer d'air, de décor et de clients. Ses deux comptes en banque atteignaient les cinq chiffres et elle les gardait ainsi, par expérience. N'ayant aucun autre revenu que ceux de son art pervers, elle avait déjà connu des périodes difficiles et de nombreux problèmes avec l'impôt. Détestant se priver de luxe, elle devait donc être en mesure de faire face aux imprévus, car ses dépenses mensuelles – appartement coûteux, voiture sport, restaurants chics et vêtements de qualité – étaient considérables. Installée à Montréal depuis à peine quatre mois, l'Ange devait planifier son budget en considérant que ses revenus étaient encore plus modestes, pour l'instant, qu'à Toronto. Elle aurait pu garder quelques anciens clients, mais son besoin de changement, son désir de refaire sa vie ailleurs l'avaient emporté, dans ce cas-ci, sur l'appât du gain. Se rebâtir une clientèle fiable n'était pas une mince tâche, mais c'était un défi qu'elle avait eu envie de relever.

Quatre années d'expérience à titre de Maîtresse professionnelle lui avaient permis de rencontrer toutes sortes de clients : hommes qui venaient une fois et devenaient dépendants, ceux qui auraient bien aimé revenir mais n'avaient pas les moyens, d'autres qui la demandaient en mariage ou la suppliaient de les laisser devenir ses esclaves à vie, femmes mariées cherchant à offrir un cadeau original à leur époux, psychologues rêvant de l'analyser, hystériques refusant de la laisser partir, journalistes obsédés par l'idée d'écrire sa biographie, policiers qui – en échange de leur précieuse protection – demandaient quelques services, illuminés voulant la remettre dans le droit chemin, homosexuels jaloux, lesbiennes adoratrices, bref, des plus intéressants aux plus indésirables, elle en avait vu de toutes les couleurs. D'après son expérience et son intuition, et malgré l'antipathie naturelle qu'il lui inspirait, l'Ange devina que Glencross allait être un bon client.

La Maîtresse stationna sa voiture rue Saint-Hubert. Le toit étant baissé, elle ne prit pas la peine de verrouiller les portières. Elle descendit de la Fiat et se dirigea vers le bâtiment qui l'intéressait. Elle entra dans le vestibule et appuya sur la sonnette de l'appartement quatre. N'obtenant aucune réponse, elle essaya de nouveau, sans succès.

Elle sortit de l'immeuble à logements en se disant qu'elle repasserait une autre fois, mais elle changea d'idée et décida d'aller d'abord vérifier dans la ruelle. Par une si belle soirée d'été, Novak profitait peut-être de son balcon arrière, s'il en avait un.

Une fois dans l'avenue de Chateaubriand, ruelle parallèle à Saint-Hubert, l'Ange mit peu de temps à repérer Novak. Assis sur son balcon, au troisième étage, les jambes croisées et le dos contre le mur, il ne portait qu'un jean noir moulant. Plusieurs torchons maculés pendaient à la rampe, tandis que, sur le rebord de la fenêtre, une bouteille de Jack Daniel's côtoyait des tubes de peinture et un bidon de solvant.

Camouflée au coin d'un mur à quelques mètres du balcon, l'Ange se mit à observer le peintre. Le bras levé à la hauteur du visage, il semblait sucer la peau sur le dessus de son poignet. En se rappelant leur première rencontre, l'Ange se dit que Novak pouvait être en train d'aspirer son sang, intuition qui se révéla juste lorsqu'il recula sa bouche de son poignet et qu'elle le vit presser sur sa peau jusqu'à ce que des traînées rouges se mettent à couler le long de son bras.

À ce moment précis, elle commença à se sentir mal; ses membres se raidirent, sa respiration devint irrégulière et la température de son corps augmenta. Sa vision se brouilla, envahie par des trous noirs qui apparaissaient et disparaissaient de manière intermittente. Debout, figée, l'Ange crut qu'elle allait perdre conscience. Elle ferma les yeux et resta dans cette position plusieurs secondes. Puis, graduellement, son corps retrouva sa température normale, ses muscles se détendirent et elle put enfin respirer normalement.

La Maîtresse ouvrit les yeux. Sa vision était tout à fait claire. Elle bougea les jambes et les bras, puis fit quelques pas afin de s'assurer qu'elle était redevenue normale, du moins pour le moment. Que s'était-il donc passé ?

Elle jeta un coup d'œil vers le haut. Novak était rentré. Elle décida de partir.

En passant sous le balcon du peintre, elle remarqua une toile d'environ 1 m 30 sur 70 cm, qui gisait la face contre l'asphalte. Intriguée, elle se pencha et la tourna ; elle représentait le croquis d'un homme. Ici et là, des touches de peinture rouge avaient été appliquées. Il s'agissait visiblement d'un projet de toile avorté.

Elle la laissa retomber sur le bitume.

L'Ange regagna sa voiture et, comme elle ne ressentait aucun effet secondaire de son malaise, elle put conduire sans difficulté. Par contre, comme c'était la deuxième fois en peu de temps qu'elle vivait ce genre d'expérience désagréable, elle décida de prendre rendez-vous avec son médecin.

Une fois chez elle, la femme aux cheveux rouges laissa un message dans la boîte vocale de Glencross pour lui faire savoir que la robe écarlate serait prête dans un mois.

Elle enfila ensuite un maillot de bain noir et descendit nager à la piscine intérieure de l'immeuble où elle habitait.

MONTRÉAL, 30 SEPTEMBRE 1997

Le temps était toujours pluvieux. Ian remontait Saint-Denis, sans but précis. Latente, la Violence noire circulait toujours dans ses veines.

Qui donc était cette personne, cachée sous un long manteau sombre et ample, qu'il avait vue s'enfuir à l'extérieur du Else's ? Il avait voulu se lever et partir à sa poursuite, mais il y avait eu un tel tourbillon dans son esprit à ce moment-là qu'il avait absorbé toute l'énergie de son corps. Ian était resté cloué sur sa chaise pendant plusieurs minutes avant de pouvoir bouger.

Bien que la silhouette lui eût semblé plutôt féminine, elle était passée à la vitesse d'un coup de vent et Béluterre n'était donc pas certain qu'il s'agît d'une femme. Peu importe, il savait, sans pouvoir l'expliquer de manière rationnelle, que la violente réaction physique qu'il avait eue avait été provoquée par la soudaine apparition de cet individu dans son environnement proche. Il se demandait si cette personne ainsi que la présence indésirable qui rôdait autour de lui depuis la veille n'étaient pas la même.

À Montréal dans le but de retrouver la femme qu'il aimait, il allait être difficile pour Ian de ne pas avoir aussi envie de retracer cette mystérieuse personne ; elle avait fait ressurgir en lui des images qu'il avait cru disparues à jamais.

Béluterre entra au Delicatessen au coin de Mont-Royal. Dès qu'il eut franchi les portes vitrées, toutes les têtes se tournèrent vers lui. Il passa en revue les banquettes le long des fenêtres. Chaque client qui croisait son regard froid et cruel baissait rapidement les yeux sur son assiette ou son journal. Tous les clients, sauf un. Assis sur la dernière banquette, un jeune homme aux courts cheveux bruns en bataille soutint son regard. Il affichait un sourire en coin et un air de bravade. Ian marcha jusqu'à sa table, près de laquelle il s'arrêta :

— Tu attends quelqu'un ? demanda-t-il.

— Pas que je sache.

Ian lança sa poche d'armée au fond de la banquette et s'assit en face du jeune homme.

— Tu joues dans un film ? demanda ce dernier, après avoir vidé sa tasse de café.

— La vie est un film.

— T'as plus une tête de tueur que de philosophe.

Béluterre ébaucha un de ses rares sourires. L'attitude arrogante du jeune lui rappelait celle de Jimmy Novak.

Une serveuse rousse, d'allure vulgaire, vint à leur table.

— Un autre café, mon beau François ?

— Bien sûr, ma douce Anna.

— Et qu'est-ce que je sers à... au type assis en face de toi ?

— Un thé, répondit Ian.

Anna s'éloigna en haussant les épaules.

— Un thé ? s'étonna celui que la serveuse avait appelé François. Comment tu fais pour boire du thé ? T'es Anglais ?

— Un peu.

— C'est pas évident. T'as pas d'accent. C'est Ian comment ton nom ?

— Béluterre.

— Béluterre ! ? C'est la première fois que j'entends ça. Ça sonne pas trop anglais. C'est de quelle origine ?

— Originale.

François éclata de rire.

— T'es pas mal bizarre, lança-t-il, une fois calmé. Tu fais quoi dans la vie, « Béluterre » ?

— Je cherche et j'attends.

— Ça veut dire quoi ?

— Je cherche quelqu'un et j'attends les instructions.

— Tu serais pas une sorte d'agent secret ? demanda François en se penchant au-dessus de la table.

Ian s'approcha aussi et chuchota :

— James Bond, c'est de la vieille peau. On m'a demandé de le remplacer.

Sourire en coin, François se recala contre la banquette de vinyle orange brûlé. Anna vint remplir la tasse de son client régulier et déposer une mini-théière et une tasse vide devant Ian. Puis elle s'éloigna pour aller prendre la commande d'une nouvelle cliente.

— Sérieux... tu sors souvent accoutré comme ça ? s'informa François.

— Non. Des fois je m'habille *fucké*.

De physionomie, Ian et François se ressemblaient un peu, le second étant une version plus douce du premier: traits moins anguleux, yeux bleus moins perçants, nez plus court et délicat, lèvres plus épanouies et moins sévères. François paraissait plus jeune que ses vingt-quatre ans, alors que Ian faisait plus vieux que ses vingt-huit.

Plus petit que Béluterre, François, un mètre soixante-dix, jouissait aussi d'un corps mince, souple et musclé. Mais, à l'opposé du serein Ian – du moins c'est ce que son attitude inspirait malgré une apparence insolite –, il était de type nerveux et prompt.

Pendant que François reluquait les filles qui passaient dehors, Ian feuilletait l'hebdomadaire *Ici* qu'il avait sorti de son sac. Il remarqua, en page treize, une publicité affichant une femme vêtue d'une longue robe moulante en cuir noir, lacée dans le dos. On annonçait une soirée fétiche.

— Ça roule depuis longtemps ce genre de soirée? demanda-t-il.

— Je sais pas trop. Ça fait au moins un an que c'est annoncé dans les journaux. Pourquoi, ça t'intéresse?

— Simple curiosité. Tu y es déjà allé?

— T'es malade! C'est juste une bande de pervers qui vont là.

— Comment peux-tu juger si tu n'y es jamais allé?

— Si tu penses que je vais me laisser fouetter par une femme!

— L'imagination... c'est pas ton fort, quoi?

— Eh! C'est quoi ton problème? Je t'ai vexé? Tu tripes sadomaso? Tu peux peut-être m'expliquer ce que tu trouves d'intéressant là-dedans, d'abord.

— Non.

— C'est personnel les perversions, hein?

— Je recherche juste quelqu'un qui pourrait être à ce genre de soirée.

— Une femme?

— Oui, une femme.

— De quoi a-t-elle l'air ?

— Tu es trop curieux.

— C'est normal, je m'emmerde. J'ai rien à faire. T'es une vraie distraction pour moi.

Ian sourit de nouveau. La spontanéité et la franchise de François lui plaisaient.

Et ça lui plaisait aussi d'avoir une conversation légère avec quelqu'un qu'il ne connaissait pas.

MONTRÉAL, 21 JUIN 1995

La soirée était déjà avancée. Penché sur la rampe de son balcon, Novak fixait l'endroit, maintenant vide, où sa toile avait atterri la veille. Il se demandait de quelle manière elle avait fini : écrasée sous les pneus d'une voiture, recyclée par une bande de jeunes, lancée sur un tas d'ordures, récupérée par un peintre… ?

Il s'en voulait d'avoir agi sous l'effet de la colère. Ce n'était certainement pas en balançant ses toiles inachevées dans le vide qu'il allait réussir à respecter son premier contrat. Il devait absolument se débarrasser de Chantale. Cette fille était une maladie dans sa vie. Un cancer. C'était à cause d'elle qu'il se mettait hors de lui et faisait des gestes irréfléchis. Il devait l'écarter de sa vie pour toujours. De toute façon, il ne l'aimait pas vraiment. Et elle qui prétendait l'aimer, alors qu'elle détestait son art.

— Salut, Novak !

Sur le balcon adjacent au sien, un jeune homme aux courts cheveux blonds et aux yeux bleus le saluait. Martin Laberge venait d'emménager, une semaine plus tôt, dans le loft voisin de celui de Jimmy.

— Ça n'a pas l'air de filer, l'artiste.

— Ça file pas pantoute.

— On prend une bière ?

— *Great!* Fais l'saut!

Agile malgré un corps lourd en muscles, Martin monta sur le dessus de la rampe et enjamba adroitement le court espace vide qui séparait son balcon de celui de Jimmy.

— J'prends deux minutes pour m'rafraîchir, lui cria Novak, déjà dans la salle de bain. Sers-toi une bière, ajouta-t-il en tournant le robinet d'eau froide.

À peine plus vieux que le peintre, Laberge partageait son temps entre un boulot de serveur dans un restaurant de la rue Saint-Laurent et des sessions d'entraînement dans un centre de conditionnement physique. Même s'il le connaissait à peine, et malgré le fait qu'ils étaient très différents, Jimmy appréciait Martin, toujours de bonne humeur et surtout peu compliqué, ce qui le changeait de l'hystérique Chantale. Voisins, donc, ils avaient jasé à quelques reprises, tantôt sur le balcon de l'un, tantôt sur celui de l'autre, en sirotant une bière froide, ce qui mettait un peu de variété dans le régime liquide du peintre.

C'était la deuxième fois que Laberge entrait chez Novak. N'étant toujours pas habitué à l'odeur forte de la peinture à l'huile et de la térébenthine, il plissa le nez. Il se dirigea vers la cuisine où il ouvrit le réfrigérateur rempli de Black Label et d'une douzaine de litres de jus d'orange. Il prit une bière, la déboucha et décida de jeter un nouveau coup d'œil au travail de Jimmy, pour lequel il n'était pas très enthousiaste. Il longea les murs en essayant de se laisser séduire par le style, les couleurs ou le thème des toiles, mais il restait avec l'impression qu'il se dégageait de l'œuvre une mystérieuse violence qu'il jugeait malsaine.

Réticent devant les peintures de l'artiste, Martin était fasciné, par contre, par les détails qui rendaient son atelier et lieu de résidence si particulier. Les murs étaient couverts d'une tapisserie d'images découpées ou arrachées de magazines. Jimmy lui avait expliqué qu'il choisissait des photos qui l'inspiraient, parfois pour l'atmosphère qui s'en dégageait, tantôt pour un détail. Du plafond, pendait une installation complexe où s'entremêlaient des pièces de métal disparates, des morceaux de grillage et des lambeaux de tissus de couleur sombre. Suspendue dans un coin, une poupée aux boucles blondes et au sourire innocent, à laquelle il manquait une jambe, tendait les bras vers l'avant en quête d'affection. La plus grande part du matériel de peinture était rangée dans un bureau d'enfant à plusieurs tiroirs que Jimmy avait teint en rouge vif et cloué au mur. Sur le plancher de bois s'étalait, en plein centre du loft, un immense tapis usé aux motifs psychédéliques jaune et noir sur lequel Jimmy avait dessiné des graffitis violets. Le réfrigérateur était aussi couvert de graffitis et sur le dessus étaient enroulés les uns dans les autres plusieurs fils barbelés rouillés.

Martin finit par s'asseoir sur une des trois chaises qui entouraient la table. Il devait bien admettre que cette atmosphère étrange et morbide le repoussait et l'attirait en même temps. Tout comme la personnalité trouble de Jimmy Novak.

Ce dernier sortit de la salle de bain. Il ne portait que son jean noir taché de peinture et ses cheveux noirs mouillés cascadaient dans son dos. Après avoir glissé une cassette d'Angry White Mob dans le magnétophone poussiéreux, Novak alla chercher une bière qu'il déposa sur le coin de la table. Il s'assit, en lotus, sur la chaise en face de Laberge qui nota son air contrarié.

— Tu as l'air tracassé.

— J'ai plusieurs raisons d'l'être, répondit le peintre en sortant une cigarette de son paquet. J'me suis engagé dans j'sais pas trop quoi.

— Pas avec Chantale, j'espère !

Laberge avait croisé la jeune punk à deux reprises. Les deux fois, elle était d'une humeur massacrante. Il se demandait ce que Jimmy pouvait bien lui trouver.

— Non, le rassura Novak. C'est plutôt l'contraire. À cause de cet engagement, j'dois m'débarrasser de Chantale pour quelques semaines. Le temps d'peindre la dizaine de toiles que j'ai promise.

— À qui tu as promis ça ?

— À une espèce d'agente. Elle m'a demandé d'faire dix toiles en un mois et elle, elle s'occupe du reste. Ça va être ma première exposition officielle.

— Eh, félicitations ! lança Martin en levant sa bière pour trinquer. Tu devrais être content, plutôt que tracassé.

— Ouais, j'suis content, mais... y a des clauses bizarres dans l'contrat que j'ai signé.

— Bizarres dans quel sens ?

Jimmy eut besoin d'un long moment avant de répondre. Il n'était pas certain de vouloir expliquer à son voisin les clauses dix et onze du contrat d'Évelyne Dufort. Et il n'était pas plus certain de vouloir admettre qu'il l'avait signé malgré tout. Par contre, il se sentait tiraillé par le besoin de se confier à quelqu'un d'autre que Chantale. Aussi décida-t-il d'aborder le sujet avec Martin. Son voisin avait beau ne pas être une connaissance de longue date, Jimmy n'avait personne d'autre à qui parler.

— T'as déjà goûté à du sang ? demanda-t-il.

— Pas vraiment, non, répondit Laberge en pensant que Novak avait soudain décidé de changer de sujet de conversation. Bah ! J'ai probablement déjà goûté au mien quand j'étais petit, comme tous les enfants qui se font mal, qui saignent et qui sucent leur blessure. Mais je ne m'en souviens pas. Pourquoi tu me demandes ça ?

En guise de réponse, Jimmy dénoua le long tissu de coton noir mouillé qui entourait son avant-bras gauche. Croyant que le bandeau n'était qu'un élément de la garde-robe de l'artiste, Martin n'avait jamais envisagé la possibilité qu'il puisse cacher quelque chose ; surtout pas des cicatrices, gales et blessures récentes.

— Qu'est-ce qui t'arrive ?

— J'sais pas. J'suce mon sang pis j'aime ça.

— Comment as-tu découvert que tu aimais ça ?

— Un soir, j'me suis volontairement coupé et pour que la blessure cesse de saigner, je l'ai sucée. Et j'ai tripé. J'ai recommencé une autre fois et ça m'a fait autant d'effet. J'suis rendu que j'fais ça tous les jours.

— C'est la première fois que je rencontre quelqu'un avec une manie aussi étrange. Es-tu certain que tu vas bien ?

— J'me suis jamais senti aussi bien de toute ma vie.

Martin allait poser une autre question mais on frappa à la porte, sans discrétion.

— Si c'est ta blonde, je m'éclipse !

— Reste. J'la fais pas entrer.

Novak décroisa les jambes et avala une longue gorgée de bière. Une fois debout, il secoua ses pieds engourdis et se dirigea vers la porte, prêt à toutes les éventualités ; Chantale avait sûrement choisi le scénario pour lequel il craquait généralement.

Il tira le verrou et ouvrit la porte. La jeune punk affichait un sourire coquin et elle tirait sur sa courte jupe noire comme une gamine intimidée.

— Salut, Jiminy…

En la voyant ainsi, usant de tout son venin pour le piéger, Novak comprit que si cette fille restait dans les parages tout le mois, il finirait par l'étrangler, car jamais il n'arriverait à terminer son contrat.

— Qu'est-ce que j'peux faire pour toi ? lui demanda-t-il sur un ton indifférent.

— J'peux-tu rentrer ?

— Non. J'suis en train d'jaser avec Martin.

Chantale, qui détestait ce nouveau voisin qui lui volait du temps pour être seule avec Jimmy, fit néanmoins quelques pas vers l'avant. De son bras droit, Novak l'empêcha d'aller plus loin. Elle se gratta alors l'épaule gauche en s'assurant de laisser glisser la manche déchirée de son t-shirt blanc.

— Alors, mon amour, tu l'abandonnes, ta peinture ?

Novak ébaucha son sourire le plus séducteur. D'une de ses longues mains, il entoura le cou de la jeune fille qu'il serra doucement. De sa main libre, il fit glisser la manche du t-shirt un peu plus bas et se mit à pétrir le petit sein nu et ferme. Il approcha ses lèvres tout près de celles de Chantale tandis qu'elle fermait les yeux pour accueillir le baiser qui allait conclure sa victoire. À la place, Novak murmura :

— J'ai choisi la peinture. Décrisse.

La jeune punk ouvrit les yeux et plissa les sourcils. Elle recula de quelques pas et son visage exprima soudain l'air ahuri d'une personne qui vient d'apprendre la mort d'un proche. Incapable de prononcer un seul mot, elle s'éloigna dans le corridor en chancelant. Jimmy ferma la porte et retourna, calmement, s'asseoir en face de Martin.

— Tu lui as dit de revenir plus tard ?

— Non. J'lui ai dit qu'elle était plus ma blonde.

— Et elle n'a pas piqué de crise de nerfs ?

— Non.

— À ta place, je m'inquiéterais. Je ne la connais pas beaucoup, mais je pense que…

— Tu la connais assez pour comprendre pourquoi il fallait absolument que j'la sorte de ma vie. Quand elle est chez moi, j'peux pas peindre. Pas d'peinture, pas d'contrat. Pas d'contrat, pas d'exposition. J'perdrais peut-être la seule chance de ma vie d'me faire connaître.

— Je suis content pour toi si tu as réussi à t'en débarrasser. Ça m'explique toujours pas pourquoi tu tripes à sucer ton sang, dit Martin, qui désirait retourner à leur principal sujet de discussion. Qu'est-ce que ça te fait ? Qu'est-ce que tu ressens, au juste ?

— Ça m'rend extatique. C'est comme une sorte de trip sexuel mystique. Et ça m'apaise. J'me sens bien après.

— Et ça goûte quoi ?

— C'est comme boire du vin rouge dans une coupe en étain. Ç'a un goût métallique, mais c'est pas désagréable.

— En tout cas, moi, c'est pas mon style d'essayer des trucs dans ce genre-là. Il faudrait que je sois faite à l'os pour me couper volontairement et sucer mon sang.

— J'pourrais t'le faire.

— Tu n'es pas sérieux ?

— Ben voyons, c'est sûr que j'suis sérieux.

Il y eut un court silence pendant lequel Laberge eut l'air mal à l'aise.

— Franchement, Jimmy, ça ne m'intéresse pas, finit-il par répondre.

— Ça t'en a pris du temps pour dire non ! lui envoya Novak avec un sourire ambigu.

— Si tu veux un cobaye pour ce genre d'expérience sanglante, tu devrais reprendre avec ton ex.

— Trop conne pour comprendre.

— Qu'est-ce que tu veux dire ? Comprendre quoi ?

— Rien. Oublie ça, répondit Jimmy en renouant le bandeau autour de son avant-bras blessé.

— Eh ! Si tu as compris quelque chose là-dedans, je veux que tu me l'expliques, insista son voisin.

Novak écrasa sa cigarette dans le cendrier.

— Pas tout d'suite, Martin. J'vais essayer de t'l'expliquer une autre fois, parce que j'suis pas encore certain de c'que j'ai compris.

Montréal, 1er octobre 1997

Assis sur un siège simple, son sac d'armée entre les jambes, Béluterre se souvenait que les banquettes du *London tube* étaient mieux rembourrées que les sièges du métro de Montréal. Le plancher en lattes de bois de certaines voitures de l'*Underground* ainsi que l'excessive humidité ravivant les milliers d'odeurs humaines qui imprégnaient les bois, tissus, métaux et plastiques depuis plus d'un siècle l'avaient fasciné. L'image qu'il gardait du métro londonien était celle d'un vieux mille-pattes perclus de rhumatismes, mais terriblement têtu. Le métro de Montréal n'était, quant à lui, qu'une jeune scolopendre en pleine forme.

Les passagers de 7h30, par contre, n'étaient pas bien différents dans les deux villes : employés de bureau à l'air abruti par la routine quotidienne, ouvriers le nez collé sur la section sports du *Journal de Montréal*, étudiants aux yeux cernés en manque de caféine, enfants agrippés à la jupe de leur mère et bientôt abandonnés à la garderie, travailleurs de nuit cognant des clous… Tous ces gens peu bavards – totalement silencieux en Angleterre – avaient un regard terne, inflexible chez les Britanniques, apathique chez les Québécois.

Ian avait finalement jasé avec François une bonne partie de la nuit. Passionné de cinéma, Moreau s'était révélé un véritable répertoire vivant de l'industrie du film ; il décrivait ses scènes d'action préférées avec un enthousiasme si communicatif qu'il avait réussi à faire sourire Béluterre plus d'une fois.

Le métro stoppa à la station Saint-Laurent. Toujours chaussé de ses bottes singulières, Ian descendit du wagon, étonné de ne pas entendre le *Mind the gap* qui avertit les usagers de l'*Underground* qu'entre la voiture et le quai s'ouvre un espace assez large pour s'y prendre le pied.

Une fois à l'extérieur de la station, il repéra une cabine téléphonique. D'une poche de sa combinaison, il sortit un bout de papier sur lequel il avait noté des informations. Il téléphona à une dizaine de numéros et réussit à obtenir quelques rendez-vous pour visiter des logements, plus tard dans la journée.

Il se rendit ensuite sur la *Main* où il entra dans le premier Tourists' Rooms qu'il vit. Derrière le comptoir de la réception, un barbu aux gros bras lui jeta d'abord un regard étonné, puis « baveux » ; les clients qui louaient seuls ne lui disaient rien de bon.

— Écoute, le grand, j'loue pas à des têteux d'seringue.

— Je veux juste prendre une douche.

— Ben oui, et moi j'suis l'pape !

Béluterre approcha du comptoir et empoigna le col de chemise crasseux du bonhomme.

— Je veux « seulement » prendre une douche, répéta-t-il en détachant les syllabes afin d'être bien compris.

À moitié étranglé et profondément intimidé par le regard glacial de cet insolite inconnu, le barbu lui remit une clé.

La chambre, située au premier étage, était délabrée et répugnante. Après avoir pris une douche – et juré parce qu'il avait encore oublié d'acheter un rasoir – Ian enfila un slip et des chaussettes propres puis il s'allongea sur la couverture jaune mitée du lit au matelas concave.

Le barbu avait été chanceux. La Violence noire ne s'était point manifestée, mais Béluterre la sentait toujours circuler en lui de manière plus insistante à la suite de l'événement du Else's. Non pas au point de perdre le contrôle – du moins, pas encore – mais un incident trop contrariant ou trop excitant pouvait la faire éclater. Il n'y avait que le sang de Tura…

Tura… Que faisait-elle ? Qu'était-elle devenue ? Il se posait bien des questions, mais une seule importait vraiment : l'aimait-elle toujours ? Il devait le savoir. Il allait la retrouver, peu importe où elle était et le temps que cela lui prendrait.

Ça l'embêtait qu'une partie de ses pensées soit maintenant occupée, comme il l'avait craint, par l'énigmatique individu du Else's. Il aurait bien voulu mettre ce dernier de côté jusqu'à ce qu'il ait retrouvé Tura, mais c'était impossible. Les images qui avaient défilé dans sa tête au moment du choc, même si elles demeuraient confuses, étaient trop précieuses et uniques pour qu'il puisse en faire abstraction. Quel lien cet individu avait-il avec l'apparition de ces visions ? Les avait-il, lui aussi, dans sa tête ? Savait-il ce qu'elles représentaient ou, comme Ian, l'ignorait-il…

Béluterre s'étira, gratta sa barbe qui piquait et se leva. Un coup d'œil derrière le rideau verdâtre à moitié déchiré lui confirma qu'il pleuvait toujours. Il enfila donc de nouveau sa combinaison de cuir imperméabilisée.

Il quitta la chambre, son sac kaki à l'épaule. Une fois à la réception, il déposa un billet de vingt dollars et la clé sur le comptoir. Le barbu, son regard fixé sur un mini-écran de télé couleur, avait pour consigne d'effacer de sa mémoire les clients qui sortaient de la « maison ».

MONTRÉAL, 24 JUIN 1995

Le taxi stoppa devant un mur de pierres. William Glencross paya le chauffeur, puis il descendit et alla ouvrir la portière à l'Ange écarlate.

Enveloppée de son imperméable noir, la Maîtresse suivit l'architecte qui avançait d'un pas court et nerveux. Elle observa sa silhouette empâtée et conclut que seul le costume beige qu'il portait, à la coupe impeccable, lui donnait un semblant d'allure. Bien que la soirée fût fraîche, elle remarqua la fine sueur qui perlait sur sa nuque.

Arrivé au bout de la muraille, son client tourna à droite et s'engagea dans un sentier également en pierres. Il longea le mur qui ceignait un vaste terrain, puis il s'arrêta devant une grille qu'il poussa. Il fit signe à l'Ange de le précéder de sorte qu'elle aperçut, à une trentaine de mètres plus loin, une coquette maison de style victorien dont l'éclat des volets rouges défiait le crépuscule. La pelouse, vert foncé, donnait l'impression de s'étendre à l'infini vers le nord et de nombreux chênes y étaient solidement enracinés depuis sûrement plusieurs décennies. Près de la maison, les branches ployées d'énormes saules pleureurs s'agitaient doucement au-dessus d'une magnifique rocaille de fleurs et d'arbustes, éclairée par des lanternes basses.

Glencross, de nouveau en tête, marchait maintenant d'un long pas militaire. L'Ange prit un peu de distance pour mieux apprécier le charme du paysage qui lui rappelait l'Angleterre. Une fois près de la porte d'entrée, elle prit note des chiffres en métal noir qui étaient cloués dans la brique à gauche ; elle aimait bien savoir à quelle adresse elle se trouvait. Le nom de la rue devait être indiqué quelque part sur la muraille entourant la propriété, mais elle ne l'avait pas vu.

Après avoir suspendu le trench de son invitée dans la penderie du vestibule, Glencross appuya sur un interrupteur mural. Du plafond, une série de délicates lampes halogènes éclairèrent alors le salon qui se déployait devant eux. L'Ange fut surprise de constater à quel point le décor jurait, par sa froideur, avec l'aspect extérieur chaleureux de la maison.

— Je vous en prie, installez-vous.

Elle choisit un fauteuil en cuir noir près du foyer tout en chrome. Lorsqu'elle s'assit, le cuir de sa jupe crissa contre celui du fauteuil. Toujours debout, Glencross sourit de ses minces lèvres humides.

— Je vous offre un verre de champagne ?

— Je prendrais un verre de vin rouge.

— Dans ce cas, je vais chercher une bouteille au cellier.

L'architecte avait téléphoné en début d'après-midi ; il l'invitait à visiter l'endroit où auraient lieu leurs futures séances, en précisant qu'il la payerait pour son déplacement. Il avait voulu venir la chercher en Mercedes, mais elle avait refusé.

— Vous n'aimez donc pas les Mercedes ?

— Je n'ai rien contre.

— L'idée de m'avoir comme chauffeur ne vous plaît-elle pas ?

— Non, monsieur Glencross. J'aime avoir le contrôle et même le contrôle du volant.

— Dans ce cas, prenons votre voiture.

— Aucun client ne monte dans ma voiture. Passez me prendre en taxi.

Laissée seule dans l'immense salon, l'Ange se mit à observer l'ameublement. En apercevant la maison de style ancien, elle s'était attendue à pénétrer dans un intérieur du même genre que celui de chez Wagner où meubles antiques, planchers de bois franc, tapis orientaux, lustres en cristal et tissus exotiques contribuaient à créer une ambiance cordiale. Ici, au contraire, tout était acier, verre et cuir. Monochrome et minimaliste, ce décor d'une rigidité déconcertante l'horripilait. Glencross n'avait pas précisé si cette demeure était la sienne, mais l'Ange n'aurait pas été surprise d'apprendre que oui. N'aimant ni l'homme ni le décor, elle trouvait qu'ils allaient très bien ensemble.

Après de longues minutes d'attente, et ayant analysé tout ce qui l'entourait, elle finit par détecter ce qui l'irritait tant dans cette pièce: l'absence de courbes. Tout y était en lignes droites, en angles, en carrés, rectangles ou triangles. Tout y était trop rigoureux, trop logique et sans âme. S'agissait-il d'une déformation professionnelle? Glencross était-il adepte d'une école d'architecture qui rejetait les courbes comme élément esthétique? Peu importe, la Maîtresse avait l'impression de se trouver dans un décor de film mettant en vedette un personnage misogyne. Un lieu qui voulait nier les courbes. Nier la femme.

Son hôte venait vers elle avec, dans chaque main, un verre de cristal tout en arêtes. Il avait retiré son veston et l'Ange sourit intérieurement en remarquant que, à cause de quelques kilos en trop, son corps avait plutôt tendance à s'épanouir en courbes féminines qu'en angles virils.

— Maîtresse, dit-il en lui offrant un des verres bien rempli.

Il leva le sien pour trinquer. Toujours assise, la Maîtresse leva le bras. Le cristal s'entrechoqua en rendant une note claire. Glencross, les mèches châtain pâle collées au front et ses iris jade brillant d'excitation, alla s'asseoir sur le canapé en face de la femme aux cheveux rouges.

— C'est dans cette villa qu'auront lieu nos séances quotidiennes, commença-t-il sur un ton solennel.

Il croisa les jambes et but une gorgée de vin avant de poursuivre.

— Je veux vous montrer les deux pièces qui nous concernent, vous et moi, afin que, au moment de la première séance, vous vous sentiez en terrain connu et à l'aise pour passer tout de suite à l'action.

Savourant la première gorgée de bordeaux, l'Ange put, pendant un court instant, faire abstraction de l'environnement glacial et de la désagréable voix de son client. Mais elle n'avait pas pour autant perdu le fil de la conversation et elle décida de la réorienter vers un sujet de première importance.

— Avant d'aller plus loin, nous allons discuter strictement affaires, monsieur Glencross.

— Je vous en prie, Maîtresse, appelez-moi William. Oui... les affaires... C'était d'ailleurs le sujet que j'allais aborder avant de vous faire visiter. En ce qui concerne votre rémunération, je vous propose ceci : chaque jour, vous trouverez sur cette table – il désigna la table basse, en verre, au milieu du salon – une enveloppe rouge contenant le montant convenu pour chaque séance, soit la somme de deux cents dollars, avec laquelle vous pourrez partir en échange de vos services.

— En liquide ?

— En liquide, bien sûr.

— Et si la séance dure plus longtemps qu'une heure ?

— La somme sera réajustée dans l'enveloppe du lendemain. Est-ce que cela vous va, Maîtresse ?

— Cela me convient.

— Bien, dit-il en se levant. Je vais vous faire visiter les pièces.

La dominatrice se leva aussi et suivit son hôte dans un étroit couloir. Au bout, se trouvait une porte fermée. D'un geste théâtral plutôt ridicule, l'architecte l'ouvrit.

— Voici la chambre de l'Ange écarlate, dit-il sur un ton plein de fierté. C'est ici que vous pourrez prendre un bain, vous habiller, vous maquiller...

L'Ange entra et fit lentement le tour de la pièce aménagée en une sorte de loge de cinéma dont les murs pêche et la moquette beige auraient probablement plu à une starlette, mais non à une Maîtresse. Dans le coin droit, l'imposant bain romain en tuiles bleues et blanches était digne d'une scène hollywoodienne. Juste à côté, les portes vitrées coulissantes, drapées de longs voiles crème, donnaient sur un magnifique jardin de style anglais, éclairé par les mêmes lanternes qu'à l'avant de la maison. Contre le mur de gauche se dressait une longue table sur laquelle étaient disposés plusieurs perruques sur des têtes en polystyrène, des coffrets en laque noire, des flacons de parfum, ainsi que tout un échantillon de bouteilles de fonds de teint, de rouges à lèvres, d'ombres à paupières et de vernis à ongles. Le miroir, aussi long que la table à maquillage, était illuminé par une rampe d'éclairage aux ampoules rondes, à laquelle étaient collées des photos, découpées dans des magazines pornographiques, de femmes maquillées avec excès.

L'Ange vérifia le contenu des tiroirs sous la table : faux cils, tubes de mascara, pinceaux, brosses, pinces à cheveux et autres accessoires de coiffure. Elle ouvrit également les coffrets qui, eux, contenaient des bijoux de tous les styles mais surtout d'énormes bagues serties de fausses pierres aux couleurs vives.

Au bout de la table de maquillage, suspendus à un portemanteau sur roulettes, se trouvaient des costumes fétiches dans tous les styles : infirmière, religieuse, écolière, gardienne de prison, policière, etc. Il y avait également plusieurs sous-vêtements, dont des corsets en cuir ou en satin noir, de longs déshabillés transparents garnis de plumes, ainsi que des robes en imitation de peau de léopard, de courtes jupes en vinyle et des bustiers cloutés.

— Mais je ne dois porter que la robe en cuir rouge, n'est-ce pas, William ? demanda-t-elle sur un ton distant, tandis qu'elle décrochait d'un cintre une petite culotte transparente de couleur lilas, dont le fond ouvert était entouré de marabout blanc.

Glencross fit oui de la tête en poussant un long soupir de contentement.

— C'est la première fois que vous m'appelez par mon prénom, Maîtresse. Merci.

— Viens ici, William.

William se précipita près de sa Maîtresse.

— À genoux.

Il s'exécuta. Elle lui empoigna les cheveux afin qu'il garde la tête bien droite et, du bout des doigts, elle descendit le sous-vêtement devant son visage.

— Tu te paies des putains, William ?

— Moi ? Non, non, Maîtresse. Je... Je...

— Tu quoi ?

— Je ne me paie pas de prostituées, Maîtresse.

— Tu t'amuses avec des petites filles ?

— Oh non, Maîtresse. Pas les petites filles. Pas les petites filles.

— Les petits garçons ?

— Non plus, Maîtresse.

— Très bien. Alors explique-moi ce que tu fais avec tous ces vêtements de catin.

— Je... Je...

— Est-ce qu'ils sont pour toi les costumes, William ?

Il chercha à baisser la tête, mais elle l'en empêcha.

— Tu t'amuses à te déguiser en femme et à faire la pute devant le miroir, pas vrai William ?

Glencross émit un gémissement. Il suait à grosses gouttes et respirait bruyamment.

— Je parie que tu aimes te faire enculer et que tu jouis seulement si on t'insulte, pas vrai William ?

Elle lui fourra la petite culotte dans la bouche et le gifla rudement.

— Quand je te pose une question, tu dois « toujours » répondre.

Incapable de parler, il avait les larmes aux yeux. Elle retira le bout de tissu de sa bouche et le lança sur la moquette.

— Oui, Maîtresse, lança-t-il bien fort.

L'Ange écarlate fit le tour de son esclave toujours agenouillé, la tête basse. Après quelques minutes, elle lui envoya deux délicats coups de pied dans les reins.

— Relevez-vous, Glencross. Vous devez me montrer la seconde pièce.

◆

Assise à une terrasse de la rue Crescent, l'Ange écarlate sirotait un cappuccino tout en lisant la lettre d'introduction du livret que lui avait remis Glencross, quelques minutes plus tôt, après la visite du donjon :

Chère Maîtresse,

J'ai longtemps mûri ces fantasmes qui me suivent depuis l'adolescence. Au fil des ans, j'en ai noté près d'un millier. J'ai sélectionné les trois cent soixante-cinq plus importants, ceux que j'ai réellement envie de vivre, tout au long d'une année, jour par jour. Ces fantasmes sont présentés pêle-mêle dans ce livret et ne doivent pas être réalisés dans l'ordre où ils apparaissent, mais bien selon l'arrangement que vous choisirez.

Pour réaliser cette œuvre, j'ai attendu de rencontrer la Maîtresse idéale et, si vous lisez cette page, c'est que vous êtes celle que j'espérais.

William Glencross

Outre « l'écarlate », pourquoi était-elle « celle qu'il attendait » plus qu'une autre ? L'Ange ne lui poserait pas la question ; c'était une information que ses clients lui révélaient parfois, pendant ou après une scène. Généralement, elle ressemblait à une femme qui avait été importante dans leur vie – mère, sœur, tante, ex-femme ou professeur – et qui faisait figure d'autorité. Même si les psychanalystes prétendaient pouvoir expliquer l'origine de l'attirance du soumis envers le dominant, l'Ange aimait bien penser qu'une part de cette attraction demeurait inexplicable.

Elle lut les premières pages, qui décrivaient surtout des scènes classiques de soumission, mais qui ne manquaient quand même pas d'une touche d'imagination. C'était la première fois qu'un client lui proposait ses fantasmes par écrit. La première fois aussi que le même client lui en dévoilait trois cent soixante-cinq ! Elle eut une pensée envieuse pour cet architecte qui avait dédié une partie de sa vie à élaborer la mise en scène et l'exploration de ses désirs les plus profonds.

Elle pensa à ses fantasmes à elle. En avait-elle encore ? Contrairement à l'image de bête de sexe qu'elle projetait, l'Ange écarlate n'avait pas de vie sexuelle. De « vraie » vie sexuelle. Depuis sa rupture avec Karl, elle n'avait eu aucun amant.

Enfoncer ses ongles dans la chair, fendre la peau avec un stylet ou une lame de rasoir et voir couler le sang étaient ses fantasmes favoris et elle les réalisait souvent. Pourtant, pour la première fois depuis longtemps, elle se demanda si elle éprouvait toujours du plaisir à infliger ce genre de souffrance. Elle pensa à monsieur Louvain ; attaché en croix, il exhibait son gros ventre qu'elle faisait saigner du bout de ses longs ongles métalliques. Oui, elle éprouvait encore du plaisir, sinon à quoi bon continuer ? Pour l'argent ? L'argent comptait certainement beaucoup, mais l'Ange savait que le jour où son art ne deviendrait qu'un simple boulot, elle laisserait tout tomber. Pour faire quoi ? Chaque fois que cette question lui effleurait l'esprit, elle remettait la réponse à plus tard.

En réalité, depuis qu'une partie de ses pensées était consacrée à Novak, elle se posait bien des questions.

Sur elle. Sur lui. Elle se demandait quels étaient ses fantasmes à lui. Ce n'était pas avec le regard du soumis qu'il avait accepté la douleur des ongles de métal s'enfonçant dans sa peau, mais avec le regard du dominant qui se mesure à un autre dominant. Et c'était là la raison profonde de son attirance pour le peintre. Elle le sentait plus fort qu'elle. Son corps et son âme l'imploraient de se livrer à lui. Et ce désir la terrorisait. Elle n'était d'ailleurs pas retournée chez Novak pour lui demander de faire son portrait. L'Ange écarlate ne pouvait se permettre d'être vulnérable.

Elle avala la dernière gorgée de café tiède et reposa brusquement la tasse dans la soucoupe.

Il n'y avait pas de place pour Jimmy Novak dans sa vie.

Elle prit le livret de l'architecte et la première enveloppe rouge – elle venait de s'assurer qu'elle contenait bien deux cents dollars – et les fourra dans son sac.

Il lui restait encore près d'un mois pour se familiariser avec tous les fantasmes de William. Le temps que la robe soit prête pour la première séance officielle.

MONTRÉAL, 2 OCTOBRE 1997

Béluterre entra au Tourists' Rooms et déposa un vingt sur le comptoir. Le gros barbu lui remit la clé d'une chambre sans poser de question; il n'avait pu effacer de sa mémoire ce singulier client…

Comme celle de la veille, la chambre était minable. Sans se presser, Ian vida le contenu de son sac sur le lit: hebdos, bouquin ramassé dans les ordures, camisole, pantalon et bottes d'armée, chandail moulant noir à manches courtes, pochette en coton – vide de sa fortune –, tricot écarlate, slips, chaussettes, blouse ample en caoutchouc pourpre, pantalon en cuir noir ainsi qu'un autre vêtement, en cuir noir aussi, qu'il déplia et étala sur la couverture bleu pâle mitée.

Il se débarrassa de sa combinaison qu'il fourra au fond du sac, puis il alla prendre une douche dans la minuscule salle de bain. Cette fois, avec un rasoir en main.

Depuis la veille, il avait visité sept logements mais aucun ne lui avait plu; deux étaient situés dans des immeubles occupés surtout par des jeunes couples avec enfants, donc beaucoup trop bruyants; un autre avait besoin de rénovations majeures et il n'avait envie ni de les faire ni d'attendre qu'elles soient faites pour s'installer; le propriétaire du quatrième avait une tête de truand et l'immeuble avait l'air d'une piquerie; le cinquième logement ne serait disponible qu'un mois plus tard et les loyers des deux derniers étaient trop élevés. Béluterre voulait éviter de gaspiller les précieux milliers de dollars que David Fox lui avait donnés. Il ne cherchait pas le logement idéal, il n'avait besoin que d'un pied-à-terre paisible et propre pour s'isoler, se laver et laisser ses vêtements.

Il ferma le robinet de la douche. Il s'essuya avec la serviette d'un blanc grisâtre qu'il lança ensuite sur le dessus de la porte de la salle de bain. Après avoir enfilé un slip, une paire de chaussettes, la blouse pourpre et le pantalon de cuir, Ian remit ses bottes aux semelles creuses, puis il s'empara de la longue redingote de style victorien, déployée sur le lit. Il endossa cette création d'un couturier londonien qui lui donna une allure encore plus filiforme et inquiétante.

Il s'observa dans le miroir fêlé derrière la porte, fier de l'image insolite qu'il projetait. Elle reflétait d'ailleurs très bien sa personnalité.

Et elle convenait aussi très bien au genre de soirée à laquelle il avait décidé de se rendre.

◆

Voilà que j'ai dormi plus de quarante-huit heures sans me réveiller. Il est vrai que j'étais extrêmement fatiguée en rentrant chez moi, après avoir vu le visage de l'homme, si pareil au mien: racine des cheveux haute sur le front, long visage anguleux, sourcils droits montant aux extrémités, yeux légèrement en amande, joues osseuses, nez à la pente très droite, lèvres sensuelles bien dessinées, menton harmonieux...

Maintenant, en y repensant bien, je comprends l'attirance que cet homme m'a inspirée avant même que je voie son visage. Et nous avons la même allure générale: silhouette filiforme, haute, élancée, port de tête fier, carrure solide, longues enjambées souples...

Qui donc est-il? Une version mâle de moi? Pourquoi alors est-ce que j'éprouve aussi un sentiment d'hostilité à son égard?

Je dois le retrouver, savoir qui il est... et lui faire face.

MONTRÉAL, 25 JUIN 1995

Novak fouilla dans l'amoncellement de livres, magazines, bandes dessinées et paperasses diverses qui traînaient depuis toujours sur le plancher, près de son matelas. Coincé entre un livre sur Bosch et un sur Dali, il finit par trouver ce qu'il cherchait: un calendrier. Il prit un bout de fusain sur le haut-parleur et se mit à marquer d'un « x » les jours qui s'étaient écoulés depuis la signature de son contrat. Vingt juin. Vingt et un. Vingt-deux. Vingt-trois. Vingt-quatre. Et il traça une diagonale sur le vingt-cinq puisque c'était déjà l'après-midi.

— Y m'reste à peine vingt-cinq jours pour peindre dix toiles.

Peindre dix toiles en vingt-cinq jours était possible. En peindre dix assez intéressantes pour être exposées était une autre histoire ; s'il voulait finir à la date prévue, il devait s'imposer une discipline sévère qui allait à l'encontre de son style de vie. Il savait bien qu'il ne parviendrait jamais à la gloire sans travail assidu mais... Justement, il ne devait plus y avoir de « mais ». D'excuses. De Chantale. Il devait consacrer tout son temps à son art. À sa passion.

Sa copie du contrat était maintenant retenue sur un côté du réfrigérateur par une petite bouteille de Jack aimantée. Jimmy cherchait encore un lien entre le fait d'avoir développé le goût de sucer son sang quelque temps avant la proposition d'Évelyne Dufort et celui de se faire demander de personnaliser ses toiles avec son sang. En quête d'une explication, il était allé puiser dans ses souvenirs d'enfance. Il se rappelait certains, mais la plupart lui avaient été relatés par son père, à l'adolescence, une des rares fois où les deux hommes s'étaient retrouvés seuls et qu'ils avaient abordé le délicat sujet du passé.

Né en 1969 d'un couple de hippies – Alice fabriquait des bijoux en macramé et Robert vendait de la marijuana –, Jimmy avait vécu les premières années de sa vie au sein d'une commune établie dans un vieux duplex agonisant de l'Est de Montréal. Selon les saisons, de vingt à trente paumés, certains avec des enfants, vivaient dans ce taudis consacré au *flower power*. Gratter une guitare, faire l'amour, fumer un joint et consommer du LSD, telles étaient les principales activités de la journée.

Laissé à lui-même, Jimmy avait très tôt adopté une attitude individualiste ; il préférait jouer et dessiner dans son coin. Un soir, dans la salle de bain, il avait marché sur quelque chose de pointu qu'on avait négligé de ramasser. Après avoir sursauté, sans toutefois s'être blessé, il avait pris l'objet : un éclat de miroir. Il l'avait serré dans sa petite main et il était allé le cacher dans la garde-robe d'une chambre, là où il entassait les quelques jouets, crayons à dessiner, cahiers et autres bagatelles qui lui appartenaient. C'était également dans cette garde-robe qu'il dormait, sur un tas de vêtements défraîchis ; il aimait mieux cet endroit paisible et réconfortant que son lit trop grand, aux draps souillés, que partageaient adultes et autres enfants.

Jimmy se prit de passion pour son nouveau jouet. Il en dessinait le contour irrégulier sur du papier, l'utilisait pour tracer des sillons dans la terre, le déposait dans l'herbe pour observer les fourmis et autres insectes le parcourir, y faisait glisser des gouttes d'eau une à une et il ne se lassait pas de le faire briller au soleil. Il considérait ce morceau de miroir comme son plus précieux trésor dont il ne devait jamais se séparer. Il le trimbalait partout, dans une pochette violet et or en tissu feutré qu'il avait dérobée dans les affaires de sa mère.

Un jour d'été, Alice avait surpris son fils dans la cour en train de gratter l'écorce d'un arbre à l'aide de quelque chose de brillant. Après avoir constaté qu'il s'amusait avec un objet dangereux, elle avait esquissé un geste pour le lui prendre ; le bambin avait aussitôt fermé sa main sur l'éclat de miroir, en serrant de toutes ses forces. Exaspérée parce que l'enfant ne lui obéissait pas, Alice s'était énervée et elle l'avait giflé. Jimmy n'avait ni crié ni pleuré ; il s'était mis à fixer le sang qui coulait entre ses doigts. Sa mère l'avait alors mené jusqu'à son père qui s'était occupé de soigner la coupure que son fils s'était faite au creux de la main.

Un mois plus tard, Jimmy entrait à l'école primaire et, peu de temps après, il développa un étrange rituel afin qu'on s'intéresse à sa petite personne. Aux heures de récréation ou de dîner, tapi dans une de ses cachettes préférées, il s'entaillait la peau à différents endroits sur le corps : épaule, avant-bras, bout de doigt, cuisse, genoux, etc. Une fois l'incision pratiquée, il pressait sur la blessure et dès que le sang se mettait à couler abondamment, il retournait parmi les écoliers sans rien dire. Au bout de quelques secondes, on le montrait du doigt. Mais Jimmy restait de marbre jusqu'à ce qu'une surveillante l'amène à l'infirmerie.

— Comment tu t'es fait mal cette fois-ci, Jimmy ?

— Avec une branche.

À force de panser ses blessures, l'infirmière de l'école avait fini par soupçonner quelque chose d'anormal. Averti, le professeur de Jimmy avait téléphoné à Robert Novak pour le mettre au courant que son fils n'agissait pas normalement. Mais Bob, lui-même en perpétuel processus d'autodestruction, avait envoyé l'instituteur au diable.

Sans le consentement des parents, on ne pouvait aider l'enfant qui continua d'agir de manière bizarre et malsaine. Le petit Novak, qui passait des heures solitaires à dessiner dans son cahier à couverture rouge, laissait déjà deviner un tempérament tourmenté d'artiste.

Jimmy avait donc, dès l'enfance, bel et bien éprouvé une attirance pour l'automutilation, unique moyen à ses yeux d'obtenir une marque d'affection. Il se rappelait avoir sucé ses blessures mais ne gardait aucun souvenir d'avoir aimé le goût de son sang.

Allongé sur son matelas, il défit le bandeau qui entourait maintenant son poignet droit aussi. Il passa un doigt sur les récentes coupures et il éprouva de nouveau l'envie de fendre sa chair et de coller ses lèvres contre la blessure pour assouvir cette étrange soif. Il n'éprouvait aucune culpabilité à boire son sang et n'avait donc jamais réfréné son désir. À quoi cela lui servirait-il ? À satisfaire sa curiosité bien sûr :

était-il capable de résister ? Mais est-ce que ça en valait la peine ?

Novak se demandait s'il existait d'autres humains qui, comme lui, aimaient boire leur propre sang. L'idée d'avoir un lien avec les soi-disant vampires lui était même passée par la tête. Mais à part le fait qu'il aimait le sang – et uniquement le sien pour l'instant –, qu'il détestait la lumière du jour et qu'il ne mangeait plus, il ne pensait pas avoir d'autres affinités avec ces créatures légendaires. Il avait consulté, à la bibliothèque, les bouquins disponibles sur le sujet, mais il n'avait rien appris qui l'eut aidé à mieux comprendre ce qui lui arrivait. Jimmy avait toujours cru qu'il était « différent », sans savoir en quoi ni pourquoi. Depuis bientôt un mois, il avait l'impression de vivre un processus de transformation qui allait peut-être enfin, au bout du compte, l'éclairer sur cette intuition.

Il s'étira et agita les pieds pour chasser les fourmis qu'il avait dans les jambes. Il se leva avec l'idée de se mettre au boulot, sans finalement avoir sucé son sang.

Il se dirigeait vers la cuisine lorsqu'on frappa soudain à la porte. Il n'attendait personne ; ce ne pouvait être que Chantale. N'avait-elle donc pas compris qu'il avait choisi la peinture ?

Bien décidé à ne pas laisser entrer la chipie, il ferma les fenêtres et verrouilla la porte donnant sur le balcon. Derrière la porte d'entrée, la bouillonnante Chantale commença à s'impatienter.

— Maudit chien sale, laisse-moi rentrer ou j'défonce !

Elle injuria le peintre pendant d'interminables minutes. Ce dernier la laissa s'époumoner jusqu'à ce que tout redevienne silencieux.

Après avoir pris une douche et s'être repu – il avait reporté à une autre fois son test de résistance à l'envie de sucer son sang –, Jimmy cacha de nouveau ses poignets sous les bandeaux de coton, non sans remarquer que les cicatrices de son bras gauche s'estompaient de plus en plus. Il enfila son jean et lissa vers l'arrière ses cheveux mouillés. L'idée lui passa par la tête d'essayer d'avaler quelque chose de solide.

À la cuisine, il fouilla dans le garde-manger où s'empilait une dizaine de vieilles conserves derrière une boîte de biscuits soda sûrement mous. Il choisit une conserve de maïs en grains et mit une bonne minute à trouver l'ouvre-boîtes dont il ne se servait plus depuis longtemps. Il jura car il dut recommencer quelques fois avant de venir à bout du couvercle. Lorsqu'il put enfin prendre une fourchette de grains jaunes, il la mâcha lentement. À peine trois secondes… Ça n'allait pas. Il recracha le tout dans l'évier.

La nourriture, ce n'était plus pour lui.

Une quinzaine de minutes plus tard, il buvait à même un litre de jus d'orange en crayonnant sur une toile. Dans le cendrier, une cigarette se consumait.

Et les lourdes tentures noires étaient toujours tirées, plongeant l'antre du créateur dans un perpétuel univers nocturne.

◆

La main droite maculée de rouge vermillon et de sperme séché, Novak continuait de fantasmer sur l'Ange écarlate.

Il s'empara de la bouteille de whisky, qui côtoyait le litre de jus d'orange vide, et il en avala une longue gorgée au moment où des pas se firent entendre sur le balcon. Persuadé que Martin se pointait pour prendre une bière, Jimmy se leva et rattacha son jean. Il fit quelques pas en direction de la porte lorsqu'un bruit de verre volant en éclats retentit. Il eut tout juste le temps de se baisser ; un morceau de brique brune traversa la pièce et atterrit au milieu de bouteilles de bière vides qui se fracassèrent les unes contre les autres.

Après un moment de silence, Novak, à plat ventre sur le plancher, souleva la tête. Il resta bouche bée ; à travers la vitre brisée, Chantale avait poussé le rideau noir et elle souriait diaboliquement.

— Tu vois, Jimmy, j'suis prête à tout pour toi.

◆

Novak avait encore flanché ; ça ne lui avait pas suffi de manquer de recevoir une brique par la tête.

— C'est quoi ton problème ? Tu m'trouves pus excitante ?

— J'ai l'esprit ailleurs.

— Ailleurs ou avec quelqu'un d'autre ?

— Ben voyons, n'importe quoi.

— Tu penses à une autre fille que moi ? C'est ça, hein ?

— Osti, j'ai déjà assez d'toi.

— C'est ton contrat qui t'rend mou ?

— Oui, criss, j'pense à mon contrat. Tu respectes rien. J't'avais dit que j'avais choisi la peinture.

— Recommence pas à m'faire chier avec tes conneries, Novak. Tu sais qu'ça marche pas. Ta peinture mon cul. Qu'est-ce que j'fais dans ton lit si t'as choisi la peinture, hein ? Ça m'intéresse pas les artistes ! C'est un homme que j'veux ! Baise-moi, maudit écœurant !

Chantale se mit à frapper Jimmy à coups de poing. Il tenta de la calmer en lui parlant, mais comme elle s'enflammait de plus belle il finit par la gifler, ce qui ne l'apaisa pas pour autant. Novak réussit finalement à pousser la démone sur le dos et à lui immobiliser les bras avec ses jambes. Il agrippa la bouteille de Jack et, de force, il en fit avaler une sacrée rasade à la jeune punk. Dans un dernier effort pour se libérer, elle lui tira les cheveux si fort qu'il fut obligé de la gifler de nouveau. Quelques secondes plus tard, complètement assommée par l'alcool, elle perdit conscience ou s'endormit, peu importe, Jimmy s'en foutait.

Tout lui prouvait, de plus en plus, que cette fille était folle. Non pas folle de lui. Folle tout court. L'éliminer de sa vie devenait une urgence. Il ne savait pas jusqu'où elle était capable d'aller et il ne savait pas non plus quand « lui » finirait par vraiment perdre le contrôle.

MONTRÉAL, 2 OCTOBRE 1997

Après avoir quitté le Tourists' Rooms, Béluterre était allé enfermer son sac d'armée dans un casier à bagages du Terminus Voyageur, un endroit plus sécuritaire que le vestiaire d'un bar.

Les mains enfouies dans les poches de sa redingote, il tourna vers le nord, au coin de Sainte-Catherine et Bleury. Puis il prit à gauche dans l'étroite rue Mayor où se côtoyaient les plus importants commerçants de fourrure de Montréal.

Il marcha jusqu'au garage d'un des entrepôts, unique endroit éclairé. Il descendit les quelques marches qui menaient à l'entrée du bar. Derrière la porte, il fut accueilli par un molosse humain qui, sans afficher un air de bienvenue, resta poli. Ian donna les six dollars demandés pour la soirée et passa tout droit devant le vestiaire déjà bien rempli.

Il traversa le long couloir, au plafond bas, qui menait à la salle principale d'où s'élevaient les rythmes incessants d'une musique techno. Sur la piste de danse, cuir, latex et peau nue ondulaient sous les projecteurs qui passaient rapidement d'un éclairage à un autre. Derrière la piste, qui se trouvait au milieu de la salle, s'étendait une scène pour le moment vide. En avant, aux deux coins, des filles en sous-vêtements de latex rouge dansaient dans une cage cylindrique. À droite, sur un plancher surélevé, quelques causeuses étaient occupées par des couples enlacés ou des esclaves tenus en laisse par leur Maître ou Maîtresse. À gauche de la piste, les consommateurs d'alcool se pressaient autour du bar.

Ian n'avait pas besoin d'examiner les recoins de la place. Pas d'Appel du sang. Pas de Tura. Mais, tant qu'à être venu, il décida de rester un moment.

Il se dirigea vers le bar avec l'intention de commander un Perrier, mais il s'entendit demander un whisky à la pulpeuse soubrette blonde derrière le comptoir.

Un verre de Jack Daniel's en main, il alla s'appuyer contre une colonne près de la piste de danse afin d'observer, comme plusieurs autres le faisaient, les corps bouger. De la nymphe gothique à la Maîtresse de quarante ans au corps épanoui, de l'éphèbe au torse nu à l'homme mature bardé de cuir, plusieurs générations et styles se côtoyaient. Séduisantes ou vulgaires dans leurs vêtements moulants, les femmes se déhanchaient plus lascivement que dans la majorité des bars. Même les hommes se laissaient aller à des mouvements plus provocants. Certains duos ou trios se formaient le temps d'une chanson qui stimulait leur sensualité.

Soudain excité à la vue de cette sexualité libertine, Ian cala son verre.

— *Master ?*

Béluterre tourna le regard. Un blondinet aux grands yeux bleus lui souriait.

— *Neither Master or slave. Only curious.*

Le jeune afficha un air déçu, mais resta près de l'homme à la redingote en cuir, à siroter une bière. Petit et mince, il ne portait qu'un slip en cuir noir et des bottes d'armée.

Ian lui trouva un vague air de ressemblance avec Tintin.

— C'est la première fois que je te vois à une soirée fétiche, continua le jeune homme en anglais.

— C'est la première fois que je viens.

— Moi, je suis un inconditionnel. J'étais à la première soirée fétiche publique qui a eu lieu à Montréal, en 1993. C'était au Royal, sur Sainte-Catherine.

Béluterre se rappela avoir vu un soir, sans doute cette année-là, une bande de jeunes et de moins jeunes attroupée devant la vitrine du Royal. Avoir une vitrine était déjà plutôt audacieux pour un bar. D'autant plus audacieux qu'une fille chauve à moitié nue s'y faisait gentiment fouetter par une autre. La séance avait pris fin avec l'arrivée de la police.

— Tiens, le spectacle commence, affirma Tintin lorsque la scène devant eux fut soudain illuminée de rouge.

Une jeune femme vêtue d'un pagne en cuir était déjà sur scène et une autre, au corps moulé dans une combinaison de latex, lui enserrait les poignets dans des bracelets de métal attachés à des chaînes qui pendaient du plafond. Une dense fumée artificielle monta de l'avant-scène. Sur la piste et dans leur cage, danseurs et danseuses s'étaient immobilisés pour regarder le spectacle.

La voix éraillée et provocante de Trent Reznor vint intensifier l'atmosphère lourde et sensuelle. Un imposant Maître aux longs cheveux noirs sortit des coulisses. Son torse nu était couvert de tatouages exotiques. Lentement, il déroula le fouet qui était accroché à la ceinture de son pantalon de cuir.

Le spectacle n'intéressait pas Béluterre qui fut soudain pris d'un accès d'irritabilité.

La Violence noire venait brusquement de se réveiller.

WESTMOUNT, 25 JUIN 1995

Assis dans le fauteuil en cuir brun foncé, Boris écoutait l'Ange.

— J'ai été déçue en visitant son donjon. Je m'attendais à quelque chose de moins traditionnel de la part d'un architecte. Par contre, côté fantasmes, il ne manque pas d'originalité.

Elle déposa son verre de vin rouge sur la table ronde qui se trouvait entre les deux fauteuils et se pencha pour fouiller dans son sac. Elle en sortit le livret de William Glencross.

— Jettes-y un coup d'œil, dit-elle en passant l'objet à Boris.

Wagner lu quelques pages, sous le regard attentif de l'Ange confortablement installée dans la bergère marron. Il ferma ensuite le livret, qu'il déposa sur la table, et il haussa les sourcils.

— Tu es donc à ce point surpris ? lui demanda son amie, sur un ton moqueur parce qu'il faisait si rarement montre d'émoi.

— Je suis fasciné de constater qu'une seule et même personne peut nourrir autant de fantasmes.

— C'est certain qu'en comparaison des tiens, c'est plutôt impressionnant, répliqua-t-elle, un mince sourire en coin. Mais, tu sais, il a beau avoir une grande imagination sexuelle, ce Glencross m'est totalement antipathique.

— C'est la première fois que je t'entends dire cela d'un client.

La Maîtresse reprit son verre. Elle en savoura une longue gorgée et rejeta la tête en arrière. Ses mèches glissèrent de chaque côté de son visage, dégageant ses joues un peu creuses et sa mâchoire carrée.

— Tu as raison, avoua-t-elle en se redressant. J'éprouve la plupart du temps du respect pour mes bons clients, mais pour lui je ressens de l'aversion.

— Tu devrais peut-être renoncer à lui offrir tes services.

— J'y ai pensé et j'aurais refusé s'il ne s'agissait pas d'un contrat exceptionnellement payant. Et, depuis que j'ai lu sa bible de fantasmes, je suis contente d'avoir accepté. Cet homme me demande de pratiquer sur lui des choses que je n'ai jamais expérimentées. Dans un sens, il y a un aspect nouveau et excitant pour moi.

Boris se leva quelques mesures avant la fin des chants de Debussy qui jouaient en sourdine depuis le début de leur conversation. L'Ange écarlate en profita pour aller prendre un peu d'air frais sur le balcon, sans daigner jeter un regard vers l'autoportrait de Novak. L'homme chauve avait remarqué que son amie évitait de regarder *Kaguesna*. Il choisit de faire jouer une pièce subtilement appropriée à la conversation qu'il allait aborder.

Son invitée rentra quelques secondes plus tard et reprit sa place dans la bergère.

— Le vernissage de la première exposition de Jimmy Novak aura lieu le vingt juillet, commença Wagner. J'ai pensé que tu aimerais le savoir.

— Oh ! Oui, merci, dit-elle en ayant conscience de paraître trop emballée.

Le visage de son ami était pourtant resté impassible.

— Ça tombe bien, ajouta-t-elle pour justifier son enthousiasme, j'ai envie qu'il fasse mon portrait. L'occasion sera idéale pour lui passer la commande.

N'avait-elle pas finalement renoncé à cette idée ? Pourquoi affirmait-elle soudain le contraire ?

Elle prit le livret de Glencross, le glissa dans son sac, puis elle chercha du regard quelque chose d'autre à faire pour dissimuler son malaise. Situation ridicule et intolérable : jamais elle ne s'était sentie mal à l'aise de discuter de quoi que ce soit avec son unique confident.

— Je ne sais pas ce que j'ai, Boris, lança-t-elle soudain. Je n'arrive pas à oublier Novak. J'ai envie de le revoir mais, en même temps, j'ai l'impression qu'il faut que je l'évite.

— Tu as peur de tes sentiments pour lui.

— Je ressens toutes sortes d'émotions contradictoires.

— C'est normal. Tu n'as rien éprouvé de sérieux pour un homme depuis Karl.

Wagner voyait toujours juste.

— Tu as déjà ressenti ce genre d'attirance trouble pour une femme ?

— Ça m'est arrivé.

— Et qu'as-tu fait ?

— Je suis resté en terrain neutre.

— Pourquoi ?

— Je n'avais pas le choix.

— Il y avait déjà quelqu'un dans sa vie ?

— Dans un sens, oui.

— Et ce que tu éprouvais pour elle n'était pas assez fort pour que tu essaies de déloger le rival ?

— Il n'y a aucune raison de se battre si l'on sait que l'on n'a aucune chance de gagner.

— Ne s'agit-il pas d'une attitude défaitiste ?

— Ce n'était qu'une réalité que j'ai acceptée. Elle ne s'applique pas dans ton cas.

— Que veux-tu dire ?

— Je crois que tu devrais approcher Novak. Il n'attend que cela.

— Comment peux-tu en être si certain ?

— On dit que j'ai une bonne intuition.

— On dit vraiment cela ? demanda l'Ange, non sans une pointe d'ironie.

— On dit bien cela, répondit-il sur le même ton.

— Dommage que je ne connaisse pas ce « on ».

— Ça pourrait arriver. « On » verra.

Passa alors un instant unique pendant lequel la froide Maîtresse aux cheveux rouges et l'impassible homme chauve se regardèrent en souriant franchement.

— Je dois avouer, continua-t-elle, que je suis allée chez Novak. J'y allais vraiment avec l'intention de lui demander de faire mon portrait, mais finalement je ne suis pas entrée chez lui. Il était sur son balcon et il m'a donné l'impression d'être en train de sucer son sang, ce qui ne serait pas surprenant si je me fie à notre première rencontre. Mais… je ne sais pas… je me voyais mal aller le déranger. Puis, de toute façon, j'ai eu un malaise et lorsque je me suis sentie mieux, il était déjà rentré. Je suis donc partie sans lui parler, en me disant que je passerais une autre fois. Récemment, j'ai décidé que je ne voulais plus le voir et qu'il ne devait pas faire partie de ma vie. Sauf que…

— Tu penses tout le temps à lui.

— C'est vrai. Mais j'ai aussi été préoccupée par ma santé ces derniers jours. Ça fait deux fois, en peu de temps, que je me sens terriblement mal, d'abord chez toi, puis près de chez Novak. Je suis allée voir mon médecin ce matin. Après un examen sommaire, il m'a posé une série de questions et il a conclu que j'étais en parfaite santé. À propos des malaises, il a dit que je ne devais pas m'en faire, que c'était sans doute passager et relié à une période de stress ou de surmenage. J'ai lui ai affirmé que je n'étais pas plus stressée que d'habitude et que je dormais mes huit heures par nuit. Bien sûr, il a dit de reprendre rendez-vous si…

— Novak est la cause de tes malaises.

— Quoi ?

— C'est à cause de lui que tu ressens ces étranges bouleversements dans ton corps. Les fois où tu t'es sentie mal étaient reliées à sa présence: la première figurée et la deuxième réelle. Tu n'as pas fait le lien de manière consciente, mais ton subconscient, lui, était déjà en alerte. C'est la raison pour laquelle, depuis que tu es entrée, tu as évité de regarder l'autoportrait de Novak.

— Je ne vois pas de quelle manière un simple portrait peu me rendre malade physiquement.

— Novak est quelqu'un de différent et il fait partie de ton destin.

— C'est une explication qui n'explique pas vraiment.

L'homme aux yeux violets se leva et marcha jusqu'à *Kaguesna* devant lequel il s'arrêta.

— Il existe, entre toi et ce peintre, un lien profond et mystérieux qui va se concrétiser avec le temps.

— Je ne suis pas certaine de comprendre ce que tu essaies de me dire.

— Viens près de moi. Près du portrait.

Elle se leva et avança vers la toile, mais sans la regarder. En quête d'un éclaircissement, elle fixait plutôt le visage de Boris.

— Ne me regarde pas. Regarde le portrait.

Elle tourna la tête vers la droite et son regard croisa tout de suite les iris noirs du Jimmy Novak fictif. Elle tressaillit, mais même après plusieurs secondes, elle n'éprouva aucun changement physique. Elle allait dire à Boris que son hypothèse prétendant que Novak était la cause de ses malaises n'avait aucun fondement, lorsque ce dernier lui prit la main gauche et la plaqua contre la toile. Elle se figea aussitôt et son corps fut traversé par les mêmes douleurs que les fois précédentes. Des trous noirs tapissèrent graduellement sa vision et elle perdit conscience.

Boris reçut l'Ange dans ses bras et la porta dans la bergère. Il s'agenouilla ensuite devant elle. De la poche de son veston, il tira un canif et une fiole vide. Il prit la main gauche de son amie, lui incisa le bout de l'index, puis il fit couler, goutte à goutte, le liquide rouge dans la petite bouteille noire. Lorsqu'il jugea la quantité de sang recueillie suffisante, il boucha la fiole, essuya son canif avec un mouchoir et remit le tout dans sa poche. Il appuya ensuite son propre index gauche sur celui qu'il venait de blesser; ce contact suffit à faire disparaître toute trace de blessure.

Wagner alla ensuite monter le son pour mieux apprécier *L'amour sorcier*, de Manuel de Falla. Une pièce qui convenait bien à ce que son amie s'apprêtait à vivre.

MONTRÉAL, 2 OCTOBRE 1997

Un quatrième whisky en main, Ian observa la piste de danse de nouveau bondée.

La tête lui tournait. L'odeur de sueur, les longs cheveux qui ondulaient dans les dos nus, les talons hauts qui martelaient le plancher de bois, le jeu des lumières passant du rouge au violet et la puissance de la musique le plongèrent dans une exaltation physique excessive. Vivement stimulée par tant d'intensité physique, la Violence noire se transforma en urgence sexuelle. Béluterre n'était plus qu'un prédateur…

Il vida son verre et le déposa sur une table. Il allait s'en chercher un autre lorsque deux bras féminins gantés de satin noir lui enserrèrent les hanches: avait-il déjà trouvé sa proie? Il ferma les yeux, le temps de prévisualiser de quoi avait l'air celle qu'il allait baiser.

Malgré son maquillage extravagant, il reconnut Julie Lévesque. La journaliste.

La Violence noire explosa.

Il se libéra vivement des bras de la jeune femme et se retourna. Il plongea son regard dans le sien et vit qu'elle savait très bien qui il était.

Sans lui laisser le temps de poser une question – elle en avait sûrement l'intention –, Ian l'agrippa par les épaules avec rudesse et la serra contre lui. Il frotta son membre dur comme le roc sur la journaliste, puis il lui prit la tête entre ses longues mains squelettiques, la força à se pencher et lui plaqua la face, contre le cuir, à la hauteur de son entrejambe.

Elle tenta de résister, ce qui excita Ian de plus belle. Il n'avait qu'une envie ; baisser la fermeture éclair de son pantalon et enfoncer son pénis le plus profondément possible dans la gorge de Julie, jusqu'à ce qu'elle étouffe. N'avait-elle pas toujours eu envie qu'il la baise ? Alors il allait la baiser. Maintenant. Tout de suite.

Il la prit par la taille, la souleva dans les airs et la jeta sur son épaule comme un vulgaire sac de pommes de terre sous l'œil amusé, ou envieux, des individus qui observaient la scène. La journaliste ne se débattit pas. Béluterre marcha jusqu'aux toilettes les plus proches ; il ouvrit une des cabines libres et il reposa Julie sur le sol. Debout à côté de la cuvette, la jeune femme affichait un air étrange, à mi-chemin entre le désir et la curiosité. À la fois lascif et intéressé.

— Salut, Jimmy Novak, finit-elle par dire sur un ton moqueur. On se retrouve dans un drôle d'endroit, tu ne trouves pas ?

La Violence noire le possédait corps et âme. Il ferma les yeux et vit Julie qui le regardait avec un sourire de garce.

Il ouvrit les yeux et fit face à ce qu'il venait de prévisualiser. La jeune femme détacha le dernier bouton de son chemisier en nylon noir qui cachait à peine sa généreuse poitrine. Elle se mit à faire rouler ses mamelons roses entre ses doigts de satin. Elle releva ensuite sa jupe ultracourte sous laquelle elle ne portait rien.

La main de Béluterre partit toute seule. Il gifla Julie à plusieurs reprises jusqu'à ce que le sang coule de sa lèvre fendue. Elle encaissa les coups sans crier. Excité par la vue du sang, Ian prit la tête de sa victime et la frappa contre le mur derrière la toilette. Cette fois, la journaliste cria. D'une main, il lui tira les cheveux, pendant que de l'autre il descendait la fermeture éclair de son pantalon. Il caressa rudement l'entrecuisse mouillé de Julie puis, sans attendre, il la souleva et la pénétra si violemment qu'elle fut projetée contre le mur et que son dos craqua.

La tenant par les fesses, il la baisa comme il en avait envie. Le sang qu'elle avait sur le visage et la poitrine couvrait maintenant la blouse de Ian et l'enivrait. Mais il n'avait aucune envie de le lécher. Il n'aimait que le sang de Tura Sherman, alias l'Ange écarlate.

Après avoir éjaculé, il recula et remonta son pantalon. Ça lui avait fait du bien, mais ce n'était pas fini. Le désir de violence courait encore dans ses veines et il ne savait de quelle manière le calmer. Il aurait voulu forcer cette fille à s'allonger par terre, la face contre le carrelage froid taché de sang. Lentement, il lui aurait brisé les os du corps, un à un, en jouissant chaque fois d'entendre le craquement sous sa botte. Il aurait aimé l'entendre hurler. Peut-être même implorer pitié. Mais il aurait été sans merci. De toute façon, elle n'aurait plus été qu'un sac de chair rempli d'un paquet d'os brisés. Quelque chose de totalement inutile, car irréparable. Alors il aurait eu un élan de générosité et lui aurait écrasé la nuque avec son talon.

Assise sur le siège, Julie gémissait. Le sang ne s'écoulait plus seulement de sa lèvre mais aussi de son nez et de l'intérieur de sa bouche. Elle dut se pencher pour cracher, entre ses cuisses, un caillot de sang qui l'empêchait de respirer. Elle se redressa, le visage en sueur et en sang. Le regard vide. Ian la souleva par les bras et la fit asseoir par terre. Il tira la chasse d'eau. Une fois la cuvette pleine d'eau claire, il y plongea les mains qu'il porta ensuite au visage et à la poitrine de la journaliste afin de venir à bout du sang qui les maculaient. Une fois qu'elle fut partiellement nettoyée, il replaça ses vêtements et ses cheveux du mieux qu'il put.

Il essuya le sang sur sa propre blouse dont il replaça les pans dans son pantalon. Debout, les bras croisés, il attendit quelques minutes afin que la lèvre fendue de Julie cesse de saigner.

La Violence noire semblait vouloir s'apaiser, mais le désir sexuel, lui, était encore bien présent.

Il aida la jeune femme à se lever, puis il fouilla dans la poche de son chemisier en nylon. Il trouva ce qu'il cherchait: un coupon de vestiaire trempé et une carte d'identité avec son adresse.

Il sortit des toilettes désertes, en tenant sa victime serrée contre lui, un bras autour de ses frêles épaules. Y avait-il eu des témoins auditifs des coups que Ian avait portés à Julie? Quelqu'un avait-il entendu les cris de cette dernière? Si oui, il semblait bien que personne n'avait osé intervenir.

Une fois au vestiaire, il tendit le coupon à la fille au regard blasé qui veillait sur les manteaux des clients.

— Malade, ta copine?

— Trop d'alcool.

— Dommage. La soirée est encore jeune.

Ian récupéra le manteau de Julie et réussit, tant bien que mal, à le lui enfiler.

Une fois à l'extérieur, il héla un taxi dans lequel il s'engouffra avec la journaliste.

Deuxième partie

L'Appel du sang

WESTMOUNT, 3 OCTOBRE 1997

L'homme était d'une remarquable beauté. Ses courts cheveux noirs lissés vers l'arrière dégageaient un visage ovale aux traits délicats, purs et harmonieux, rappelant celui des kouros de l'antiquité grecque. La plupart du temps de couleur ambre, parfois orangées et dans certaines occasions or, les étranges pupilles de David Fox lui valaient bien des surnoms – l'homme aux yeux dorés, l'homme aux yeux d'or, l'homme au regard de feu, regard d'ambre, yeux jaunes, fils du diable, démon ou sorcier – et ce, depuis plus de trois siècles.

Britannique de naissance et d'âme, disposant d'un appartement au cœur de Londres, où il passait la majeure partie de son temps, Fox avait néanmoins un pied-à-terre dans plusieurs autres villes du monde. L'immortalité exigeait une gestion de survie complexe et minutieuse. Un voisin qui paraissait ses quarante et un ans pendant une dizaine d'années pouvait être « bien conservé », mais paraître le même âge quelque vingt ans plus tard excitait les curiosités et éveillait les soupçons. David ne pouvait résider très longtemps dans le même quartier ni entretenir des relations à long terme sans avoir à expliquer la raison de son apparence physique inaltérable. Il avait rarement partagé son secret. Les quelques individus qui avaient « su » étaient, pour la plupart, décédés depuis bien longtemps. Parmi ceux qui « savaient » toujours, il y avait Boris Wagner.

En 1982, Fox, invité à une semaine gastronomique organisée par un riche Montréalais, avait été accueilli au château des festivités par l'imposante silhouette d'un chauve aux yeux violets. À l'époque, David venait de perdre l'homme qui entretenait, depuis dix ans, sa villa de Westmount. Il cherchait donc quelqu'un pour le remplacer. S'étant enquis de la qualité du travail du serviteur chauve auprès de son hôte, David avait appris que Boris Wagner était d'une compétence exceptionnelle et d'une fiabilité incomparable. Tout le gratin de Montréal louait ses services, par le biais d'une agence, lorsqu'il importait de faire une forte impression, car Wagner se démarquait par son étonnante prestance. En réalité, David était curieux de voir cet homme, au charisme étrange et à l'allure distinguée, servir plutôt qu'être servi.

À la fin de la semaine, fasciné par la personnalité de Wagner, Fox lui avait fait une offre : il désirait l'engager, exclusivement, à son service. Quiconque eût pris connaissance des conditions exceptionnelles et des gages mirobolants de cette offre aurait cru qu'il s'agissait d'une blague ; car on ignore que les désirs et la fortune d'un immortel ne sont comparables à rien d'autre. Yeux d'or pouvait « tout » s'offrir.

Cultivés et passionnés d'art sous toutes ses formes, Fox et Wagner eurent de longues conversations stimulantes. Toujours très à l'écoute, Boris ne posait jamais de questions ; on aurait dit que sa nature profonde l'en empêchait. Mais ce n'était pas seulement ce qui le rendait unique. Lorsqu'ils eurent passé quelques jours ensemble dans la villa de Westmount, Fox constata qu'il n'avait jamais vu son serviteur boire ni manger. Et il n'avait aucune preuve que ce dernier dormait. Chaque soir, Wagner écoutait des airs d'opéra jusqu'à tard dans la nuit et, lorsque David se levait le lendemain, il était encore dans la salle d'écoute et ne semblait pas avoir bougé de là depuis des heures.

Rapidement, il se développa entre le Maître et son serviteur un profond respect mutuel ainsi qu'une mystérieuse fascination réciproque. Plus qu'un simple domestique, Boris était petit à petit devenu un allié de Fox, une situation qui s'expliquait, du moins en partie, par le fait qu'il n'était pas, lui non plus, un humain normal.

Il n'était pas immortel. En quinze ans, des rides s'étaient creusées sur son front et aux coins de ses yeux violets. Mais il ne mangeait effectivement jamais, ne buvait strictement jamais – pas même de l'eau – et il n'avait jamais besoin de dormir. De plus, il possédait le pouvoir de guérir des blessures fraîches ou d'apaiser les réactions émotives trop intenses d'une personne par simple contact physique. Fox l'avait lui-même expérimenté. Un matin, s'étant accidentellement coupé en se rasant – ce qui lui arrivait très rarement et l'irritait au plus haut point –, il était entré au salon en tenant un mouchoir sur sa joue. Sans rien dire, Boris s'était approché de lui et, après avoir retiré la main tenant le mouchoir sur la blessure, il avait appuyé sa joue contre celle de son Maître. Quelques secondes plus tard, toute trace de coupure était disparue.

Wagner ignorait tout de ses origines. Il disait avoir l'impression d'être né en 1980, à l'âge de vingt-neuf ans. Il n'avait aucun souvenir de ce qu'il aurait pu y avoir « avant », à la condition qu'il y ait eu un « avant », ce dont il n'était même pas certain. David avait aidé Boris à essayer de découvrir ses origines, mais les deux hommes n'avaient pu trouver le moindre indice ; il semblait bien qu'avant 1980 Boris Wagner n'eut jamais existé.

David avait confié à l'homme chauve l'origine de son immortalité. Il lui avait décrit sa mystérieuse rencontre avec Listar, en 1664. Il lui avait parlé de Kaguesna, cette majestueuse Cité qui vivait dans son esprit, source d'angoisse depuis une trentaine d'années car elle n'était plus « vide ».

Wagner n'avait jamais entendu parler de Kaguesna mais, entièrement dévoué à Fox, il lui avait promis de l'aider à trouver une solution pour lui permettre de rester éternel.

Le Maître n'était pas venu à Montréal depuis plus de deux ans. C'était la première fois qu'il voyait *Kaguesna*, l'originale – il ne l'avait vue que sur une photo que Boris lui avait envoyée. Outre son titre, il comprenait bien pourquoi cette toile avait attiré l'attention de son homme de confiance : elle vibrait d'une obscure intensité qui ne pouvait laisser personne indifférent, tout comme la personnalité de l'artiste qui l'avait signée. Cheveux sombres ou clairs, longs ou courts, yeux noirs ou bleus, teint blanc ou brun, Jimmy ou Ian, peu importe, ce peintre posséderait toujours un charisme inquiétant, en opposition avec le charisme séducteur de Fox ou celui, rassurant, de Wagner.

David apprécia la pureté du chant grégorien qui s'élevait des haut-parleurs de la salle de musique. Il vint prendre place dans la bergère en velours. Il prit, sur la table entre les deux fauteuils, le magazine *Rencontres-chocs*, ouvert à la page des petites annonces. Encerclée de rouge, dans la première des colonnes de la rubrique « Recherché », Fox lut l'annonce suivante :

KAGUESNA RECHERCHE JIMMY NOVAK

Sa présence à Montréal était relative à cette annonce. Deux semaines plus tôt, en vérifiant dans le dernier numéro de *Rencontres-chocs* pour savoir si Julie Lévesque y signait toujours des articles, Boris avait vu cette annonce, bien en évidence parmi les autres. Il avait tout de suite averti David qui lui avait demandé d'enquêter. Wagner avait trouvé peu d'informations ; l'annonce paraissait dans le magazine, telle quelle, depuis la mi-mars 1997, mais la personne qui l'avait placée restait incognito.

Un ou plusieurs individus connaissaient donc le lien qui unissait Jimmy Novak à Kaguesna. L'annonce pouvait avoir été placée tout aussi bien à partir de Montréal que de n'importe où ailleurs au Québec. Par exemple, de Saint-Séverin-de-Prouxville, où habitaient les parents de Jimmy. Une information trouvée par Boris.

Fox prévoyait aller rendre visite sous peu à la famille Novak.

MONTRÉAL, 26 JUIN 1995

À plat ventre sur le matelas, Jimmy saisit le calendrier et fit un gros « X » sur le vingt-six juin.

— Une autre journée d'perdue, criss…

Il se leva et alluma une cigarette. Exaspéré, il lança son paquet sur la table où s'empilait une montagne de choses inutiles qu'il fallait mettre aux ordures. Il ouvrit la porte du balcon, pour aérer un peu, puis il se mit à marcher nerveusement de long en large.

Novak arracha soudain le bandeau de son bras droit. Il fouilla parmi ses articles de peinture, à la recherche de la lame de rasoir avec laquelle il s'entaillait le dessus du poignet, mais, ne la trouvant pas, il s'énerva et alla chercher un couteau dans le tiroir de la cuisine.

Il se coupa violemment, sans réfléchir, plus profondément que d'habitude. Lorsque le sang rougit son poignet, il plaqua sa bouche contre la chair et se mit à sucer avidement. Il s'en foutait d'être vampire ou débile. C'était ses affaires, après tout, s'il aimait sucer son sang. Ça ne regardait personne d'autre que lui.

Une fois repu, sans se soucier de la blessure qui saignait abondamment, Jimmy renoua le bandeau autour de son bras.

Les yeux protégés par des lunettes de soleil et le corps enveloppé d'un veston noir malgré la chaleur, il sortit. Deux heures plus tard, l'artiste rentra les bras lourds de bouteilles de Jack, de litres de jus d'orange, de paquets de Du Maurier et d'une cinquantaine de tubes de peinture à l'huile. Il venait d'épuiser tout le reste de l'argent de Wagner.

Il avait pris une décision qui allait lui permettre de terminer son contrat en paix.

◆

Martin sauta par-dessus l'espace qui séparait son balcon de celui de Jimmy. La veille, il avait entendu la vitre éclater. Il était venu voir ce qui se passait mais, en apercevant Chantale, il n'avait pas osé se mêler de la violente discussion qui avait suivi entre elle et Novak. Ce dernier était justement en train de clouer une vieille toile au cadre de la fenêtre.

— Tu n'avais pas envie de poser une nouvelle vitre ?

— Non, marmonna le peintre, quelques clous au coin de la bouche.

— J'aurais pu t'aider, c'est simple. J'en ai souvent changé.

— C'est que j'fais pas juste boucher l'trou.

Lorsque Martin vit Jimmy saisir une autre grande toile et commencer à la clouer pour boucher la fenêtre dont la vitre était intacte, il s'inquiéta.

— Qu'est-ce que tu fais, au juste ?

— J'm'enferme.

— Ah ! Pourquoi ?

— Si j'veux finir mon contrat, faut que j'm'isole. C'est la seule solution.

— Bah ! Il va falloir que tu prennes une bouffée d'air frais et une bonne bière froide une fois de temps en temps, lança Martin, soudain très nerveux.

— Pas avant l'vingt juillet.

— Ce n'est pas bon pour toi, Jimmy, de t'isoler. On ne sait jamais ce qui peut t'arriver. Disons… Une bière avec moi, une fois par semaine. Chaque vendredi ! Qu'en penses-tu ?

Jimmy continua de se cloîtrer sans répondre. Martin comprit que c'était peine perdue ; il n'allait pas revoir Novak avant un peu plus de trois semaines. Un imprévu qui le plaçait dans une situation embarrassante.

JOURNAL DE JULIE, 3 OCTOBRE 1997, 15 H 30

Et moi qui croyais que ma vie commençait à devenir banale…

Je vais devoir me promener avec des lunettes noires pendant plusieurs jours. J'aimerais pouvoir écrire « on dirait que j'ai mangé une volée » en riant, mais c'est malheureusement la vérité. J'en ai mangé toute une.

C'est vrai que j'ai toujours eu envie de coucher avec Jimmy Novak, mais j'aurais aimé que ça se passe autrement. Il m'a tellement battue que j'en ai perdu des bouts et que je préférerais oublier ceux dont je me souviens.

J'ai enfin compris pourquoi je ne l'avais pas vu, à Dorval, lundi matin. Je cherchais un maigrichon jeune homme aux longs cheveux noirs et au teint blême. Ce que j'ai pu être bornée! Je n'avais même pas envisagé la possibilité qu'il puisse avoir changé de look. Même à la soirée fétiche, hier soir, ça m'a pris plusieurs minutes d'observation avant d'être certaine que c'était bien lui. Il a tellement changé... Le mauvais garçon au teint cadavérique s'est transformé en un solide homme à la peau brunie et à l'allure athlétique. Il a coupé ses longs cheveux noirs et porte maintenant une brosse châtain clair. Il n'y a que les pantalons de cuir qui sont fidèles au Novak que j'ai connu. En tout cas, on peut dire que c'est toute une transformation. Mais, peu importe de quoi il a l'air, il me plaît toujours autant.

Je suis contente de l'avoir rencontré par hasard. Ça confirme cependant que la mystérieuse personne qui m'a annoncé que Novak revenait à Montréal, après un exil de presque deux ans, m'a bel et bien donné une information véridique. Qui donc avait avantage à ce que je sache cela? J'ai quelques hypothèses:

A- Un ennemi de Novak qui cherche à le mettre dans le trouble, car il sait que je vais de nouveau fouiner dans sa vie.
B- Un mystérieux admirateur qui veut mousser ma carrière.
C- Novak lui-même. (Mais dans quel but?)

La réponse viendra sans doute plus tard. Pour l'instant, je dois m'assurer de ne pas perdre Jimmy de vue. Quand il est parti, tard la nuit passée, je lui ai dit que je possédais des informations qui pouvaient l'intéresser. Il n'a eu aucune réaction. Je lui ai donné rendez-vous, ce soir, aux Foufs, afin d'en discuter.

Je suis certaine qu'il viendra.

MONTRÉAL, 18 JUILLET 1995

L'avant-bras droit de Novak était couvert de longues traînées de sang. Le peintre trempa la pointe de son pinceau dans la plus large, puis il continua d'appliquer sa trace dans la longue chevelure du personnage de la toile à laquelle il travaillait. Sa dixième.

Il ne restait que deux jours avant le vernissage. La dernière toile ne serait pas sèche, mais Jimmy allait accompagner les hommes qui transporteraient les dix œuvres et il s'occuperait personnellement de la cadette.

La sonnerie du téléphone retentit.

À quelques heures du « grand jour », ayant prévu qu'Évelyne Dufort allait se manifester, Jimmy venait de rebrancher son appareil. Il décrocha.

— Ouais !

— Que faites-vous, Novak ? Je suis allée frapper chez vous quatre fois cette semaine !

— J'ouvre à personne.

L'agente émit un soupir d'irritation.

— Où en êtes-vous dans votre production ? demanda-t-elle sur un ton impatient.

— J'mets la touche finale au dernier chef-d'œuvre d'la décennie.

— Vous avez bien respecté les clauses dix et onze pour chacune ?

— Avec une jouissance profonde.

— Parfait. Deux hommes vont passer prendre vos toiles jeudi matin, vers neuf heures.

— Tout s'ra prêt.

— Au revoir, Jimmy.

C'était la première fois qu'elle l'appelait par son prénom.

Le temps d'allumer une cigarette, Novak changea la cassette de Nine Inch Nails de côté. Il attrapa la bouteille de whisky sur le coin de la table et décida qu'il pouvait enfin se permettre un peu d'air frais. Il arracha la toile clouée à la fenêtre de la porte et poussa un soupir de soulagement : c'était le soir. La clarté du jour lui aurait été insupportable.

Il déverrouilla la serrure et sortit, en jean, torse et pieds nus. Une douce brise caressa sa peau tachée de bleu cobalt, de terre de sienne et de carmin. À en juger par le calme qui régnait dans la ruelle, il devait être tard dans la nuit.

Quelques gorgées d'alcool plus tard, il appuya ses avant-bras nus sur la rampe du balcon. Les coulées de sang avaient déjà commencé à coaguler. Depuis qu'il s'était totalement isolé, il avait renoncé à porter ses bandeaux aux poignets, car il n'en voyait plus la nécessité.

Quelques jours après le début de sa réclusion, Jimmy avait découvert une nouvelle méthode pour s'abreuver de son sang ; plutôt que de pratiquer chaque fois une nouvelle incision, il lui suffisait d'ouvrir, du bout des dents, la dernière blessure. Comme il « se » buvait plusieurs fois par jour, la coupure n'avait jamais le temps de se cicatriser, lui rendant ainsi la tâche facile.

Depuis le début de cette intense période de création, il se masturbait aussi plusieurs fois par jour, chaque fois en fantasmant sur l'Ange écarlate.

— Après le vernissage, pensa-t-il tout haut.

Il « devait » revoir cette femme qui le hantait.

◆

Martin écoutait la télévision lorsqu'il entendit du bruit sur le balcon de Novak ; se pouvait-il que l'artiste se pointe le bout du nez deux jours avant la fin de sa retraite ?

Le jeune homme blond s'empressa d'aller chercher deux bières dans son réfrigérateur et il sortit sur son balcon. Le peintre avait bien quitté sa tanière.

— Eh ! Jimmy ! On prend une bière ?

Novak se retourna et fit un petit geste de la main droite pour inviter son voisin à le rejoindre. Un instant plus tard, Martin était assis près de Jimmy, les jambes dans le vide, une Black Label entre les cuisses.

Redoutant de brusquer le peintre qui semblait plongé dans une étrange torpeur, Laberge attendit un peu avant d'engager la conversation. Il avala une gorgée de bière bien froide, puis il constata que Novak avait le visage tourné vers lui et l'observait.

— T'es la première personne que j'vois depuis trois semaines, dit Jimmy d'une voix rauque et basse.

Le visage émacié et le teint cadavérique, Novak avait l'air encore plus lugubre qu'au début de sa période d'isolement. Le plus étrange était que ses pupilles, habituellement noires comme de l'encre, étaient maintenant comme des saphirs éclatants, et la lueur d'un lampadaire qui se reflétait sur sa chevelure révélait une repousse blond cendré qui créait un effet de halo autour de son visage.

— C'est ta couleur naturelle ?

— Quoi ?

— Tu teins tes cheveux en noir ?

— Ouais, pis ?

— Rien. Je ne le savais pas. Je suis juste surpris. Et pour tes yeux...

— Verres de contact noirs. Bleu, c'est ma vraie couleur. J'me crisse de toutes ces affaires-là quand j'peins beaucoup.

Intimidé par les iris d'un bleu intense, Martin fixa les avant-bras de son voisin. Le gauche était couvert de cicatrices. Sur le droit, outre certaines coupures encore rosées, de longues traînées de sang séché partaient d'une large plaie à vif.

— Tu suces encore ton sang ?

Laberge était particulièrement intéressé par ce sujet dont il n'avait jamais eu l'occasion de reparler avec Novak. Ce dernier leva son bras pour mieux l'exposer à la clarté du lampadaire.

— Crois-tu aux vampires, Martin ?

— Pourquoi ? Tu penses que tu en es un ?

— Tu penses que j'suis fou ?

— Non, mais…

Jimmy avança son visage tout près de celui de son voisin.

— J'dors pus depuis des semaines. J'mange pus depuis des semaines. La bouffe me fait dégueuler. J'suis juste capable d'avaler de l'eau, de l'alcool pis du jus d'orange. J'vis dans la semi-pénombre et j'sais même pus si j'serais capable de supporter la lumière du jour. À tout bout d'champ, j'plaque ma bouche contre ma plaie et…

Plutôt que de continuer à parler, Novak pressa ses lèvres contre son bras. Il écarta la chair de la plaie du bout de ses dents, puis il se mit à s'abreuver de son sang. Laberge resta muet. Il aurait voulu ressentir une profonde aversion pour cet être macabre et perturbé mais, lorsque la bouche aux lèvres rougies se détacha du bras, il éprouva un violent désir d'embrasser Jimmy, peut-être pour savoir ce que goûtait son sang, peut-être pour essayer de comprendre ou pour une autre raison qu'il préférait ne pas s'avouer.

Comme si ce qui venait de se passer était tout à fait banal, Novak glissa sa langue sur ses lèvres pour faire disparaître les traces de sang et il continua de parler en même temps qu'il allumait une cigarette.

— T'as déjà connu un humain normal qui faisait un truc pareil ?

— Non, répondit tout bas Martin, mal à l'aise à l'idée de répondre quelque chose qui pourrait vexer l'inquiétant personnage qu'était Novak.

Il risqua quand même une hypothèse.

— Tu passes ton temps à peindre, ça déboussole sûrement ton système. Tu es peut-être intoxiqué par l'odeur de la peinture et des autres produits. Ça expliquerait pourquoi tu agis bizarrement.

— Ben voyons, n'importe quoi. Depuis l'temps que j'ai l'nez d'dans, ça f'rait longtemps que j'aurais capoté.

Un léger coup de vent fit glisser les longues mèches emmêlées de Jimmy dans son dos nu.

— J'sais pas c'qui m'arrive, Martin. J'crois que j'suis en période de transformation, que c'est mon destin et que j'ai pas l'choix. J'sais pas c'que ça va donner au bout du compte, mais un jour, j'espère que ça va m'aider à mieux comprendre qui j'suis et pourquoi j'ai jamais agi comme les autres.

Novak lança sa cigarette, à moitié consumée, en bas du balcon.

— Ça te l'dirait de venir voir les tableaux de l'exposition ?

Martin n'avait pas espéré tant d'honneur.

◆

Assis en lotus sur une chaise, une nouvelle cigarette entre les lèvres, Jimmy observait son voisin se promenant d'une œuvre à l'autre. Il avait décidé de taire le fait qu'il avait peint certaines parties des toiles avec son sang et Laberge ne remarquerait rien car, en séchant, le sang perdait son éclat pour se transformer en un brun rougeâtre. Dans les trois premières toiles, Novak avait camouflé cette couleur terne sous une couche de carmin mais, dans les suivantes, il avait commencé à l'apprécier pour ce qu'elle était : issue de lui, donc pure et unique.

La méthode qu'il avait utilisée pour appliquer le sang sur ses toiles avait, elle aussi, évolué. Sur les premières, il avait appuyé sa plaie sur la toile, de manière brute et sauvage, sans autre intention que celle de respecter la clause dix de son contrat. À la quatrième toile, l'idée lui était venue qu'il pouvait choisir « où » mettre sa touche personnelle. Il avait donc raffiné sa technique en trempant la pointe du pinceau dans son sang et en allant colorer les iris de son personnage. Novak avait intitulé cette toile *Fall's regard* parce que le sang séché lui rappelait la couleur de certaines feuilles mortes.

— Qu'est-ce t'en penses ? demanda-t-il à son spectateur privilégié.

— C'est presque un miracle que tu aies abattu tout ce travail en si peu de temps.

— Souviens-toi que j'dors pus.

Après avoir fini d'admirer la neuvième œuvre, Martin se tourna vers Jimmy.

— Tu ne devais pas en peindre dix ?

Le peintre se leva et alla retourner une grande toile qu'il avait, plus tôt, tournée la face contre le mur.

— La dixième est ici, dit-il. J'l'ai pas finie.

Une fois devant la toile numéro dix, Laberge ne put s'empêcher d'émettre un « oh ! » à la fois de surprise et d'admiration, au grand plaisir de Jimmy qui avait réussi son effet-choc.

Debout, de dos, les mains appuyées sur un mur de briques, le personnage féminin portait une combinaison de cuir noir ultra-moulante qui épousait les courbes épanouies de son corps. Ses longs cheveux aux reflets bruns et rouges, dont les pointes chatouillaient la taille, camouflaient presque entièrement son visage dont on n'apercevait qu'un seul œil gris, un nez un peu long et une mâchoire volontaire.

— C'est... très prenant. Tu as vraiment imaginé cette femme ?

— Non. C'est l'Ange écarlate.

— L'Ange écarlate ?

— Une dominatrice que j'connais.

— Tu la trouves de ton goût ?

Aussitôt posée, Martin regretta sa question.

— Pourquoi tu veux savoir ça ?

— Comme ça. Pour rien.

— Criss, Martin, à t'voir la face on dirait que t'es jaloux.

Une lueur sadique traversa l'intense regard de Jimmy.

— En fait, poursuivit-il, j'suis justement en manque. Ça te l'dirait d'baiser ? On pourrait essayer des choses ensemble...

Novak s'empara du couteau de cuisine qui traînait inutilement sur le bord de son chevalet depuis des jours. Laberge se figea. Le peintre appliqua la lame sur la gorge de son ami et commença à lui triturer l'entrejambe de sa main libre. En sentant durcir le membre de Martin sous la rude caresse, Jimmy laissa tomber le couteau par terre, puis il éclata de rire.

— Osti ! J'te fais d'l'effet pour vrai ! Es-tu fif, Martin ?

— T'es pas drôle, Jimmy, répondit Laberge, conscient du ridicule de sa situation.

— Capote pas. J'vais continuer à t'parler même si t'es gai.

Profondément vexé, Martin quitta le loft sans saluer Novak qui ricanait.

MONTRÉAL, 3 OCTOBRE 1997

Assis à une table du Van Houtte de la Place des Arts, Béluterre feuilletait les hebdos gratuits parus la veille. Dans le *Voir*, on mentionnait le décès de Roy Lichtenstein, le « Prince du Pop », dont il avait vu la rétrospective de l'œuvre, en 1994, au Musée des Beaux-Arts de Montréal.

La mort d'un autre grand artiste, pensa-t-il en se souvenant qu'il avait déjà espéré qu'on pense la même chose de lui, à son décès.

Il avala une gorgée de thé en fixant l'affiche en face de lui : l'Opéra de Montréal venait de jouer *Faust*, à la fin de septembre. Ian admira le fond dégradé, du rouge vif à l'orange doux, sur lequel était dessiné Faust, cornu et grimaçant.

Assise non loin de lui, une femme d'origine sud-américaine s'attardait devant un cappuccino et un muffin qu'elle grignotait sans appétit. Elle semblait d'humeur morose. Béluterre n'avait pas perdu sa fascination pour l'humain, pris sur le vif dans un environnement public. Se sentant inspiré, il sortit un calepin et un crayon d'une poche de sa redingote et il se mit à faire le croquis du visage de la femme, dont les traits délicats étaient encadrés d'une soyeuse chevelure noire.

Il n'avait plus touché au dessin, et encore moins à la peinture, depuis fort longtemps.

Sous un temps pluvieux, Béluterre avait passé l'après-midi à déambuler, sans but, au centre-ville. Inquiet, il n'avait pas la tête à chercher un logement. Après avoir quitté l'appartement de Julie Lévesque, il avait reconnu les premiers symptômes qui précédaient habituellement une « Absence temporaire » : yeux fatigués, vision trouble et engourdissements des membres inférieurs. Engourdissements qui allaient gagner peu à peu tout son corps, tandis que sa vision s'embrouillerait de plus en plus.

Il lui restait peu de temps avant de ne plus être fonctionnel pendant une période indéterminée.

Cessant soudain de dessiner, Ian griffonna deux noms : William Glencross et Boris Wagner. Gardant un souvenir aigre de l'un comme de l'autre, il aurait préféré ne pas les consulter pour retrouver Tura. Mais maintenant, il s'agissait d'une urgence. S'il sombrait dans une Absence temporaire, qui pouvait durer plusieurs mois, ce serait ensuite plus difficile encore de retrouver la trace de l'Ange écarlate. Quant à la Violence noire, il en avait eu la preuve la nuit précédente, elle le transformait en un monstre de brutalité. Seul le sang de Tura pouvait l'apaiser complètement.

Depuis deux minutes, le café se remplissait d'individus fort bruyants qui commentaient le spectacle auquel ils venaient d'assister. Agacé par le brouhaha et ayant besoin de bouger ses jambes ankylosées, Ian se leva. Tous les regards se braquèrent alors sur son étrange silhouette. Il déchira la première page de son calepin et, en sortant du café, il la laissa sur la table de la femme dont il venait de faire le croquis.

Tout étonnée qu'on ait pu s'intéresser à sa physionomie, cette dernière remercia l'artiste qui lui répondit par un petit signe de la main avant de s'éloigner à grandes enjambées.

◆

Après être allé remettre de la monnaie dans son casier au terminus d'autocars, pour y laisser son sac d'armée encore quelques heures, Ian emprunta Sainte-Catherine vers l'Ouest. Il marcha jusqu'aux Foufs où il entra.

Comme le Terminus Voyageur ou le Else's, l'endroit n'avait guère changé. Était réunie sous le même toit une clientèle hétéroclite de rockers ridés, *ravers* à tuque, musiciens maigrichons, bédéistes underground, alcoolos du coin, peintres expérimentaux, poètes maudits, universitaires à lunettes, junkies sur un *high*, journalistes en herbe, fumeux de pot, solitaires blasés, photographes amateurs, gothiques déprimés, ainsi que la nouvelle génération de punks qui avaient encore la couche aux fesses à la mort de Sid Vicious. À l'aise dans cet univers où son *look* faisait tourner les têtes d'admiration plutôt que d'hostilité, Ian se sentait par contre à l'autre bout du monde mentalement, incapable de s'identifier à la faune d'ados sans avenir ou de vieux sans espoir.

Il se rendit tout de suite au bar où il commanda un whisky. La serveuse, qui arborait fièrement ses multiples anneaux faciaux, lui fit un clin d'œil auquel il resta indifférent.

Il s'installa à une table libre près de la fenêtre et tenta de faire abstraction de la musique *heavy metal*, qu'il détestait, tout en se concentrant sur les passants qui défilaient dans la Sainte-Catherine achalandée malgré le temps maussade. Sa première gorgée de Jack Daniel's lui brûla la gorge. Il inspira profondément. C'était bon. Rudement bon.

Béluterre n'était jamais venu aux Foufs avec Tura, mais il avait fréquenté l'endroit, à une certaine époque, avec Chantale Lamothe. Il se demanda si cette dernière était toujours vivante. Considérant le genre de vie qu'elle menait, il n'aurait pas été surpris d'apprendre qu'elle était morte d'une overdose. Mais, coriace comme elle l'était, la jeune punk pouvait tout aussi bien rôder encore dans les parages et elle était bien la dernière personne à Montréal que Ian avait envie de croiser.

Il imaginait la réputation que Chantale avait dû lui faire après qu'il eut enfin réussi à s'en débarrasser.

C'est vrai que Novak était violent et qu'il avait secoué la gamine à plusieurs reprises, mais c'était surtout pour se défendre lorsqu'elle lui sautait dessus comme une furie. Une seule fois, complètement à bout, il l'avait frappée sans qu'elle l'agresse d'abord. Mais ce n'était rien en comparaison de la manière dont il avait battu la journaliste la nuit précédente.

C'était justement Julie Lévesque qu'il attendait dans ce bar. Peu importe de quoi elle voulait lui parler, tant qu'à être venu à ce rendez-vous, Béluterre allait vérifier si Julie ne détenait pas des renseignements susceptibles de l'aider à trouver l'Ange écarlate.

La journaliste arriva une dizaine de minutes après lui, les yeux cachés sous des lunettes à verres fumés. Elle n'avait pu cependant, même avec du fond de teint, camoufler le reste de son visage meurtri.

— Tu aurais pu y aller un peu plus doucement, dit-elle en déposant une bière sur la table et en s'asseyant en face de celui qu'elle connaissait sous le nom de Jimmy Novak.

Béluterre détesta son ton intimiste.

— Il paraît que tu détiens des informations qui peuvent m'intéresser, lança-t-il tout de go, impatient d'en venir au but de cette rencontre.

Julie appuya doucement ses lèvres sur la paille qu'elle devait utiliser pour boire – ses lèvres étaient encore enflées et sensibles – et elle avala une longue gorgée avant de répondre.

— Tu ne crois quand même pas que je vais te fournir mes informations gratuitement. Je veux faire un échange.

— Quel genre d'échange ?

— Je veux savoir pourquoi tu as disparu de la circulation pendant si longtemps et ce que tu faisais.

— Laisse-moi deviner le scoop… « Le retour du vampire à Montréal » !

— Ce serait insignifiant si je n'avais rien à mettre dans l'article. Je pourrais faire dans le scandale avec « De retour à Montréal, Jimmy Novak viole et bat une journaliste », mais ce serait trop facile. Et, comme tu le sais, je déteste les choses faciles.

Julie aspira une nouvelle gorgée de bière à l'aide de la paille.

— Avant de continuer à discuter, poursuivit-elle, je voudrais te montrer quelque chose.

Elle ébaucha un sourire mesquin qui la fit grimacer, puis elle fouilla dans son sac en bandoulière. Elle y trouva une petite enveloppe brune qu'elle tendit à Ian. Ce dernier l'ouvrit. Elle contenait la photo d'une femme qu'il observa un long moment.

— Qui est-ce ? demanda-t-il à Julie.

— Tu ne le sais pas ?

— Puisque je te pose la question.

— Tu pourrais faire semblant que tu ne le sais pas pour apprendre ce que moi, je sais.

— Toujours aussi machiavélique.

— Ça fait partie de mon charme.

— Où veux-tu en venir, Julie ?

— C'est pour cette femme que tu es revenu à Montréal ?

— Je ne connais pas cette femme. Je suis revenu pour Tura.

— Vraiment ? Juste pour elle ? demanda Julie sur un ton qui trahissait une pointe de jalousie.

— Tu sais où elle est ?

— Peut-être.

Ian approcha son visage tout près de celui de la journaliste.

— Faut-il que je te batte une autre fois pour avoir l'information ?

Julie ébaucha un nouveau sourire douloureux.

— Ça ne te servirait à rien. Je ne le sais pas. Par contre, j'ai vraiment des informations sur la femme de la photo et je suis prête à te les donner si tu me racontes ce qui s'est passé à Londres.

— Comment sais-tu que j'étais à Londres ?

— Un mystérieux informateur m'a avertie de ton retour à Montréal, mais je t'ai raté à l'aéroport. Disons que je ne t'ai pas reconnu, cher Jimmy.

— Ian.

— Ian ?

— Je suis devenu Ian Béluterre.

— Vraiment ? Où es-tu allé chercher un nom pareil ?

— Je l'ai inventé.

— Pourquoi avoir changé de nom ?

— Parce que ça me tentait.

— Pourquoi avoir aussi changé de look et de manière de parler ?

— Qui est cette femme ? demanda-t-il de nouveau en agitant la photo qu'il tenait du bout des doigts.

— Ça ne peut pas faire autrement que t'intéresser, n'est-ce pas ? dit-elle en reprenant la photo et en la glissant dans son sac. Tu m'apprends ce que je veux savoir et je te raconte ce que je sais sur cette femme.

Elle se leva.

— Si jamais tu veux jaser, tu n'as qu'à venir me voir. Tu sais où j'habite. Salut, « Ian ».

La journaliste quitta les Foufs, laissant derrière elle un Béluterre fort soucieux.

OUTREMONT, 20 JUILLET 1995

Le rez-de-chaussée de la villa d'Évelyne Dufort arrivait à peine à contenir la foule d'invités. Hommes et femmes d'affaires distingués, jeunes universitaires, amateurs de nouveautés, vieux artistes excentriques, journalistes à potins, critiques d'art célèbres et écrivains connus profitaient du bon vin et du fromage en passant leurs commentaires, la plupart positifs, sur l'œuvre de cet artiste dont c'était le premier vernissage. Caméras et appareils photo étaient braqués sur Jimmy Novak qui, debout au milieu d'un des salons, en pantalon de cuir, les cheveux et les yeux noirs, répondait à des questions qui s'enchaînaient sans répit. En moins d'une heure, son agente avait conclu la vente de sept toiles avec les mystérieux acheteurs qui avaient garanti la transaction au préalable. Elle avait également averti Jimmy, un peu plus tôt, que d'autres acheteurs se disputaient les trois dernières, ce qui faisait monter les prix de manière inattendue.

Novak était fier que sa première exposition ait attiré autant de monde. Évelyne avait promis une bonne publicité et elle avait tenu parole. Quant au fait que ses toiles aient été vendues d'avance, Jimmy s'en moquait puisqu'il remportait du succès auprès des médias qui, eux, ignoraient ce détail. Son agente lui avait d'ailleurs suggéré d'éviter de discuter de la touche « sanglante » avec les journalistes, conseil qu'il avait trouvé pertinent et décidé de respecter.

— Pourquoi avoir peint un seul portrait de femme ? demanda soudain une voix féminine à sa gauche.

Aveuglé par le flash d'un appareil photo, Novak ne vit d'abord pas qui s'adressait à lui. L'éblouissement passé, le visage d'une jeune femme aux courts cheveux bruns apparut. Ses yeux noisette brillaient de curiosité. D'une trop grande curiosité au goût de Jimmy. Il fit semblant de ne pas avoir entendu la question et demanda plutôt à l'un des serveurs, qui passait avec un plateau rempli de verres de vin, s'il pouvait avoir un whisky. Il se fit répondre qu'il obtiendrait ce qu'il désirait plus rapidement en allant au bar. Une bonne raison pour se défiler.

Un moment plus tard, appuyé sur un buffet antique qui servait de bar, Jimmy répondit encore à quelques questions. Il avait su faire preuve d'une grande disponibilité et d'un bon sens de l'humour depuis le début de la soirée, mais il commençait à se fatiguer, d'autant plus que les questions se répétaient.

Le peintre n'avait pu s'empêcher d'observer, du coin de l'œil, les énigmatiques acquéreurs de son œuvre, faciles à repérer car ils étaient les seuls que l'hôtesse faisait monter à l'étage supérieur où se trouvait son bureau. Novak, qui se les était imaginés comme les membres pervers d'une secte satanique, devait bien admettre que les cinq hommes et les deux femmes dont chacun allait repartir avec une de ses toiles étaient plutôt des individus de belle prestance à l'air sensé. Il aurait aimé les approcher afin de savoir pourquoi ils avaient acheté ses toiles d'avance à la condition qu'elles soient marquées de son sang. Il avait glissé un mot de son intention à Évelyne Dufort, mais elle lui avait rappelé que ces acheteurs anonymes préféraient qu'on ne se mêle pas de leurs affaires. Il devait donc se tenir loin d'eux. Tenté par un désir de provocation, Jimmy aurait peut-être « oublié » le sage conseil de son agente s'il n'avait pas soudain aperçu une longue crinière rouge flamboyante. Il cala son verre de whisky, le déposa sur le buffet, puis il commença à se frayer un chemin parmi la foule.

Vêtue d'une courte robe noire en velours, l'Ange écarlate contemplait *Suddenly moi*, la neuvième toile. Accaparé par les journalistes, et ne s'attendant pas à ce qu'elle soit présente à son vernissage, Jimmy ne l'avait pas vue entrer.

L'envie d'aller lui parler ne manquait pas, mais il hésitait sur la manière de l'aborder. Il jugea préférable d'éviter, cette fois, une approche irrespectueuse.

— C'est ta blonde ? entendit-il derrière lui.

Jimmy se retourna. La fille aux cheveux bruns lui souriait.

— Qu'est-ce tu veux ? lui demanda-t-il sur un ton brusque.

— L'Ange écarlate, c'est ta blonde ?

Jimmy prit la curieuse par un bras et pencha son visage près du sien.

— T'sais quoi ? Ta face me r'vient pas. Fais d'l'air.

Il lâcha son bras, mais la fille resta plantée devant lui, le regard plein de défi. Ayant l'esprit préoccupé par autre chose de plus important, Novak s'éloigna en jurant. Il décida d'aller saluer l'Ange écarlate sans se soucier de prendre des gants blancs. Après tout, elle avait beau être une dominatrice, elle n'en était pas moins d'abord une femme, et il ne voyait pas pourquoi il se forcerait à changer de personnalité pour elle.

Il traversa un des grands salons doubles et repéra la chevelure écarlate. Debout, un verre de vin rouge à la main, elle parlait avec un homme imposant et chauve que Novak reconnut tout de suite : Boris Wagner.

Il aurait bien voulu savoir de quoi discutaient cette femme sur laquelle il fantasmait et cet homme qui avait acheté *Kaguesna*. Il trouva qu'ils avaient l'air intimes. Trop intimes.

Il les observa se déplacer jusqu'à la toile dix qui couvrait la moitié d'un mur. Il vit alors l'Ange se raidir et Wagner appuyer une main réconfortante sur son épaule.

MONTRÉAL, 4 OCTOBRE 1997

Assis dans les toilettes du Terminus Voyageur, Ian appuya sur le mécanisme qui ouvrait la semelle creuse de sa botte gauche. Sous les billets bruns, il récupéra le petit étui oblong en velours bourgogne, dont il souleva le rabat. Il en sortit une sorte de dé en argent poli qui se prolongeait en un ongle effilé. Il le porta à ses lèvres, le baisa, puis y inséra son index droit. Il releva la manche gauche de sa blouse pourpre jusqu'au coude et serra le poing. D'un mouvement sec, il enfonça un des ongles fétiches de l'Ange écarlate dans la veine la plus saillante. Il plaqua ensuite ses lèvres contre la peau perforée, ferma les yeux, et suça longuement jusqu'à ce que sa bouche soit remplie du liquide tiède au goût métallique.

Les images d'une Cité macabre se bousculèrent alors dans sa tête. Il vit d'abord des rats. Des milliers de rats se faufilant dans des montagnes de détritus et d'immondices. Puis des hommes et des femmes, à la mine patibulaire et au teint livide, se réchauffant autour de barils d'huile enflammée ; des maisons délabrées dont les carreaux des fenêtres avaient été remplacés par des planches clouées ; plusieurs portes marquées d'un gros « x » rouge ou bleu ; le regard effrayé d'enfants rachitiques ; des ruelles encombrées de cadavres aux plaies purulentes. Il sentit, comme s'il y était, des odeurs de maladie. De putréfaction. Un fléau soufflait son mal sur cette Cité laide, sale et sombre.

Vibrant d'euphorie, car ces images stimulaient son imaginaire créatif, Ian enfonça ses dents dans sa chair et, plutôt que de lui faire mal, la sensation l'excita. D'une main nerveuse, il défit la braguette de son pantalon de cuir et il empoigna son membre en érection. En se masturbant, il mordit de plus belle dans sa chair qu'il déchira furieusement. Il se mit à grogner tandis que le sang maculait son visage et dégouttait sur le plancher. Le regard dément, Béluterre éjacula en poussant un long cri.

Dix secondes plus tard, quelqu'un entrait dans les toilettes et frappait contre la porte du cabinet où il était enfermé.

— Ouvre la porte sinon j'la défonce !

Ian sortit de sa torpeur. Avachi sur le siège des toilettes, les jambes écartées, il regarda son avant-bras blessé couvert de sang et la tache visqueuse qui luisait sur son pantalon.

— Qu'est-ce qu'y a, cria-t-il, on a pu l'droit d'chier en paix ?

Jimmy Novak refaisait surface.

— Il y a quelqu'un qui t'a entendu gueuler. On pensait que t'avais un problème ou que t'avais besoin d'aide. Remonte ton froc, j'aimerais te poser deux où trois questions.

— Donne-moi deux minutes pour me torcher.

Ian suça l'ongle fétiche et le reglissa dans son étui. Il plongea ensuite son bras rougi dans la cuvette pour le rincer, puis il entoura la blessure de plusieurs couches de papier hygiénique. Il prit sa redingote, suspendue au crochet derrière la porte, il tira la chasse d'eau et s'apprêta à sortir lorsqu'il songea à l'aspect que devait avoir son visage. Il se pencha de nouveau au-dessus de la cuvette et s'éclaboussa la figure à l'eau froide. La cuvette se teinta de rose et Ian tira la chasse d'eau une seconde fois. Il ferma les yeux, espérant voir qui l'attendait de l'autre côté de la porte, mais il ne vit rien du tout.

Il poussa le loquet et se trouva face à face avec un costaud gardien de sécurité dont le visage changea d'expression lorsqu'il croisa le regard de Ian. Ne voulant pas paraître intimidé, il tenta de se recomposer un air brave.

— Alors, la piquerie improvisée, le *weirdo* ? lança-t-il d'une voix qui se voulait autoritaire.

— Il n'y a pas de piquerie, répondit calmement Béluterre qui avait l'habitude de se faire considérer comme un drogué. J'ai juste eu envie de me branler et j'ai gueulé un peu trop fort en jouissant, précisa-t-il en quittant les toilettes sans se retourner.

L'homme laissé derrière regarda l'insolite personnage s'éloigner en ne sachant quoi penser. Il se pencha pour vérifier l'intérieur du cabinet et remarqua les traces de sang sur le plancher. Il voulut se précipiter pour appeler la police, mais en se souvenant du regard de l'inquiétant individu qu'il venait de croiser, il changea d'idée ; l'incident resterait entre le concierge – qui viendrait nettoyer les dégâts – et lui. Après tout, il n'y avait ni mort ni blessé. Il n'avait aucune idée de ce qui avait pu se passer dans ce cabinet et, franchement, il préférait ne pas le savoir.

Entre-temps, Ian s'était dépêché de récupérer son sac d'armée, toujours en sécurité dans un casier, et il avait rapidement quitté le terminus.

Après avoir marché quelques coins de rue d'un long pas rapide, il dut ralentir sa cadence ; sa vue se brouillait et des sensations d'engourdissement se propageaient dans ses pieds et ses jambes.

Comprenant qu'il ne pourrait aller beaucoup plus loin, Béluterre entra dans le premier restaurant qu'il vit. Incapable de distinguer clairement les objets ou d'évaluer les distances, il s'assit à la table la plus près de la porte. Les engourdissements avaient déjà gagné ses cuisses.

— Est-ce que ça va, monsieur ? lui demanda soudain une serveuse, qui lui sembla sortie de nulle part.

— Oui, murmura Ian. Je voudrais un café.

— J'vous apporte ça tout de suite.

Les symptômes progressaient vite. Trop vite. Les engourdissements montaient dans son corps, sa vision devenait de plus en plus floue et il avait perdu le pouvoir de prévisualiser. La Violence noire, qui s'était manifestée quelques minutes plus tôt, avait accéléré le processus d'affaiblissement. S'il voulait rester éveillé le plus longtemps possible, Ian devait éviter toute situation qui provoquait une excitation extrême. Trouver un logement devenait une urgence. Isolé, il allait pouvoir se détendre et concentrer l'énergie qui lui restait – avant de vivre une Absence temporaire – à retrouver Tura.

La serveuse lui apporta sa boisson puis s'éloigna. Ian prit une gorgée de café : le goût était horrible. Il fallait qu'il soit vraiment mal en point pour avoir commandé un café à la place d'un thé.

Il n'avait pas eu le choix de boire son propre sang. C'était la seule solution de rechange – puisqu'il ne pouvait boire celui de Tura – pour calmer la Violence noire qui se manifestait en lui de plus en plus intensément.

Il pensa aux visions de la Cité macabre qui lui étaient apparues pendant qu'il se masturbait. C'était les mêmes visions qui hantaient périodiquement Jimmy Novak depuis l'âge de seize ans. Celles qu'il avait désespérément cherché à reproduire sur toile, persuadé qu'elles feraient de lui un artiste aussi important dans l'histoire de la peinture que Dali ou Bosch. Pendant son séjour en Angleterre, les visions de la Cité ne lui étaient jamais apparues. Le lendemain de son arrivée à Montréal, elles habitaient de nouveau son esprit, réanimées par la présence de l'individu qu'il avait vu s'enfuir derrière la vitre du Else's. Et, depuis que Julie lui avait montré la photo d'une femme qui pouvait passer pour son sosie, Ian soupçonnait le fuyard et cette femme d'être une seule et même personne. Mais pour quelle raison s'était-elle sauvée ? Avait-elle eu peur de croiser un homme qui lui ressemblait tant ? Pourquoi ? Et comment expliquer qu'elle ait aussi réveillé la Violence noire en lui ? Quel lien pouvait-il y avoir entre lui et cette femme ? Qu'est-ce que la journaliste savait sur cette dernière ? Sûrement pas mal d'éléments qui étaient reliés à Jimmy Novak, sinon pourquoi aurait-elle retardé la publication d'un scoop sur le retour du peintre à Montréal ? Béluterre soupçonna qu'il manquait à Julie quelques précieux éléments qui lui permettraient de faire des révélations incroyables sur Novak. C'est pourquoi elle cherchait à apprendre ce qui s'était passé à Londres. Quant à la personne qui l'avait mise au courant du retour de Jimmy Novak à Montréal, à sa connaissance, il n'y avait que David Fox qui connaissait cette information. Pour quels motifs aurait-il averti la journaliste ?

Y avait-il quelqu'un d'autre au courant ?

◆

Je suis incapable de sortir de chez moi. Mon mal de tête est de plus en plus difficile à endurer et il ne me donne aucun répit. Les pièces du casse-tête d'un souvenir particulier se déplacent de plus en plus vite dans mon esprit, comme si elles cherchaient à former l'image de quelque chose, d'un lieu, d'une personne... Je ne le sais pas encore. Ça fait deux fois que je me sens mal depuis quelque temps. Et les deux fois, ça m'est arrivé dans la ruelle de Chateaubriand.

Je dois y retourner. Il faut que je comprenne pourquoi cet endroit provoque un tel bouleversement en moi.

◆

Ian ouvrit toutes grandes les fenêtres du logement qui sentait le renfermé ; sans doute n'avait-il pas été habité depuis plusieurs mois. Ce ne fut pas un vent frais d'automne qui pénétra dans son trois-et-demie, mais plutôt la tiédeur du début de l'été des Indiens. Un thermomètre accroché à l'extérieur de la vitre de la cuisine indiquait près de vingt-trois degrés Celsius.

Béluterre venait, deux heures plus tôt, de trouver un endroit qui lui convenait. Il avait vu l'annonce fixée sur un des babillards de l'UQAM, avait téléphoné au numéro indiqué et avait obtenu illico un rendez-vous avec le propriétaire. Il avait négocié avec ce dernier pour ne pas signer de bail, en échange de quoi il lui avait payé comptant les mois d'octobre et de novembre. Il préférait rester libre de partir quand bon lui semblait.

Ian fouilla dans sa poche d'armée à la recherche de la serviette de bain, du savon et de la bouteille de shampooing qu'il avait achetés, plus tôt, chez Jean Coutu. Il se débarrassa de la redingote, de la blouse pourpre et du pantalon de cuir qu'il portait depuis le jeudi soir. Il entra dans la salle de bain et se glissa sous la douche. La paume des mains appuyée contre le mur, il laissa couler l'eau chaude sur sa nuque.

Les symptômes précurseurs d'une Absence temporaire, qu'il avait ressentis le matin, étaient disparus aussi brusquement qu'ils étaient apparus. Mais pour combien de temps…

D'avoir crayonné le portrait de la Sud-Américaine, la veille, au Van Houtte, lui avait fait réaliser à quel point la pratique de son art lui manquait. Il n'avait rien peint, ni même dessiné, pendant son exil. En choisissant cet appartement, il avait entrevu la possibilité de faire de la grande pièce double, qui devait servir de salon, son atelier. Mais outre son désir de se remettre à peindre, outre le fait qu'une femme qui lui ressemblait se baladait dans Montréal, outre le retour des visions de la Cité et celui de la présence de Julie Lévesque dans sa vie, Ian commençait à éprouver de l'inquiétude : tout cela l'éloignait de son but premier. Après bientôt une semaine à Montréal, n'aurait-il pas dû avoir déjà retrouvé la femme de sa vie ? Hanté par la Violence noire, redoutant une Absence temporaire, titillé par l'alcool et conscient de son appétit sexuel qui se réveillait, qu'avait-il « vraiment » fait de concret pour atteindre son but ? Et que devait-il penser de cet orgueil mal placé qui l'avait, jusqu'à maintenant, empêché d'aller demander l'aide de Glencross ou de Wagner ?

Il se sentit soudain perdu. L'être solitaire qu'il était ne semblait plus pouvoir surmonter seul les obstacles. Sans la femme qu'il aimait, il n'était plus rien. Béluterre dut se rendre à l'évidence : il s'attardait à autre chose parce qu'il angoissait profondément à l'idée d'avoir perdu Tura pour toujours. Deux ans, c'était trop long. Femme fière et forte, pourquoi l'aurait-elle attendu, lui, un minable peintre de rien du tout ? Il avait connu son heure de gloire, mais c'était maintenant du passé. Il avait le pouvoir – ou plutôt il allait sans doute le retrouver après son long sommeil – de prévisualiser de quelques secondes les événements à venir. Et alors ? Qu'est-ce que ça lui donnerait, à elle ? Il irait peut-être un jour à Kaguesna, une Cité qui existait « ailleurs » et avec laquelle il semblait être relié d'une manière ou d'une autre qu'il ne connaissait pas encore. Et elle, resterait-elle derrière à l'attendre encore une fois ? Il n'avait rien à lui offrir. Pourquoi voudrait-elle encore de lui ? Elle avait enduré son caractère insupportable, sa jalousie, sa violence et sa folie puis, un jour, pour des motifs obscurs, il l'avait abandonnée en croyant qu'il serait parti quelques semaines, tout au plus. Pouvait-il espérer qu'elle lui pardonne et lui fasse confiance une seconde fois ? Il aurait pu lui téléphoner ou lui écrire pour prendre de ses nouvelles et lui donner des siennes. Mais il en avait été incapable ; ce que David Fox lui avait révélé au fil des semaines l'avait plongé dans un état d'introspection extrême. D'apprendre qu'il n'était pas un humain ordinaire ne l'avait pas vraiment étonné, mais de devoir assumer cette réalité l'avait angoissé. Plusieurs mois avaient été nécessaires pour qu'il accepte que sa vie ne serait jamais plus la même. Mais si Tura ne devait plus en faire partie, il ne s'en remettrait jamais.

Béluterre sortit de la douche, la serviette rouge nouée autour des hanches. Il passa quelques minutes à désinfecter et panser la blessure qu'il s'était infligée au bras, le matin, au terminus. Il prit ensuite, sur le comptoir de la cuisine, la bouteille de Jack qu'il n'avait pu résister à acheter. Il l'ouvrit et en avala une longue gorgée à même le goulot.

Il saisit sa poche d'armée, appuyée contre le comptoir, et la transporta jusqu'au milieu de la pièce double. Il fouilla à l'intérieur et en sortit un sac de plastique qui contenait un marteau, des clous et des ciseaux. D'un second sac en plastique, il retira une pièce de velours noir qu'il déplia et étala sur le plancher en bois franc. Après avoir évalué la dimension de la fenêtre, il en coupa un morceau assez grand pour la recouvrir et le cloua au cadre.

Il passa le reste de la journée, ainsi que la majeure partie de la soirée, allongé par terre dans le noir, les yeux grands ouverts pour être certain de ne pas s'endormir.

Il faisait nuit lorsqu'il se leva. Il sortit de chez lui et prit la direction de chez Julie.

OUTREMONT, 20 JUILLET 1995

Depuis qu'elle était entrée, tous les regards convergeaient vers Tura Sherman. Habituée à ce que sa chevelure et son imposante personnalité provoquent la curiosité, elle n'y avait guère porté attention jusqu'à ce qu'elle comprenne la raison d'un tel intérêt à son égard. Face à *L'Ange écarlate*, elle était ébahie depuis un long moment. À ses côtés, Boris, fidèle à sa nature, demeurait impassible.

Jimmy Novak ne l'avait rencontrée qu'une seule fois et il avait réussi à faire d'elle un portrait dont il se dégageait une profondeur et une intimité qui la bouleversaient. Il l'avait peinte dans le même décor et la même pose que son autoportrait à lui. Devant cette œuvre, elle devait se rendre à l'évidence que le lien mystique, mentionné par son ami, existait bel et bien entre elle et l'artiste.

— Je vais lui parler, dit-elle à Boris.

Tura commença à chercher le peintre du regard, lorsqu'elle entendit crier « Jimmy ! ». Les conversations se turent et les têtes se tournèrent alors vers une adolescente aux courts cheveux noirs qui venait de sauter au cou de la vedette de la soirée.

JOURNAL DE JULIE, 5 OCTOBRE 1997, 7 H 15

Quelques mots avant le boulot…

Je n'étais pas déjà assez maganée, voilà que je vais avoir l'air poqué en plus. Nadeau me demande chaque matin si je vais bien. Je réponds oui et je me sauve parce que je n'ai pas envie d'expliquer à personne ce qui se passe dans ma vie personnelle.

Jimmy, ou plutôt Ian (il va falloir que je m'habitue), est débarqué chez moi à deux heures du matin la nuit passée. Il a sonné, et en l'apercevant dans mon œil magique j'ai cru qu'il avait décidé de venir me confesser sa période londonienne. Mais ce n'était pas du tout de cela qu'il s'agissait. Quand je lui ai ouvert la porte et que j'ai croisé son regard, j'ai compris qu'il ne venait pas pour jaser, mais pour baiser.

Nous avons baisé et il est parti. C'était violent et intense, mais il ne m'a pas frappée.

Je crois que je pourrais qualifier sa visite d'urgence sexuelle.

OUTREMONT, 20 JUILLET 1995

Jimmy avait entraîné Chantale Lamothe dans une chambre près de la cuisine. Il s'était enfermé avec elle et lui avait crié par la tête les pires atrocités sans lui laisser le temps de placer un mot. Il avait été clair : il ne l'aimait pas, ne l'avait jamais aimée et ne l'aimerait jamais. C'était fini. Il ne voulait plus la voir.

L'adolescente avait écouté en affichant son air de gamine effrontée.

— Décrisse, avait conclu Novak en ouvrant la porte.

— T'es rien qu'un chien sale de menteur. J'sais qu'tu m'aimes.

— Osti, Chantale, j't'haïs. C'est-tu plus clair de même ? Décrisse de ma vue, pis au plus vite.

— Tu m'aimes, Jiminy.

Cette fois, Novak était à bout. Il referma la porte violemment.

— Tu veux rien comprendre, maudite conne ?

— Tu vas faire quoi ? Tu vas m'battre ?

— Criss, j'veux pas t'battre, j'veux que tu m'laisses vivre en paix ! T'es pas capable de comprendre ça ?

— T'as toujours eu envie d'me fesser, pas vrai ?

— Osti qu't'es folle !

— Avoue, Jimmy. T'as toujours eu envie d'me battre !

Le poing de Novak s'allongea comme un ressort trop longtemps comprimé dans une petite boîte. Il frappa la joue gauche de Chantale. La jeune fille fut projetée sur le mur, contre lequel elle se laissa glisser. Elle détourna son visage qui affichait un sourire cynique.

— Ça t'a fait du bien, mon amour ?

Jimmy approcha de sa victime et lui serra le cou d'une de ses longues mains osseuses.

— T'es vraiment une crisse de malade. C'est pas à moi qu'ça fait du bien, c'est à toi. Maintenant, si tu veux pas que j'te tue, tu décrisses une fois pour toutes.

Il la força à se lever en la tirant par les cheveux et la poussa brutalement vers la porte. Avant de sortir, elle lui lança :

— J'vas r'venir, Jiminy. Tu vas finir par t'ennuyer d'moi.

Quelques minutes plus tard, après avoir retrouvé son calme, le peintre était de retour au salon, le regard de moins en moins invitant.

L'Ange et Wagner n'étaient plus devant la dixième toile. Novak angoissa à l'idée qu'ils étaient peut-être partis pendant son altercation avec Chantale. Il se mit à déambuler nerveusement dans les différentes pièces ouvertes aux invités. Au moment où il s'engageait dans un nouveau couloir, il tomba face à face avec la fille aux cheveux bruns. Elle lui tendit sa main, qu'il ignora.

— Julie Lévesque, journaliste.

— Osti, qu'on en finisse. C'est quoi qu'tu veux savoir, au juste ?

— Ta vie amoureuse a l'air plutôt… orageuse.

— Qu'est-ce ça peut t'faire ?

— C'est laquelle, ta blonde ? L'Ange rouge ou le petit démon noir ?

Exaspéré par les derniers événements, Jimmy s'éclipsa encore une fois sans lui répondre. Il n'avait plus la tête à tenir tête.

Il finit par trouver celle qu'il cherchait : elle montait à l'étage derrière Évelyne Dufort. *L'Ange écarlate* était une des trois toiles qui ne cessaient de prendre de la valeur.

Jimmy fouilla dans une poche de son veston, au fond de laquelle il trouva papiers et crayons. Exactement ce dont il avait besoin. Il allait, encore une fois, provoquer l'Ange écarlate. Il ne pouvait s'en empêcher.

SAINT-SÉVERIN-DE-PROULXVILLE, 5 OCTOBRE 1997

Alice Novak était à la fenêtre de la cuisine lorsqu'elle vit une jaguar noire s'arrêter près de sa maison. Il y avait sûrement une erreur. Elle sortit pour aller voir de quoi il s'agissait.

Un homme de taille imposante descendit de la luxueuse voiture. Des verres fumés cachaient ses yeux, ce qui n'empêcha pas Alice de remarquer son beau visage. Vêtu d'un habit bleu foncé dont le tissu brillait de qualité, l'inconnu vint vers elle d'un pas assuré.

— Vous êtes madame Novak ? Alice Novak ?

— C'est moi, oui.

— Je suis Michel Beaupré, dit-il en lui tendant sa main.

— Enchantée, répondit-elle en tendant la sienne.

Alice, qui succombait facilement aux avances masculines, se sentit vulnérable au seul contact de la main de cet inconnu.

— Qu'est-ce que je peux faire pour vous, monsieur Beaupré ? lui demanda-t-elle, sur un ton qui ne cachait point son intention de *flirter*.

— Je suis à la recherche de certaines informations et je crois que vous et votre mari pouvez m'aider.

— Mon mari n'est pas là, se hâta-t-elle de préciser.

— Dans ce cas, je devrais peut-être revenir un autre jour.

— Oh non ! Je vous en prie. Vous avez sans doute fait beaucoup de route pour venir jusqu'ici, ce serait ridicule de repartir sans avoir aucun renseignement. Je suis certaine que je peux vous aider. Vous voulez entrer ? Nous serons plus à l'aise pour parler à l'intérieur.

— Oui, merci.

Alice pénétra dans la maison suivie de l'individu qui en profita pour retirer ses lunettes et les glisser dans la poche de son veston.

— Assoyez-vous, l'invita-t-elle en lui désignant la causeuse, au salon. Je vous sers quelque chose à boire? Bière, whisky, vodka...

— Je prendrais un Perrier, s'il vous plaît.

Une fois à la cuisine, Alice remplit un verre de Perrier et, contrairement à son habitude de boire au goulot, elle prit la peine de verser sa bière dans un verre, par respect pour l'allure distinguée de son invité. Elle replaça les boucles de sa chevelure blonde et se dirigea vers le salon.

— Voilà, dit-elle en déposant les verres sur la table devant la causeuse, le visage souriant et plein de charme.

En apercevant les pupilles ambrées de son invité, elle ne put s'empêcher de s'exclamer d'admiration.

— Vos yeux sont vraiment magnifiques, monsieur Beaupré!

— Appelez-moi Michel.

— Si vous m'appelez Alice. Vous êtes de la Sûreté du Québec? lui demanda-t-elle en prenant place à ses côtés dans l'étroite causeuse.

— Qu'est-ce qui vous fait croire cela?

— Votre allure impeccable, le fait que vous cherchez des renseignements et que vous n'avez pas accepté d'alcool. Et puis, il y a juste un flic qui se déplacerait jusqu'à Saint-Séverin-de-Proulxville pour venir me poser des questions. Vous venez de Montréal, n'est-ce pas?

— Oui. Vous voulez voir mon insigne?

— Non, non, ce n'est pas nécessaire maintenant que j'ai deviné. Je ne suis pas trop mal, n'est-ce pas?

Elle le dévora du regard après lui avoir posé cette question à double sens.

— Vous êtes très bien, Alice.

Madame Novak avala une bonne gorgée de bière.

— Alors, sur quoi vous enquêtez, mon beau Michel?

— Vous avez bien un fils unique qui se nomme Jimmy ?

— Ah ! s'exclama-t-elle, pour être unique, il l'est, c'est certain.

— J'enquête sur le meurtre d'une jeune femme et Jimmy est parmi les suspects.

Alice s'approcha de David Fox et lui mit la main sur le bras.

— Vous savez quoi ? Ça ne m'étonne pas du tout. Vous voulez un portrait de mon fils quand il était jeune : bizarre, pervers, malsain, violent. Toujours tout seul dans son coin à dessiner des trucs macabres ou en train de se blesser pour quêter un peu d'attention. Avoir su que j'allais avoir un fils comme lui, je me serais délivrée de son embryon de merde avec des aiguilles à tricoter. De la vraie graine de psychopathe.

— Et votre mari, Robert Novak, je crois…

— Bob, c'est ça.

— A-t-il la même opinion que vous à propos de Jimmy ?

Madame Novak se tourna un peu de biais, son verre de bière à la main.

— Non, non. Lui, il l'aime comme il est. Je n'ai d'ailleurs jamais compris pourquoi. Surtout qu'il n'a jamais été certain d'être son vrai père.

Les yeux dorés brillèrent d'intérêt.

— Que voulez-vous dire ?

— J'avais beaucoup d'amants à l'époque. Je suis restée avec Bob parce qu'il m'acceptait avec un enfant peu importe les circonstances. Il m'aimait.

Cette fois, ce fut Fox qui s'approcha un peu de celle qu'il questionnait.

— Mais vous, Alice, « la femme », vous devez bien savoir qui est le père ?

— J'ai toujours pensé que c'était un jeune homme qui avait été de passage dans notre commune pendant une nuit ou deux. Peut-être plus longtemps, je ne me rappelle plus très bien. C'était un type étrange qui avait l'air d'un Chinois mais qui n'en était pas vraiment un. Il avait les traits d'un Asiatique mais la peau très blanche. Il ne parlait pas beaucoup, mais il baisait bien.

— Vous vous souvenez de son nom ?

— Il s'appelait Jack.

— Pas de nom de famille ?

— Tee, Jack Tee. Je m'en souviens parce que je l'appelais « poche de thé », dit-elle en ricanant.

— Et vous avez revu cet homme ?

— Non. Jamais.

— Est-ce que le nom Kaguesna vous dit quelque chose ?

— Franchement, ça ne me dit rien du tout. Mais je ne vois pas le rapport entre toutes vos questions et le fait que Jimmy soit suspect d'un meurtre.

— Chacune de vos réponses est d'une extrême importance, Alice. Croyez-moi.

— Si vous le dites, acquiesça-t-elle en lui faisant un clin d'œil.

OUTREMONT, 20 JUILLET 1995

— Mais qu'est-ce que c'est que cette histoire, Jimmy ? l'invectivait Évelyne Dufort, dans tous ses états.

— La toile est plus à vendre, c'est tout.

— Sais-tu combien est prêt à donner l'homme là-bas ? lui dit-elle en montrant un gaillard aux cheveux gris. Et l'Ange écarlate elle-même ? Et l'autre…

— J'en ai rien à foutre. J'la vends plus, un point c'est tout.

— Tu as signé un contrat pour vendre les dix toiles !

Elle s'était vraiment mise à le tutoyer !

— J'aurai juste à en faire une autre.

— Il n'en est pas question !

Jimmy dévisagea son agente.

— Écoute-moi bien, Évelyne. J'vas t'en faire une autre et j'te la donne. Comme ça, tu pourras la vendre et foutre tout l'argent dans tes poches. Ça marche ?

Rouge de colère, Évelyne Dufort se retira. Elle préférait qu'on ne la voie pas se disputer avec son nouveau protégé, à qui il était difficile de faire entendre raison.

Libéré de son agente frustrée, Jimmy put de nouveau suivre du regard celle qui l'intéressait. Cette dernière venait justement de prendre connaissance du bout de papier blanc, collé sur le mur à côté de *L'Ange écarlate*, sur lequel était écrit au feutre noir « vendu » en grosses lettres carrées. D'un geste sec et nerveux, elle rejeta ses longues mèches rouges vers l'arrière, dégageant son visage. Novak y décela un air offusqué. Son idée avait fonctionné. La dominatrice se tourna et, apercevant Jimmy, elle vint droit sur lui, la tête haute. Il l'attendait avec impatience. Il avait hâte de sentir son corps près du sien. Cette femme le faisait vibrer comme aucune autre avant.

— Qui a acheté mon portrait ? demanda-t-elle sans introduction.

— Personne. J'ai décidé que j'le vendais pas. J'le fais transporter dans mon loft.

En apprenant les intentions de l'artiste, elle sembla soudain moins contrariée.

— Dans ce cas, j'en veux un autre.

— Pas d'problème. C'est pour quand ?

— Tout de suite.

Et, comme si cela allait de soi, elle marcha jusqu'à la porte d'entrée suivie de Novak. Le jeune peintre vedette et celle qu'on allait nommer « sa muse », dans les journaux du lendemain, quittèrent le vernissage sans dire bonsoir à personne.

MONTRÉAL, 5 OCTOBRE 1997

Ian entra au Delicatessen, content de trouver François Moreau, assis sur la banquette du fond près de la fenêtre, une tasse de café devant lui.

Constatant que tous les regards étaient fixés sur le nouveau client, la rousse Anna se retourna pour voir de qui il s'agissait ; elle reconnut le grand type étrange qui était venu quelques jours plus tôt. Elle s'avança vers lui en roulant des hanches dans son costume trop ajusté.

— Je t'apporte un thé ?

— Oui.

— Autre chose ?

— Non.

Béluterre marcha vers la table de François. Dès que ce dernier l'aperçut, son visage s'éclaira d'un large sourire.

— Eh ! James Bond ! T'as l'air magané, vieux.

— Je le suis, avoua Ian.

Il enleva sa redingote et s'assit.

— T'as eu un accident ? demanda François en remarquant le large bandage qui recouvrait l'avant-bras gauche de Béluterre.

— Pas vraiment. Ce n'est rien de grave.

— Est-ce que je peux dire ou faire quelque chose pour te remonter le moral ?

— Je ne crois pas, non. Sois juste toi.

— Si c'est juste ça que ça te prend !

— Qu'est-ce que tu fais dans la vie, François ?

— Moi ? À vrai dire, pas grand-chose. Je traîne dans les bars, je bois, je flirte avec les filles et je me tiens ici.

— Tu n'as pas de passion ?

— Une passion ? Tu veux rire. T'en as une, toi ?

— Oui. Une femme.

— C'est bizarre.

— Pourquoi ?

François avança le haut du corps vers son interlocuteur et il appuya ses coudes sur la table.

— Je me demande quel genre de femme peut te passionner. Sûrement pas une madame tout-le-monde. Elle est passionnée de toi, elle aussi ?

— Elle l'était.

Anna vint déposer le thé devant Ian et s'éloigna vers d'autres clients qui faisaient de grands signes pour attirer son attention.

— Tu dis « était ». Elle ne l'est plus ?

— Je l'ai abandonnée.

— Ah ! C'est toi qui ne l'aimais plus ?

— Je l'aime toujours.

— C'est quoi le problème, d'abord ?

— Je devais partir.

— Laisse-moi deviner ; tu es revenu, mais c'est elle qui est partie.

— C'est un peu ça.

— Non seulement t'as l'air d'un personnage de film, mais ta vie a l'air d'une histoire de film aussi.

François but une gorgée de café et se réinstalla, le dos appuyé contre la banquette, avant de poursuivre.

— Je suis tellement mordu de cinéma que des fois j'me dis que j'ai tendance à faire des films avec ma vie ou celle des autres. Mais coudonc, je peux peut-être t'aider à la retracer, ta dulcinée.

— Si je ne l'ai pas encore trouvée, ça m'étonnerait que tu réussisses.

— Gêne-toi pas pour me traiter d'incompétent !

— Ce n'est pas ce que j'ai dit.

— Si tu m'dis son nom, de quoi elle a l'air, ce qu'elle fait comme boulot et que tu ajoutes deux ou trois détails, je te la retrouve. C'est comme si c'était déjà fait.

Béluterre éclata d'un rire franc et joyeux. François en profita pour sortir une cigarette du fond d'une des poches de son blouson de cuir.

— Ça fait quatorze fois cette année que j'essaie de cesser de fumer, marmonna-t-il, la cigarette entre les lèvres tandis qu'il craquait une allumette. Ça te fait rire, hein, que j'aie l'air si convaincu d'être capable de la retrouver ?

Il tira une longue bouffée de sa cigarette.

— Pourquoi tu veux m'aider ? lui demanda Ian, redevenu calme.

— Parce que j'ai rien d'autre à faire et que ça m'fait plaisir. Honnêtement je t'envie, vieux, d'avoir trouvé une femme qui te passionne. Moi, j'ai jamais vraiment capoté sur une fille. J'ai une espèce de blonde, mais c'est une maudite folle. On est tout le temps en train de se disputer. En fait, je pense que c'est juste une histoire de cul. C'est bien pour l'ego, mais ça nourrit pas trop le cerveau.

Ian pensa à Chantale Lamothe.

Tandis que François se mettait à reluquer les filles qui passaient dehors, Béluterre l'observait. Cheveux en broussaille et allure négligée, il avait une belle gueule. Les filles devaient tomber facilement sous son charme.

— Tura Sherman, lança-t-il soudain.

— Hein ?

— C'est le nom de la femme que je cherche.

— Elle a l'air de quoi ?

— Ça fait deux ans que je ne l'ai pas vue. Elle peut avoir l'air de n'importe quoi.

— Ça ne m'aide pas beaucoup.

— C'est une dominatrice qui travaille, ou travaillait, sous le nom de l'Ange écarlate.

— Ah ! Je comprends maintenant, la soirée fétiche… Ouais, c'est une information utile. A-t-elle déjà eu des démêlés avec la police ?

— Pas que je sache.

— Et où était-elle la dernière fois que tu l'as vue ?

— À Montréal, mais elle a déménagé et je ne sais pas où.

— Une voiture ?

— Une Fiat noire.

— Parfait ! Je vais voir ce que je peux trouver sur cette Tura Sherman. J'imagine que tu meurs d'envie d'avoir de ses nouvelles le plus rapidement possible.

— Tu ne peux pas savoir à quel point, répondit Ian en se levant et remettant sa redingote. Si je repasse ici mercredi en soirée, tu crois avoir des informations ?

— Laisse-moi réfléchir… Ça me donne trois jours… Ouais ! Sûrement.

— Dans ce cas, à mercredi, dit Béluterre en s'éloignant de la table.

— Eh ! Juste une toute petite question pour ma curiosité personnelle. Pourquoi avoir choisi « l'Ange écarlate » comme nom de travail ?

— Parce qu'avec elle, le paradis est sanglant.

— C'est pas un peu malsain ?

— Ça dépend pour qui.

François regarda l'étrange Ian Béluterre quitter le Deli à grandes enjambées. Ce type était assurément quelqu'un de très spécial. Ayant l'habitude de fréquenter plutôt du monde banal, le jeune homme décida que ce pseudo-James Bond était un individu précieux à côtoyer. Et, comme il avait envie de se sentir utile à quelque chose, ou plutôt à quelqu'un qu'il admirait, il allait trouver des informations sur l'Ange écarlate.

MONTRÉAL, 20 JUILLET 1995

Le toit baissé, la Fiat noire filait à vive allure rue Sherbrooke. Crinière rouge et crinière noire s'excitaient au vent. L'Ange et l'artiste n'avaient échangé aucune parole depuis qu'ils avaient quitté la demeure d'Outremont.

Lorsque la voiture s'engagea dans la ruelle qui lui était si familière, Jimmy demanda :

— Tu sais où j'habite ?

— C'est Dek qui m'a donné ton adresse. Je voulais que tu fasses mon portrait.

Novak était fier d'avoir, avec *L'Ange écarlate*, devancé ce désir.

— Qui t'a invité à mon vernissage ?

— Un ami.

— Boris ?

— C'est cela.

— C'est aussi un client ?

— J'ai dit « un ami ».

La Maîtresse stationna sa voiture sous le balcon du peintre. Avant de descendre, elle lui désigna le sac en plastique noir qu'il avait sur les cuisses depuis le début du trajet.

— Apporte ça, dit-elle en descendant de la voiture.

Après avoir déplié ses longues jambes, Novak sortit à son tour du véhicule, le sac à la main. L'Ange montait déjà l'escalier en colimaçon qui menait au loft. Jimmy la suivit et, bien vite, le désir qui le torturait depuis qu'il avait revu cette femme devint insoutenable. Incapable de se contrôler, il laissa tomber le sac et plaqua brutalement ses mains sur les hanches qui le précédaient. Il n'eut pas le temps de penser à la suite de son geste qu'un violent coup de pied au plexus solaire le fit débouler au bas de l'escalier. L'Ange se tourna et, après lui avoir jeté un regard glacial sous sa frange rouge, elle continua de monter, le temps que Jimmy se redresse, attrape le sac et reprenne son ascension.

Une fois sur le balcon, la Maîtresse s'installa à gauche de la porte. Les bras croisés, elle attendit que le peintre lui ouvre. Une main sur la poignée, Novak fouilla dans la poche de son pantalon de cuir à la recherche de la clé, excité à l'idée que cette femme allait pénétrer dans son antre ; lui ouvrir la porte, il le devinait, c'était aussi ouvrir en lui une nouvelle porte qui s'était déjà entrouverte lors de leur première rencontre, lorsqu'elle avait pénétré sa chair de ses faux ongles.

Certes, il la désirait physiquement, mais il voulait aussi découvrir toute sa personnalité, curieusement persuadé que d'en apprendre plus sur elle allait lui permettre d'en savoir plus sur lui-même. Comme si elle pouvait lui apporter des réponses et des explications sur ses étranges agissements des dernières semaines.

Après avoir inséré la clé dans la serrure, il la fit tourner et poussa la porte.

MONTRÉAL, 5 OCTOBRE 1997

Béluterre marchait dans l'avenue du Mont-Royal, vers l'est.

La conversation avec François lui avait remonté le moral et la journée s'était déroulée sans qu'il ressente aucun malaise physique. Le fait qu'il se soit reposé un peu, la veille et aujourd'hui, aidait. Il ne pouvait éviter l'Absence temporaire, mais il espérait la retarder le plus longtemps possible.

Il emprunta la ruelle de Chateaubriand vers le sud et il se rendit jusque chez Marise. Quand il fut en haut de l'escalier en spirale, les fenêtres ouvertes et la musique techno lui confirmèrent que la jeune fille était chez elle. Il frappa à la porte. Vêtue d'une courte robe bleu pâle, la jeune femme aux cheveux roses apparut derrière la moustiquaire.

— Eh ! Salut ! Tu es revenu pour me tuer ? lui demanda-t-elle sur un ton enjoué.

— Pas ce soir. Je suis en congé de meurtre.

— Tu es revenu parce que tu t'ennuyais de moi ?

— Non plus. Je viens t'acheter la toile de Jimmy Novak.

— Je ne veux pas la vendre !

— Je te donne le double de ce qu'elle vaut.

— Non.

— Ton prix est le mien.

— Non.

— Je vais venir la voler.

Marise poussa un long soupir.

— Je suis prête à négocier seulement si tu réponds à ma question, finit-elle par lui proposer. Est-ce que tu vas me répondre franchement ?

— Non.

— Et si je te regarde droit dans les yeux ?

— Pas plus.

Elle le défia du regard.

— Tu es Jimmy Novak, pas vrai ?

Il ne répondit pas.

— Je le savais ! conclut-elle fièrement en lui ouvrant la porte.

MONTRÉAL, 20 JUILLET 1995

Lorsque Tura Sherman entra chez Jimmy Novak, l'odeur forte de la peinture et des solvants la replongea dans son passé, à l'époque où elle vivait dans l'atelier de Karl Von Reiner. Habituée aux toiles appuyées les unes contre les autres le long des murs, aux chevalets de taille différente, aux draps tachés qui recouvraient le plancher autour, aux pinceaux, spatules, palettes, tubes de peinture, chiffons, tablettes à dessin, bouts de fusain et pastels, elle préféra se concentrer sur des détails plus personnels à Jimmy qu'au peintre. Elle remarqua, à même le plancher, le matelas qui lui servait de lit, les vêtements éparpillés sur le dossier des chaises ou par terre, les cartons de jus d'orange et les bouteilles de whisky à moitié vides, les paquets de cigarettes rouges et les cendriers pleins de mégots, la serviette de bain pourpre lancée sur le dessus de la porte de la salle de bain, les magazines et livres empilés près du matelas… Elle s'intéressa quelques secondes à l'étrange amalgame d'éléments qui s'étirait dans toutes les directions au plafond, ainsi qu'au choix de photos qui tapissaient les murs.

Consciente du regard de Novak dans son dos, Tura examina les cassettes entassées près de la chaîne stéréo. Remarquant qu'il y en avait déjà une d'insérée dans le lecteur, elle appuya sur *play*. La chanson *1959*, de Sisters of Mercy, s'éleva des haut-parleurs.

Appuyé contre le mur près de la porte, Novak avait ramassé, sur le plancher, une des bouteilles de Jack qui attendaient d'être vidées. Il buvait à même le goulot.

Tura était étonnée de ne pas ressentir les malaises physiques qui avaient accompagné, dans le passé, la présence abstraite ou figurée du peintre. Par contre, elle essayait de lutter contre une impression de vulnérabilité qui l'envahissait.

L'Ange écarlate comprenait qu'il lui était impossible de reculer après s'être aventurée jusque-là.

MONTRÉAL, 5 OCTOBRE 1997

Deux heures plus tard, Béluterre sortait de chez Marise qui, après l'avoir embrassé sur la joue, était partie rejoindre des amis.

Le lourd portrait de Tura appuyé sur une épaule, il parcourut les quelques rues qui séparaient son ancien loft de son nouveau logement. Stimulé par la présence du sang de l'Ange écarlate sur la toile, son cœur battait plus vite. Il avait l'impression de faire le plein d'énergie.

Une fois chez lui, Béluterre appuya l'œuvre contre un mur de la pièce double et il fit glisser sur le plancher le drap blanc – souvenir de Marise – qui la recouvrait. Il retira sa redingote, sa camisole et ses bottes d'armée, puis il se rendit à la cuisine pour prendre la bouteille de Jack sur le comptoir. Il en but une longue gorgée, puis il alla s'asseoir sur le plancher en face du portrait qu'il examina.

Béluterre pensa à Marise qui venait de lui céder la toile en échange d'une heure de plaisir. L'idée de vivre une aventure sexuelle avec « le peintre Jimmy Novak » avait eu l'air de tellement l'exciter que Ian avait tout bonnement profité de la situation. De toute façon, il lui avait semblé injuste de devoir racheter sa propre toile au prix du marché, alors que cette fille l'avait eue pour rien.

Il avait été rude en baisant Marise, mais pas comme avec Julie. La Violence noire s'était tenue tranquille, peut-être en partie à cause de la présence du sang de Tura dans l'appartement de la fille aux cheveux roses.

La bouteille de whisky était déjà bien entamée lorsque Ian eut envie de bouger. Une fois debout, il alla fouiller dans sa fidèle poche d'armée qui traînait dans un coin de la cuisine. Après l'avoir vidée des sacs de plastique qui contenaient des vêtements achetés dans une boutique de l'avenue Mont-Royal, il prit, au fond, un sac en papier brun duquel il sortit une tablette à dessin et une boîte de fusains qu'il déposa par terre, devant lui. Il observa ces objets, jadis éléments de son quotidien, et réalisa qu'il n'était pas encore prêt à recommencer.

Il se rhabilla et sortit.

◆

Debout dans la ruelle de Chateaubriand, je ne ressens rien. Absolument rien. Et les pièces du casse-tête continuent de jongler dans mon esprit.

MONTRÉAL, 20 JUILLET 1995

Toujours appuyé près de la porte, Jimmy éprouvait d'étranges sensations physiques. Outre l'érection peu discrète qui menaçait de déchirer son pantalon, il avait l'impression qu'un nouveau mécanisme s'était enclenché en lui. Sa circulation sanguine pulsait de plus en plus fort et il pouvait entendre clairement les battements de son cœur.

Il finit par avoir envie de bouger. Il avala une gorgée d'alcool et, après avoir déposé la bouteille sur le bord de la fenêtre, il enleva sa chemise noire qu'il laissa glisser sur le plancher, déçu de se souvenir que les traces d'ongles sur son torse avaient trop bien cicatrisé pour être visibles de loin.

Novak se mit à tourner en rond, laissant croître en lui des pulsions contradictoires qui se confondaient. Désir et violence. Passion et destruction. Liberté et possession. Dans ses veines, il lui semblait que la température de son sang avait augmenté. Son rythme cardiaque s'était accéléré. Il commença à craindre la suite des événements, parce qu'il percevait en lui la montée d'une émotion noire. Très noire. Puissante. Jamais il n'avait éprouvé une sensation aussi extrême.

Il fouilla dans la poche arrière de son pantalon, sortit un paquet de cigarettes et marmonna un juron en découvrant qu'il était vide. Il fouilla dans les paquets sur la table, mais ils étaient tous aussi vides. Finalement, il remarqua le paquet abandonné sur la chaîne stéréo. Il soupira de soulagement en prenant la dernière cigarette qu'il contenait.

Il s'assit sur son matelas et retira ses bottillons. Il s'appuya ensuite dos au mur et alluma une cigarette.

L'Ange avança jusqu'au pied du matelas où elle s'arrêta.

— C'est tes vrais cheveux ou une perruque ? lui demanda-t-il pour enfin satisfaire une curiosité qui le hantait.

— Viens vérifier.

Jimmy laissa sa cigarette dans le cendrier sur le plancher. Il rampa jusqu'au bout du matelas, où il s'assit, se trouvant ainsi presque entre les jambes de la Maîtresse. Cette dernière se pencha vers lui, laissant la pointe de ses cheveux chatouiller son visage. Après quelques secondes de ce petit jeu, Novak serra une mèche entre ses dents et la tira. Aussitôt, la pointe d'un soulier fit pression contre son entrejambe. Il desserra les dents, sans savoir s'il avait bien mordu dans des cheveux naturels ou une perruque solidement fixée. Pris dans cette situation plutôt inconfortable, sans être nécessairement déplaisante, il enserra les cuisses de l'Ange en tentant de la faire basculer vers lui. La pointe du soulier se fit plus menaçante. Il dut lâcher prise.

— Tu es toujours aussi excité avec les femmes ?

— Non. Juste avec toi.

Elle se retourna et s'éloigna en affichant un de ses rares sourires que Novak ne put apprécier.

Après avoir ramassé son sac noir près de la porte, l'Ange alla s'enfermer dans la salle de bain, laissant la serviette tomber du haut de la porte.

Le sang, sauvage et fou, bouillait dans les veines du peintre. Celui-ci brûlait de désir pour cette femme.

D'un désir de possession. Il voulait posséder ce qu'il voyait d'elle, mais aussi ce qu'il ne voyait pas. Il voulait tout. Sans compromis. Le corps et l'âme.

◆

Dans l'étroite salle de bain, Tura enfila la longue robe moulante en cuir rouge. Elle était allée la chercher au Diamant de cuir, le matin, et elle l'avait portée pour sa première séance avec Glencross, en fin d'après-midi. C'était dans cette robe qu'elle voulait poser pour Novak.

Elle sortit de la petite pièce. L'artiste lui tournait le dos, sa crinière noire ondulant sur sa peau nue. Il avait appuyé une toile vierge sur un mur libre et il fouillait dans les tubes de peinture qui se trouvaient sur la table. Tura avança en faisant claquer ses talons aiguilles sur le plancher et elle s'immobilisa derrière le jeune homme en sachant qu'elle ne pourrait échapper au désir qui naissait dans ses entrailles, à cette soudaine passion qui se propageait dans son corps. Jamais elle n'avait éprouvé quelque chose de semblable, pas même pour Von Reiner avec qui elle avait pourtant passé dix ans de sa vie à expérimenter toutes les sensations physiques possibles. Mais plus troublant encore était la nature de son désir le plus profond, celui d'être possédée par Jimmy Novak. Tura Sherman, la Maîtresse impassible, avait envie d'être possédée par un jeune peintre qu'elle connaissait à peine.

Elle glissa une main sous la masse de cheveux sombres. Elle caressa la peau étonnamment chaude. Jimmy resta de marbre, mais elle sentait, à la manière dont les muscles de sa nuque étaient tendus, qu'il n'était qu'un animal prêt à bondir.

JOURNAL DE JULIE, 5 OCTOBRE 1997, 23 H 04

Ian vient de partir. Cette fois, il n'est pas venu pour baiser, mais bien pour parler.

Il m'a posé des questions sur Tura et je lui ai dit tout ce que je pouvais, tout ce que je savais, à partir du moment où Jimmy Novak avait disparu de la circulation, en décembre 1995, jusqu'à la dernière fois où j'ai vu Tura, en octobre 1996, à l'époque où elle n'était plus que l'ombre d'elle-même. En voyant briller son regard lorsque je narrais les événements du passé, j'ai constaté à quel point Béluterre est amoureux de cette femme. Je ne sais vraiment pas où se trouve Tura Sherman, mais j'aimerais bien être à sa place et savoir que Jimmy, ou plutôt Ian, est fou de moi à ce point.

Je m'attendais à ce qu'il me pose des questions sur son sosie féminin, mais il n'en a pas été question. Décidément, c'est vraiment l'homme le plus bizarre et impossible à comprendre que j'ai connu en vingt-cinq ans d'existence.

Après mon récit, Béluterre m'a laissé une adresse sur un bout de papier ; comme il n'a pas de téléphone, si j'ai d'autres informations sur Tura, c'est là que je peux le trouver. Puis il est parti en me remerciant, ce qui m'a presque fait tomber de ma chaise.

Avoir su, j'aurais fait des recherches pour retrouver l'Ange écarlate, ce qui m'aurait permis de détenir une information pour laquelle il aurait sûrement accepté de me dévoiler au moins une partie de ce qui s'est passé pendant son séjour en Angleterre.

Mais c'est de ma faute aussi ! J'aurais dû lui donner plus de matière à réflexion au sujet de Tamara. Parce que, pour l'instant, il a l'air de s'en foutre comme de l'an quarante. Et je crois qu'il va s'en foutre ainsi jusqu'à ce qu'il ait retrouvé l'Ange écarlate.

MONTRÉAL, 20 JUILLET 1995

Les mains de l'Ange écarlate contre sa peau lui causèrent l'effet d'une brûlure. Il crut que ses veines devenaient des tiges de fer chauffées à blanc et qu'autour ses muscles se mettaient à fondre. Dans sa tête, des martèlements réguliers se firent entendre. De faibles râlements s'échappèrent de ses lèvres. Il souffrait. Partout dans son corps. Dans son âme. Au plus profond de son être. Et, pourtant, cette douleur intense était aussi synonyme de jouissance extrême.

Il comprit alors qu'il était sur le point de vivre le début d'une extase dont il ne pourrait plus jamais se passer.

Il se tourna et agrippa brusquement l'Ange par le haut de ses bras couverts de cuir rouge.

Debout, face à face, leurs yeux et leurs bouches à la même hauteur, ils se lacérèrent du regard, cherchant à déchirer le cristallin de l'œil pour lire au-delà de ce qu'ils voyaient, pour fouiller l'âme de l'autre à la recherche, peut-être, d'un brin de logique ou d'un souffle d'explication rationnelle.

Jimmy sentait la chaleur que dégageait son corps, la sueur qui commençait à perler sur son front et son torse. Sous la nouvelle robe qu'elle portait, la poitrine de l'Ange se soulevait de plus en plus rapidement. De sa main droite, Novak caressa la peau laissée nue, là où des trous avaient été volontairement découpés dans le vêtement, mais il réalisa bien vite que ce simple contact ne lui suffisait pas, qu'il n'était pas proportionnel à l'état dans lequel il se trouvait. Il avait envie de percer la peau. De la déchirer. Il fut assailli d'un désir si violent de l'Ange qu'il lui prit de nouveau les bras en serrant plus fort, sans cesser de la regarder droit dans les yeux. Il creusa dans son regard jusqu'à ce qu'il atteigne une vérité qui déclencha l'irréversible.

Alors il plongea. Le faucon plongea sur l'Ange. Il planta ses dents dans la peau pâle sans se soucier de la douleur qu'il infligeait. Il sentit, sous la paume de ses mains, le corps de sa victime tressaillir. Il la contraignait à pactiser avec lui, Jimmy Novak, le peintre maudit. À devenir sienne. Ses dents creusèrent jusqu'à ce qu'il sente sa bouche se remplir d'un liquide tiède au goût ferreux qu'il connaissait bien. La tête rejetée en arrière, les yeux fermés, l'Ange respirait rapidement et bruyamment. Son visage ne montrait pourtant aucune trace de souffrance. La bête qu'était devenu Novak ouvrit la bouche plus grande, déchirant la chair pour s'enfoncer encore plus loin. À celui du sang se mêla le goût du cuir. Il se mit à sucer cette offrande humaine avec une avidité qu'il n'avait jamais éprouvée pour son propre sang, avec passion et folie, jusqu'à ce que les genoux de sa victime fléchissent et qu'il la bascule sur le sol en continuant de la boire. Plus rien d'autre n'avait d'importance que le flot qui coulait dans sa gorge et se répandait dans son corps.

Lorsqu'il fut incapable de continuer à boire et qu'il commença à restituer le sang dont il s'était abreuvé, il finit par retrouver une parcelle de logique. Il comprit alors que quelque chose n'allait pas. Le regard dément et de longues coulées de sang dégoulinant de sa bouche, Novak se pencha sur le visage de l'Ange, inerte. Il appuya deux doigts sur son cou ; le pouls était très faible. Il crut qu'il allait devenir fou. Tout était rouge devant ses yeux : cheveux, visage, robe…

Il ferma les yeux. Il lui fallait se calmer, trouver une solution pour sauver la vie de cette femme. Il s'accrocha à la première idée qui lui passa par la tête : puisqu'il venait d'agir comme une bête, autant se fier à son instinct.

Il défit le bandeau qui recouvrait son poignet droit. De ses dents ensanglantées, il mordit dans la plaie la plus récente, qu'il écarta ensuite de ses doigts. Il entrouvrit les lèvres de l'Ange et il y laissa couler son sang. Les premières gouttes glissèrent d'abord sur les joues et le menton, mais Novak réussit à maîtriser son bras qui tremblait et à viser directement dans la bouche. Au bout d'un moment, l'Ange déglutit, puis elle se mit à accueillir le sang dans sa gorge. Voyant qu'elle reprenait des forces, il pressa sa plaie contre la bouche. Et elle but, à son tour, le sang de Jimmy Novak.

Tura Sherman ouvrit les yeux. Elle essaya de se soulever mais, en voyant sa poitrine couverte de sang, elle reposa sa tête sur le plancher.

Le visage ensanglanté, Jimmy Novak était penché sur elle. Il la fixait de ses faux yeux noirs en répétant tout bas:

— T'es à moi pour toujours.

TROISIÈME PARTIE

LE LIEN ÉTERNEL

Les pièces du casse-tête se sont enfin emboîtées les unes dans les autres.

Au début de l'hiver, j'ai croisé une femme qui m'a instantanément fascinée; courts cheveux bruns et longue silhouette drapée dans un manteau gris, elle n'avait pourtant rien qui la distinguait des autres. Sauf pour moi. Elle m'attirait, sans que je sache pourquoi, de la même manière que l'homme à la combinaison de cuir m'a intriguée avant même que je découvre qu'il me ressemble tant.

J'ai suivi cette femme. J'ai su où elle habitait et, pendant un mois, j'ai surveillé ses allées et venues. Au fil des jours, je me suis mise à avoir d'étranges sensations physiques de chaleur et d'excitation chaque fois que je l'apercevais. J'avais envie de l'approcher. J'avais envie de la toucher.

Cette femme est devenue mon obsession.

Un soir, elle m'a aperçue dans le garage souterrain où elle garait sa voiture. Elle s'est figée et m'a observée un long moment comme si elle voulait se persuader de quelque chose. Elle s'est ensuite approchée de moi. Trop près...

J'ai abandonné cette inconnue dans une mare de sang. Du moins, dans ce qui lui restait de sang; j'en avais léché et sucé une grande quantité. J'ai alors compris l'objet de

ma convoitise. J'avais été capable de détecter, à travers les vêtements et sous la peau, l'odeur du sang de cette femme. Pourquoi son sang à elle plutôt que celui d'un autre? Je n'ai jamais eu la clé de ce mystère.
J'ai pensé que ma victime était morte cette nuit-là, après m'avoir permis de connaître une extase indescriptible. Maintenant, je ne suis plus certaine...
Je crois que l'homme à la combinaison de cuir a un lien avec cette femme et je connais une personne qui peut peut-être m'aider à le retrouver.

MONTRÉAL, 16 AOÛT 1995

À plat ventre sur le matelas, immobilisée par une main de Novak plaquée contre sa nuque et l'autre fermement appuyée sur le bas de son dos, l'Ange écarlate se laissait aller à la jouissance d'être possédée. Les dents de son amant enfoncées dans la chair de son épaule droite, elle vibrait de cette extase unique, sachant qu'il lui serait désormais impossible d'être touchée par quelqu'un d'autre que lui.

Une fois repu de son sang, Novak la retourna rudement sur le dos. Son regard dément aurait fait mourir d'effroi n'importe qui à la place de Tura; elle seule pouvait déchiffrer dans ce regard, d'une intensité insoutenable, l'ultime passion qu'éprouvait pour elle cet homme.

Jimmy appuya sa bouche rougie contre les lèvres de l'Ange et l'embrassa avec ardeur. Il s'inséra ensuite dans l'espace le plus secret du corps de son amante, dont son membre épousait la forme de manière si mystérieusement parfaite. Chevelure noire et chevelure rouge mêlées, leurs corps se marièrent lentement sur le matelas humide et sanglant. Puis Novak se mit à murmurer les mots intimes qui avaient le pouvoir de déchirer les derniers filets de protection de Tura.

La fusion de leur plaisir les rapprochait chaque fois de la mort. Ils avaient compris que leur destin était de mourir d'extase dans les bras l'un de l'autre. Et ils s'en délectaient.

Après l'amour, Tura s'assoupit. Novak caressa tendrement ses cheveux, puis il se leva en quête d'un paquet de cigarettes.

Il fit le tour du loft en jurant parce qu'il n'en trouvait pas, jusqu'à ce qu'il se souvienne qu'il avait demandé à Tura de lui en apporter un. Il fouilla donc dans le sac de son amante, posé sur une chaise. Il trouva le paquet cartonné rouge, mais son attention fut également attirée par un livret à couverture noire dont il s'empara. Il l'ouvrit et lu les premières pages, les sourcils froncés.

Après avoir finalement feuilleté tout le livret, il le ferma et le déposa sur la table. Ses mains tremblaient. Il alluma enfin une cigarette et chercha du regard une bouteille de whisky. Il en repéra une par terre, près de la porte. Il alla la chercher et revint s'asseoir à table.

Une heure plus tard, l'Ange écarlate se réveillait, surprise de constater que son amant n'avait pas, comme à son habitude, nettoyé le sang coagulé sur son épaule. Elle le vit, assis sur une chaise, en train de fumer et fixant une bouteille de Jack vide.

— Qu'est-ce qui ne va pas, Jim ?

Pour toute réponse, il lui lança violemment le livret de William Glencross par la tête. Elle réussit à l'éviter de justesse.

— C'est lui, ton client quotidien ?

Tout le corps de Tura se contracta. Son visage se durcit. Elle se leva et s'approcha de Novak qu'elle regarda droit dans les yeux.

— Depuis quand tu fouilles dans mon sac ?

— J'veux plus que tu voies cet homme.

— Tu n'as rien à m'interdire. C'est un client.

— J'veux pas que ce Glencross te touche.

— Il ne me touche pas. Je le domine.

— Tu domines rien. C'est juste des illusions. En réalisant ses fantasmes dégoûtants, tu deviens « son » esclave.

Tura gifla Jimmy. Ce dernier encaissa le coup sans rien dire.

Il resta silencieux pendant que l'Ange s'habillait. Il pouvait sentir la rage qui grondait en elle. Une fois prête à partir, elle revint près de lui. Il la désirait de nouveau.

— Tu as juré de ne jamais me questionner sur mon travail. Si tu as changé d'avis, je dois le savoir tout de suite.

Novak la prit par la taille et l'attira contre lui. Il glissa rapidement une main sous son chandail, mais il reçut aussitôt une seconde gifle.

— Si tu n'es pas capable de respecter qui je suis et ce que je fais, ça ne vaut plus la peine pour moi de revenir ici. Au revoir, Jim.

De sa démarche altière, elle se dirigea vers la porte. Avant de sortir, elle lança un dernier regard glacial à son amant.

Le regard de Novak, lui, était toujours ardent.

JOURNAL DE JULIE, 6 OCTOBRE 1997, 22 H 27

« Pas d'overtime, Julie. Fous l'camp chez toi. » C'est ce que Nadeau m'a dit à 17 h 30 en passant à mon bureau et en me voyant m'arracher les cheveux sur un article pour lequel je n'arrivais pas à trouver une conclusion qui se tenait.

Je n'étais pas chez moi depuis une trentaine de minutes qu'on a sonné à ma porte. Si je m'attendais à cela! Tamara Black se pointait chez moi, à l'improviste comme toujours. Ça faisait plusieurs semaines qu'elle ne m'avait pas rendu visite. En la revoyant, j'ai été frappée par sa ressemblance avec Jimmy, merde... « Ian », qui porte maintenant ses cheveux et ses yeux au naturel.

Nous nous sommes installées à la cuisine où j'ai fait bouillir de l'eau pour son koftee et mon café instantané. Je parlais de tout et de rien, attentive à l'air préoccupé de Tamara et impatiente d'en apprendre la cause.

— Te souviens-tu de m'avoir déjà dit que je ressemblais à un homme que tu connais ? m'a-t-elle soudain demandé.

— Oui, bien sûr.

Elle ne pouvait pas savoir à quel point je m'en souvenais...

— Est-ce que tu le connais assez bien ?

— Assez bien, oui.

Je n'étais quand même pas pour lui dire que je baisais avec.

— Pourquoi tu t'intéresses soudain à lui ?

— Je l'ai aperçu, par hasard, et il a piqué ma curiosité. Et puis je crois qu'il connaît une femme que je n'ai pas vue depuis un moment et que j'aimerais revoir. Tu penses que tu pourrais me le faire rencontrer ?

Tamara me cache quelque chose. D'abord, elle a dit que son sosie (qu'elle semblait n'avoir jamais vu avant) a simplement piqué sa curiosité puis, tout de suite après, lui et elle auraient une connaissance en commun ! C'est comme si elle avait trouvé n'importe quoi pour justifier son envie de rencontrer Béluterre. Bizarre...

Peu importe ! Pour le moment, je m'en tire avec deux certitudes au moins : Ian sait que Tamara existe parce que je lui ai montré sa photo et Tamara sait que Ian existe car elle l'a vu. Il est inévitable que ces deux-là, tôt ou tard, se croisent. Évidemment, c'est à mon avantage d'être là quand se produira le face-à-face. Ça me semble impossible que ces deux êtres étranges s'assoient et discutent calmement de leur origine ou de n'importe quel autre sujet. J'ignore tout des émotions qu'ils peuvent ressentir l'un pour l'autre. Connaissant (l'ayant même expérimentée !) la nature violente de Ian, je ne serais pas surprise qu'il saute à la gorge de Tamara pour je ne sais quelle raison obscure. Mais, qui sait, elle est peut-être habitée de la même violence que lui.

J'ai proposé à Tamara une rencontre entre elle et Ian, demain soir, à 21 h.

Il faut que je convainque Béluterre de venir.

MONTRÉAL, 1ER SEPTEMBRE 1995

Après s'être assuré qu'il n'y avait aucune Fiat noire dans les environs, Jimmy – vêtu d'un long manteau noir en coton et de lunettes teintées pour se protéger du soleil – pénétra sur la propriété de William Glencross. Il sonna à la porte d'entrée principale mais n'eut aucune réponse.

À l'arrière de la villa, il brisa à coups de pied une des fenêtres donnant sur le sous-sol, sans se préoccuper de la possibilité qu'elle soit protégée par un système d'alarme. Mais aucune alarme ne retentit.

Novak se faufila par l'étroite fenêtre bordée de vitre cassée, puis il se laissa glisser sur le sol d'une pièce sombre au plafond bas, d'où s'élevait un bouquet d'odeurs particulier, mélange de cuir, métal, cire chaude et sueur. Il fit lentement le tour du donjon, s'amusant à agiter les harnais qui pendaient du plafond, secouant les chaînes accrochées au mur et faisant claquer une cravache sur la croix de Saint-André.

— Qui est là ? demanda une voix craintive.

Ignorant la question, l'intrus poursuivit sa visite qui le mena dans un coin encore plus sombre où une table d'opération munie de sangles était installée parallèlement à une armoire blanche vitrée qui contenait des instruments chirurgicaux.

— Qui est-là ? répéta la voix un peu plus fort.

Au fond du donjon, éclairé par des cierges, se côtoyaient deux cages : une verticale de forme cylindrique, suspendue au plafond, et une rectangulaire, au sol. Dans la première se trouvait un homme nu, au regard étonné. Dans la seconde, un jeune labrador noir agitait la queue.

Jimmy se mit à faire lentement le tour des cages.

— C'est donc toi, William Glencross...

L'architecte resta silencieux. Novak se pencha et ouvrit la cage du chien.

— T'aimes ça les bêtes, hein ? demanda-t-il d'une voix rauque et agressive qui contenait mal sa fébrilité. Ça tombe bien, moi aussi. J'aime surtout faire des cadeaux aux chiens, précisa-t-il en caressant la tête de l'animal maintenant assis à ses pieds. C'est quoi son nom ?

William resta muet. Novak secoua alors sa cage avec une énergie et une force qui juraient avec sa frêle corpulence.

— Tu vas m'dire le nom du chien, espèce d'enculé ! hurla-t-il.

— Rex, finit par murmurer Glencross.

Jimmy s'éloigna de la cage et disparut dans l'ombre.

Une fine sueur commença à s'accumuler sur le front et la nuque de l'homme en cage. Plusieurs de ses fantasmes comprenaient des actes de violence, mais ces derniers n'étaient jamais pratiqués par un inconnu. Il se demandait qui était ce dangereux fou à lier qui s'était introduit chez lui par effraction, lorsque ce dernier réapparut avec, en main, une conserve de nourriture pour chien dont le dessus était ouvert. Il la déposa sur une tablette, fixée au mur, hors de portée du chien qui en avait cependant reniflé l'odeur. Il glissa ensuite une de ses longues mains osseuses à l'intérieur de la cage de William et il lui enserra la gorge, le contraignant à appuyer son corps nu contre les barreaux.

— Si tu bouges, j't'éventre.

Glencross resta le plus calme possible lorsque le jeune commença à le masturber de sa main libre en débitant une série d'obscénités. Malgré la terreur que lui inspirait ce psychopathe en puissance, il ne lui fallut que quelques secondes pour devenir raide comme les barreaux de la cage.

Jimmy s'éloigna soudain, le temps de trouver une table en bois et de la pousser contre la cage. Il appuya ensuite les organes génitaux de William sur le bord de la table, puis il alla récupérer la conserve. Sous le regard affamé de Rex, il prit une poignée de viande brunâtre qu'il étendit sur le pénis de Glencross et il encouragea ensuite le chien à appuyer ses pattes de devant sur la table. Comprenant ce qui allait se passer, l'architecte eut un mouvement de recul mais, aussitôt, Novak le ramena vers l'avant d'une seule main.

— Osti, j't'ai dit que si tu bougeais, j't'arrachais les tripes !

Rex se mit à lécher goulûment la viande. L'homme en cage suait maintenant à grosses gouttes, le cou toujours étranglé par la main du peintre qui, de son autre main, caressait la tête de l'animal.

— Bon chien, Rex. Mange tout c'que tu veux.

Le prisonnier ne put s'empêcher d'être stimulé par les coups de langue du chien, mais lorsque Rex enfonça ses crocs dans son pénis, il se mit à hurler. Jimmy relâcha sa prise sur lui et fit reculer l'animal.

Avant de partir par où il était entré, l'amant de l'Ange écarlate urina sur « le client quotidien », recroquevillé au fond de sa cage.

MONTRÉAL, 6 OCTOBRE 1997

L'été des Indiens rendait la soirée presque aussi agréable qu'en plein mois de juillet.

William Glencross rentra chez lui avec un sac d'épicerie contenant les trois articles qui lui manquaient pour continuer sa recette. Il le déposa sur la table, parmi les bols à mélanger, le sac de sucre et ceux de farine. Comme sa villa était isolée, et qu'il savait qu'il n'allait s'absenter que pour une quinzaine de minutes, l'architecte était parti sans se soucier de vérifier si toutes les fenêtres étaient bien fermées.

Dans l'idée de se servir un verre de cognac avant de continuer à cuisiner, il traversa le corridor qui menait au salon. Une fois ses yeux habitués à la semi-pénombre, il distingua une longue silhouette assise dans le fauteuil près du foyer. Prêt mentalement et physiquement à toutes les éventualités, Glencross resta calme. Un voleur ou un vandale aurait déjà pris la fuite. Il s'agissait d'autre chose.

— Puis-je allumer ? demanda-t-il après s'être débarrassé de son veston et l'avoir déposé sur le dessus du canapé.

— Je vous en prie, vous êtes chez vous, répondit une voix masculine.

L'architecte appuya sur le commutateur et les lampes halogènes éclairèrent le salon de leur faisceau blanc.

La première chose que Glencross vit fut la robe de l'Ange écarlate étalée sur le canapé. Il plissa les yeux et observa l'intrus assis en face de lui, dont l'allure générale n'avait rien de rassurant et encore moins de sympathique. Il éprouva une impression de déjà-vu.

— Comment va mon ami Rex, William ?

Au nom de Rex, l'architecte sut à qui il avait affaire.

— J'espérais ne jamais vous revoir, dit-il.

— Moi de même, répliqua Ian.

La mémoire de Glencross fit un saut dans le passé.

Personne n'avait jamais rien su de cette visite cauchemardesque. Et, bien sûr, Glencross n'avait pu se permettre d'avertir la police sans risquer d'avoir lui-même des ennuis avec la loi si on découvrait qu'il se payait les services « illégaux » d'une dominatrice. Le lendemain du passage de l'intrus dans son donjon, William avait dû répondre aux questions de sa Maîtresse : qui avait fait sortir Rex de sa cage ? Qui avait déplacé la table ? Qui avait descendu une conserve de viande pour chien dans le donjon ? Il avait raconté à l'Ange écarlate qu'il avait reçu la visite-surprise d'un de ses amants qui lui avait promis, un jour, de pénétrer chez lui comme un voleur. D'où l'explication de la vitre brisée… Le mensonge avait paru crédible.

— Où est l'Ange écarlate ? demanda Béluterre.

Glencross fouilla le regard de son ancien agresseur : les pupilles de ce dernier avaient beau être maintenant claires, il y vit briller la même lueur malsaine et perverse. Ses cheveux avaient beau être courts et pâles, cela ne le rendait pas moins intense que dans le passé.

L'architecte s'appuya contre le cadre de porte du salon.

— Je n'en ai pas la moindre idée.

— A-t-elle respecté son contrat jusqu'à la fin ?

— Vous êtes son amoureux, son mari ?

— Elle l'a fini ce contrat, oui ou non ?

— Écoutez, après ce que vous m'avez fait, je devrais vous mettre à la porte sans répondre à une seule de vos questions, mais puisque vous avez eu le culot de vous introduire chez moi une deuxième fois, je doute que vous partiez si facilement. Alors, dites-moi ce que vous voulez savoir et je vous promets de répondre à toutes vos questions. En échange, vous me promettez de ne plus jamais m'importuner après cette visite.

— Je veux savoir ce qui s'est passé entre vous et l'Ange écarlate.

— Très bien, mais je nous sers d'abord un verre. Cognac ?

— Whisky.

Glencross s'approcha d'une armoire vitrée où étaient alignés, sur la tablette du haut, plusieurs verres en cristal et, sur la tablette du bas, des bouteilles d'alcool. Il remplit deux verres et alla porter le sien à Ian. Il prit ensuite place sur le canapé et croisa une jambe sur l'autre.

— Vous avez trouvé cette robe et vous déduisez que je sais où se trouve l'Ange, n'est-ce pas ? questionna-t-il en jetant un regard sur le vêtement rouge, à côté de lui. Ce n'est qu'un souvenir que j'ai gardé.

Ian resta de marbre. Les angles de son visage s'harmonisaient avec le décor sans courbes.

— L'Ange écarlate a respecté son contrat jusqu'au bout, continua Glencross, et j'ai été sans doute un des hommes les plus satisfaits sur terre après cette longue année. Cette Maîtresse prend vraiment son travail à cœur. C'est une passionnée et elle est allée au-delà de mes fantasmes, au-delà de mes attentes les plus audacieuses et les plus insensées. Si je n'avais pas une préférence pour les hommes, j'en serais tombé follement amoureux.

Les nerfs de la mâchoire de Ian tressaillirent.

— Le dernier jour de notre contrat fut très spécial pour elle et pour moi. En mettant la touche finale à son œuvre, elle a comblé mon désir le plus profond, celui d'être une matière première vivante à explorer, le cobaye d'une mission sensuelle et esthétique. J'aimerais vous montrer le résultat de son travail.

Glencross se leva et commença à déboutonner sa chemise blanche.

— Grâce à l'Ange écarlate, je suis devenu un être unique.

L'architecte fit glisser sa chemise sur le canapé, avec le même plaisir qu'une effeuilleuse dévoilant la partie la plus excitante de son corps. Sur la peau de son dos, du cou à la taille, s'étalait une œuvre étrange aux motifs complexes.

Ian se leva. Une fois tout près de Glencross, il constata que, parmi les tatouages de type traditionnel, certains dessins étaient, à l'origine, des cicatrices profondes dans lesquelles avait été incorporée une poudre argent donnant l'apparence d'un creux métallique, comme si sous la couche de peau normale se cachait une couche d'acier. De nombreux *branding*, petits cercles, carrés et triangles, avaient été pratiqués selon un modèle visiblement pensé d'avance. Adjacentes à ces marques de brûlure, plusieurs saillies, toutes à la verticale et de longueurs différentes, créaient un effet de veines boursouflées. Béluterre ne put s'empêcher de toucher une de ces protubérances pour réaliser qu'elle était très rigide ; il ne s'agissait pas d'un effet temporaire, mais bien d'un élément greffé sous la peau, d'environ un demi-centimètre de large, qui ajoutait une nouvelle dimension au dos. Sur la plupart de ces saillies avaient été tatoués de minuscules symboles.

Il se dégageait de l'ensemble de l'œuvre une extrême beauté, un indéfinissable mystère, une imagination débridée et la maîtrise d'un art unique, insolite mélange d'art tribal, de fétichisme et d'effets spéciaux utilisés au cinéma pour fabriquer des créatures mutantes.

— Qu'avez-vous sous la peau ?

— Des tiges de nylon stérilisées.

— Qui vous les a posées ?

— L'Ange écarlate. Tout le reste est également son œuvre. Bien que sa spécialité soit la scarification, elle avait déjà expérimenté le *branding*. Par contre, elle n'avait aucune expérience en tatouage ou en implantation, mais, comme vous pouvez le constater, elle a très bien su se débrouiller. C'est vraiment une femme exceptionnelle.

Ian eut l'impression qu'il venait d'entendre Glencross de l'autre bout d'un immense corridor et que sa voix était entourée d'un effet de réverbération.

— Après son contrat, continua l'ancien client de Tura en se penchant pour ramasser sa chemise, elle a disparu de ma vie, comme convenu. Je ne l'ai jamais revue depuis et ça ne m'intéresse pas de la revoir.

L'œuvre d'art fut de nouveau dissimulée sous le tissu. Glencross se retourna face à Ian.

— Enfin, si ça peut vous être utile, vous êtes la deuxième personne qui vient me poser des questions sur l'Ange écarlate. Voilà, c'est tout ce que je peux vous dire. Je ne sais rien de plus. Je n'ai même jamais su quel était son vrai nom.

Ian fit un pas en direction du vestibule, mais Glencross le retint par un bras. Il prit la robe et la lui tendit.

— Prenez-la, dit-il. Vous avez droit à un souvenir, vous aussi.

MONTRÉAL, 27 OCTOBRE 1995

Jimmy se réveilla à plat ventre sur le plancher. Il voulut bouger, mais tout son corps était ankylosé. Quand il essaya de tourner la tête, l'effort lui arracha un cri de douleur. La joue contre le bois, il distingua, près de son visage, des traces de vomi et de sang séchés, certaines maculant ses longues mèches noires.

Il finit par réussir à lever lentement une main jusqu'à sa tête, qu'il tâta. Il trouva, sur le côté droit, la blessure couverte de sang coagulé. L'idée qu'il aurait pu mourir de cette triste et stupide fin l'épouvanta.

Il lui fallut une bonne quinzaine de minutes pour se traîner jusqu'à son matelas, sur lequel se trouvait une feuille de papier. Novak allongea un bras et la prit. Il lut :

Té vrèman un crisse de malade Jimmy Novak faque tu me vera pu jamè la fasse.

C'était un vrai soulagement que ce mot de Chantale. Cette fois, il s'en était bel et bien débarrassé pour toujours. Mais à quel prix ?

Abandonné par Tura depuis plusieurs semaines, saoul, cerné et sale, lorsque Chantale s'était pointée chez lui, Jimmy n'avait plus aucune résistance à quoi que ce soit. Lorsque la jeune fille s'était lovée contre lui, Novak avait tout de suite pensé à essayer de boire son sang, histoire de compenser le manque de celui de Tura. Il avait donc facilement séduit son ex-blonde et il avait profité d'un moment de passion simulée pour lui percer la chair du bras. La jeune punk s'était mise à hurler. Il lui avait plaqué une main sur la bouche tandis qu'il commençait à sucer son sang. Mais, au bout de quelques secondes, victime d'un haut-le-cœur, il avait dû abandonner sa proie. Atteint d'horribles douleurs abdominales, il s'était mis à régurgiter le sang, sous le regard atterré de Chantale qui, prise de panique, lui avait frappé la tête avec une bouteille de Jack vide. Il avait perdu conscience.

Novak ne savait même pas quand cette scène avait eu lieu. Un, deux, trois jours plus tôt ? Mais cela n'avait, de toute façon, aucune importance. L'expérience d'essayer de s'abreuver du sang de quelqu'un d'autre que Tura, bien que pénible et désagréable, lui avait tout de même permis d'avoir enfin la preuve – une supposition qu'il n'avait jamais complètement repoussée de son esprit – qu'il n'était pas un vampire. Par contre, il savait que le sang de l'Ange écarlate lui était nécessaire pour atteindre l'extase. Mais il n'y avait pas que son sang qui lui manquait. Sans sa muse, il n'arrivait plus à dessiner une seule ligne ; sans son corps, il n'arrivait plus à refaire le plein d'énergie ; sans son âme, il n'avait plus de passion ; sans elle, il n'avait plus de raison de vivre. Et il était persuadé que, sans lui, elle n'avait plus de raison de vivre.

Elle allait revenir...

MONTRÉAL, 6 OCTOBRE 1997

Béluterre déambulait rue Sherbrooke vers l'est, la robe rouge sur une épaule. Il avait soif. Des picotements lui parcouraient tout le bas du corps jusqu'à la taille. Il sentait ses yeux fatigués, mais sa vision était normale.

Mentalement, il tentait de survivre à ce qu'il venait d'apprendre.

Glencross ne l'avait pas aidé à retrouver Tura. Il avait fait mieux et pire à la fois. Mieux, parce qu'il lui avait permis de découvrir une facette de Tura que Ian ignorait. Celui-ci était encore bouleversé par la beauté et l'originalité de l'œuvre qu'il avait vue sur le dos de l'architecte. Pire, parce que l'artiste avait réalisé que Tura était une femme encore plus extraordinaire qu'il ne l'avait cru. Comment avait-il pu être aveugle à ce point à la sensibilité artistique de la femme qu'il aimait ? Le lien qui les unissait avait donc aussi quelque chose à voir avec la création et il n'avait rien saisi ? Il se sentit blessé au plus profond de l'âme ; Tura avait créé quelque chose de merveilleux sur le corps de Glencross. Il aurait tant voulu que ce soit sur lui… S'il ne s'était pas attardé seulement aux mots à caractère sexuel lorsqu'il avait feuilleté le livret de Glencross, à l'époque, il aurait peut-être compris quelque chose au lieu de piquer une crise de jalousie. Mais Tura n'avait jamais rien fait pour atténuer sa possessivité maladive. Elle refusait de lui parler de son travail, prétextant que c'était quelque chose qui était en dehors de leur relation. Et elle disait la même chose de sa famille. Et de son passé. Elle semblait être obsédée par l'idée de ne vivre que le moment présent. Ian se demandait comment lui et Tura avaient pu communiquer de manière si parfaite de corps et d'âme mais jamais de manière verbale. Lui non plus n'était pas un expert en la matière. Il aurait pu lui expliquer clairement la raison de son départ à Londres à la place de se sauver comme un traître. Il aurait pu assister à la création de l'œuvre d'art sur le dos de Glencross et, pourquoi pas, y participer…

Assoiffé, Ian prit vers le nord au coin de Saint-Laurent et il entra dans le premier bistro qu'il croisa. Il s'installa à une table près de la fenêtre et déposa la robe en cuir écarlate sur la chaise, à côté de lui.

Il n'y avait que trois clients dans la place.

— Bonsoir, monsieur, entendit-il à sa gauche. Je ne voudrais pas vous presser mais je vais prendre votre commande tout de suite, car les cuisines ferment bientôt.

Béluterre reconnut tout de suite la voix ; se souvenant que Martin Laberge était serveur dans un restaurant de la rue Saint-Laurent, il ne fut pas surpris, en se retournant, de se trouver face à face avec son ancien voisin.

— Martin ! *Long time no see*, hein ?

Le jeune homme blond ouvrit grand la bouche et resta figé pendant quelques secondes.

— Jimmy ? réussit-il enfin à articuler.

— J'ai changé de look, mais c'est bien moi. Pourrais-tu m'apporter un whisky, je meurs de soif.

— Oui, tout de suite, dit le jeune homme blond, la voix légèrement nouée.

Laberge s'éloigna avec le menu. Béluterre lui trouva une allure crispée et mal à l'aise, comme s'il n'était pas très enthousiaste à l'idée de revoir Jimmy Novak. Ils avaient pourtant été de bons amis, en 1995.

Cinq minutes plus tard, Martin lui apporta son verre d'alcool.

— Peux-tu t'asseoir un moment ? lui demanda Ian.

— Non, non, je travaille… euh… en fait, je finis dans une dizaine de minutes. Je vais venir te voir après.

— D'accord. Je vais t'attendre.

Il y avait décidément quelque chose de louche dans l'attitude de Laberge. De manière discrète, Ian le garda à l'œil tout en buvant son whisky. Il le sentait nerveux et maladroit, le voyait vérifier sa montre toutes les trente secondes, puis jeter des regards anxieux à gauche et à droite.

Une fois les dix minutes passées, Ian le vit souffler quelques phrases à une collègue de travail. Puis, croyant que son ancien voisin ne le regardait pas, il sortit par une porte qui donnait dans le couloir, au fond du restaurant. Et qui n'était pas celle des toilettes des hommes.

Béluterre se leva brusquement. Sa chaise tomba par terre. Mû par une soudaine poussée de Violence noire, il traversa la salle en courant et il ouvrit la porte par laquelle Laberge était sorti. Il se trouva devant un escalier et entendit des pas précipités qui montaient. Il s'engagea dans l'escalier en sautant les marches trois par trois.

En haut de l'escalier, il vit une autre porte se refermer sous son nez. Il la poussa et fut accueilli par un coup de vent. Il aperçut Martin, au beau milieu du toit de l'édifice, essoufflé et le regard affolé. Ian jeta un rapide coup d'œil aux alentours ; il n'y avait aucun escalier de secours. Laberge avait eu une bien mauvaise idée de s'enfuir par là. Il ne pouvait quitter le toit à moins de rebrousser chemin, ce qui voulait dire affronter Ian, ou de se jeter en bas.

Béluterre avança lentement vers celui qu'il avait jadis considéré comme un ami.

— Je ne t'ai pas demandé comment tu allais, Martin ?

Malgré son allure sportive et musclée, Laberge, debout les bras le long du corps, se mit à trembler.

— On dirait que ça ne te fait pas plaisir de revoir un vieux copain. Y aurait-il une raison particulière ?

— Non… Je suis juste… surpris… Je ne m'attendais pas…

— Je te fais peur à ce point-là ? demanda Béluterre, qui n'était plus qu'à quelques pas de lui et pouvait entendre sa respiration saccadée.

Le serveur leva les bras devant son visage en émettant un « non ! » étranglé, avant de s'effondrer sur les graviers qui recouvraient le toit.

La Violence noire circulait vivement dans les veines de Ian. Une fois tout près de Martin, il lui enfonça sa botte d'armée dans l'entrejambe. Le jeune homme poussa un cri.

— Tu aimes ça, hein, espèce de pédale. Tu as toujours rêvé que je t'enfonce ma bitte dans le fond de la gorge, pas vrai ?

Il se mit à dénouer la ceinture de son jean noir. À ses pieds, Martin gémissait.

— Je pourrais le faire maintenant. Qu'est-ce que tu en penses ?

Il descendit la fermeture éclair de son pantalon et prit le jeune homme par les cheveux. Il lui colla la face contre son sexe bien dur.

— Ça te plairait, hein ?

Martin tremblait toujours. Cette fois, la Violence noire explosa. Ian se mit à secouer brutalement le serveur.

— Dis-le que ça te plairait de sucer ma queue ! gueula-t-il. Dis-le avant que je te tue, fils de pute !

— Oui, Jimmy, murmura une faible voix chevrotante.

— Oui, quoi ?

— Oui, j'ai toujours eu envie de toi.

Ian lui lâcha les cheveux et s'éloigna. Il rattacha son jean en tournant autour de sa victime agenouillée.

— Qu'est-ce que tu as fait de pas correct avec moi, Martin ?

— J'ai juste eu peur de toi parce que je me souviens de tes manies bizarres, de ton goût pour le sang et de ta violence.

Béluterre le gifla. Laberge éclata en sanglots.

— Ne me fais pas mal, je t'en prie.

— Alors cesse de mentir, maudit fif.

— Je ne mens pas, je…

Il reçut une seconde gifle.

— Si tu ne parles pas d'ici dix secondes, je te défigure à coups de pied jusqu'à ce que ton visage ne soit plus qu'une bouillie sanglante que je vais lécher puis recracher dans ta face.

— Non ! hurla Martin en se couvrant le visage des mains. Non ! Je vais parler, je vais tout te dire.

Ian cessa de marcher. Debout en face du jeune homme, il attendit.

— Je fais parfois des boulots pour mon patron, commença Martin tout bas, sur un ton de confidence. Le genre de jobines plus ou moins légales pour arrondir les fins de mois. En juin 1995, on a payé mon installation dans le loft voisin du tien. On me payait également mon loyer. En échange, je devais fournir des renseignements sur tes activités, tes fréquentations, tes habitudes, ton style de vie, bref, sur tout ce que tu faisais. Lorsque mon patron me le demandait, je lui faisais un rapport et, à son tour, il transmettait ces informations à quelqu'un d'autre qui désirait ces renseignements sur toi. Mais je te jure que j'ignore quel est le nom du client. Mon patron ne me dit jamais pour qui je fais les boulots.

— C'est quoi le nom de ton patron ?

— Monsieur Tomasso.

— Où je peux le trouver ?

— Il était encore dans son bureau, en bas, tout à l'heure.

— Lève-toi, ordonna-t-il à Martin.

Ce dernier se releva péniblement. Ian le prit par le menton.

— Compte-toi chanceux que je ne t'aie pas tué, lui lança-t-il. Mais ça ne veut pas dire que ça ne pourrait pas me tenter si jamais je te croise de nouveau.

Béluterre abandonna Laberge, effondré, sur le toit. Il redescendit dans le restaurant et demanda à une serveuse où se trouvait le bureau de monsieur Tomasso. Cette dernière lui indiqua une porte, dans le couloir, sur laquelle était écrit « privé ».

Béluterre entra sans frapper. Assis derrière un bureau délabré, un homme au visage hâlé et aux cheveux aussi noirs que ses pupilles le dévisagea. Il était offusqué de cette brusque intrusion dans son univers, mais face au regard dément de l'inconnu, il pensa qu'il valait mieux rester calme.

Ian ferma la porte derrière lui, se tira une chaise en face du bureau et s'assit à cheval dessus.

— Que puis-je pour vous, monsieur…

— Mon nom n'a aucune importance. J'ai besoin d'une information.

Les doigts écartés, monsieur Tomasso se mit à tapoter doucement ses mains l'une contre l'autre.

— Martin Laberge a passé l'été et l'automne 1995 à espionner Jimmy Novak, le peintre. Je veux savoir pour le compte de qui.

Le propriétaire du restaurant, ayant deviné que l'employé Laberge avait révélé une partie des petits services qu'il lui rendait, savait qu'il était inutile de nier. Il ne lui était cependant pas interdit de tenter de tirer profit de la situation.

— Vous avez dû comprendre, cher ami, que je ne donne pas mes informations. Je les vends. Disons qu'avec quelques centaines de dollars je peux « me souvenir » du nom de la personne qui vous intéresse.

Ian se leva et appuya ses mains sur le bureau.

— Écoute-moi bien, Tomasso, tu me donnes cette information ou je te démolis le portrait.

Tomasso ne broncha pas.

— Ce serait plutôt mal élevé.

Cette fois, Béluterre le prit par le collet et se mit à lui parler d'une voix basse et rapide, sur un ton rauque.

— Tu ne peux pas savoir à quel point je suis mal élevé, lui souffla-t-il au visage. Surtout lorsque je veux qu'un vieil escroc crache une information. Tu me dis ce que je veux savoir, sinon dans dix secondes je commence à te faire mal. Et j'adore ça. C'est ma spécialité, le mal.

— Ça suffit, lâchez-moi, répondit Tomasso en constatant qu'il n'avait pas affaire à un client normal qui respectait les « lois du milieu ».

Sentant que le type allait enfin lui donner sa réponse, Ian le relâcha.

— Votre homme se nomme Boris Wagner et j'ai un numéro de pagette numérique où le joindre. Vous voulez que je vous le donne ?

— Non.

— C'est tout ce que je sais. Et maintenant que vous avez eu ce que vous vouliez, j'aimerais que vous quittiez mon établissement et que vous n'y remettiez jamais les pieds.

Ian sortit du bureau en laissant la porte ouverte. À grandes enjambées, il se dirigeait vers la porte principale lorsqu'on l'interpella.

— Monsieur ! Monsieur !

Il se tourna. Une serveuse lui tendait la robe de l'Ange écarlate.

— Je crois que c'est à vous.

Il prit la robe et sortit du restaurant.

Béluterre se rendit chez lui dans un état second, le corps encore vibrant de Violence noire. Dans son logement, il retira le pansement qui couvrait son bras gauche et il enfonça ses dents dans la récente blessure. Debout face au portrait de l'Ange écarlate, il se but. La minime quantité de sang séché du portrait ne lui faisait plus aucun effet ; il avait besoin du sang frais de Tura, mais devait se contenter du sien pour l'instant.

La bouche pleine de son propre sang, il commença à se masturber. Des scènes de la Cité macabre qui le hantait lui apparurent de nouveau, plus détaillées. Des individus tiraient des charrettes remplies de cadavres d'hommes, de femmes et d'enfants. D'autres, le visage recouvert d'un étrange masque qui les faisait ressembler à d'horribles oiseaux, se penchaient sur des malades dont les aisselles étaient purulentes. Dans une taverne, des charlatans faisaient voir, discrètement, toutes sortes de fioles aux clients intéressés. Une foule d'êtres décharnés au regard frénétique se pressait contre les portes d'une église.

Ian éjacula au moment où il entendit d'atroces lamentations et des voix, à peine humaines, crier « c'est la peste ! ».

MONTRÉAL, 4 NOVEMBRE 1995

Les cheveux noués ensemble par des lanières de cuir et la chair fouettée par le vent qui transportait quelques fragiles flocons de neige, la Maîtresse et l'artiste faisaient l'amour sur le balcon, appuyés contre le mur de briques. Jimmy avait brisé l'ampoule près de la porte, mais leur peau blanche luisait dans la nuit, comme celle d'une étrange créature issue de la pleine lune.

Quand leur corps se fut cambré sous les effets de la passion, Novak défit les liens qui nouaient leurs cheveux. Il souleva Tura dans ses bras et la transporta à l'intérieur. Il la déposa, toute tremblante, sur le matelas. Il se mit à lui frotter vigoureusement le corps en lui murmurant des paroles tendres. Il souffla sur ses pieds et ses mains bleuis par le froid, puis il l'enveloppa de l'édredon violet.

Il enfila son jean et vint s'asseoir par terre, près du matelas, avec une bouteille de Jack. Dans la semi-pénombre du loft, éclairé uniquement par une lampe de chevet, Jimmy veilla sur Tura pendant plusieurs heures, attentif à sa respiration, caressant son visage et l'embrassant doucement. Au souffle du vent contre les fenêtres se mêlaient les paroles de *1959* qu'il ne se lassait pas d'écouter, en sourdine. C'était la chanson qui jouait la première fois qu'il avait vu Tura Sherman. Il avait appris, plus tard, qu'elle était née en 1959.

L'Ange écarlate était réapparue juste à temps dans son existence ; Jimmy planifiait de se déchirer la peau et de laisser la vie s'écouler de son corps qui ne valait pas la peine « d'être » sans elle.

Mais la dernière semaine avait déjà tiré Novak de sa torpeur quotidienne à deux reprises. La première fois à cause d'un engourdissement de tout le bas de son corps – jusqu'à la taille – qui avait duré plusieurs heures. Ce malaise physique avait été accompagné d'une fatigue visuelle inaccoutumée. En début de soirée, Jimmy était sorti. Après avoir parcouru une dizaine de mètres, les engourdissements avaient disparu et sa vision était redevenue normale. Trois jours plus tard, les mêmes symptômes s'étaient manifestés. Et ils étaient également disparus aussi vite qu'ils étaient apparus.

Comme ils venaient juste de se retrouver, Jimmy n'avait pas confié ces malaises physiques à Tura, car il préférait ne pas l'inquiéter. Il en avait par contre parlé à Martin, avec qui il prenait encore une bière, à l'occasion. Toujours aussi logique, ce dernier lui avait conseillé d'aller consulter un médecin. Novak avait tout simplement déduit que son alcoolisme, de plus en plus prononcé, pouvait être la cause directe de ces désagréments physiques passagers.

Le second événement avait été l'arrivée d'une lettre en provenance d'Angleterre, signée par un certain David Fox qui prétendait pouvoir expliquer à Jimmy, en partie, l'origine de son étrangeté. Il lui donnait rendez-vous à Londres et l'invitait à séjourner chez lui. La lettre était accompagnée d'un billet d'avion, un aller simple, daté du cinq décembre. De cela non plus Jimmy n'avait point fait part à Tura. Il n'avait aucune envie de la quitter alors qu'elle venait juste de reparaître dans sa vie. Pourtant, il désirait ardemment savoir qui était ce David Fox et ce qu'il était susceptible de lui apprendre.

Jimmy s'empara soudain d'un des ongles de métal de l'Ange écarlate qui traînait sur le haut parleur – elle les avait apportés sans qu'il le lui demande – et il y inséra son index droit. Doucement, il glissa la pointe effilée de l'ongle sur la peau blanche de l'épaule de Tura. Il fit le mouvement à plusieurs reprises, en appuyant un peu plus fort chaque fois, jusqu'à l'apparition d'une fine ligne de sang. Profondément endormie, Tura ne se réveilla même pas lorsque Novak se pencha sur la délicate blessure pour l'embrasser et la lécher.

Une dizaine de minutes plus tard, il mit à exécution une idée qui venait de lui passer par la tête. Il prit un pinceau, dont il trempa la pointe dans le sang de Tura, et il alla l'appliquer sur *L'Ange écarlate*, là où se trouvait la petite paire d'ailes rouges sur la manche de la combinaison de cuir. Novak était certain qu'il allait ainsi pouvoir retrouver cette toile, imprégnée du sang de son amante, peu importe où elle se trouverait.

Car il savait reconnaître l'odeur du sang de l'Ange écarlate entre toutes les autres.

Quatrième partie

La Cité de la Peste

LONDRES, 6 DÉCEMBRE 1995

Insensible aux réactions de curiosité qu'il provoquait sur son passage, Jimmy Novak avançait à grandes enjambées dans l'aéroport d'Heathrow. Sa silhouette filiforme était cachée sous un manteau trois-quarts en lainage noir. Ses longues cuisses minces étaient couvertes de cuir et ses pieds, coincés dans des bottillons. À son épaule gauche pendait un sac d'armée noir. À peine visible sous sa crinière de corbeau, son visage anguleux et émacié avait un teint blanc verdâtre. Ses yeux sombres et vitreux, cernés de brun, trahissaient un épuisement chronique. Il n'avait que vingt-six ans, mais on lui en donnait facilement quarante. En déchéance physique.

Après avoir traversé l'aéroport, en partie sur d'interminables tapis roulants, Novak fit la file devant un guichet où il échangea, après quelques secondes d'attente, 3,50£ contre un billet de l'*Underground* qui allait le mener à Londres.

Au fil des stations de la ligne Piccadilly, tantôt souterraines, tantôt extérieures, le wagon se remplissait. Un groupe de travailleurs monta à Northfields tandis qu'une bande d'étudiants, tous vêtus d'un veston bleu, embarqua à South Ealing. Assis près d'une fenêtre, sur un siège au tissu vert et bleu, Jimmy observait le paysage anglais, dramatiquement gris. Le ciel, si dense, lui donna l'impression de ne s'être jamais complètement vidé des multiples menaces de la Deuxième Guerre mondiale.

Le voyage dura presque une heure jusqu'à Russell Square, où Jimmy descendit. Il était neuf heures lorsqu'il sortit de l'*Underground* et s'engagea dans les rues du quartier Bloomsbury.

L'air était vif et frais. Novak, qui mettait les pieds à Londres pour la première fois, fut attentif aux nombreux détails qui personnalisaient la ville : rues très étroites (les véhicules se frôlaient presque), voitures de taxi noires de type *gangster*, voitures de police blanche et jaune, énormes boîtes à lettres publiques rouges de forme cylindrique, plaques de voiture d'un jaune éclatant, autobus à deux étages... Il remarqua même que les sacs à ordures, qui attendaient d'être ramassés sur le bord des trottoirs, étaient vert pâle plutôt que vert foncé, comme à Montréal.

Une fois dans la Great Russell Street, il atteignit rapidement les grilles du British Museum dont l'imposante entrée était remplie de touristes venus des quatre coins du monde. Jimmy traversa la rue et pénétra dans le portique de la luxueuse résidence à appartements qui faisait face au musée. Il appuya sur la sonnette du numéro douze et attendit. Cinq secondes plus tard, un déclic lui permettait de franchir la porte intérieure.

Devant l'appartement douze, il frappa trois petits coups. La porte s'ouvrit sur une jeune Asiatique aux courts cheveux noirs. Elle avait un étrange regard lointain et une petite bouche aux lèvres rouges, bien ronde, comme celle de certaines poupées. Sa menue silhouette était camouflée sous un pantalon et une redingote en velours bleu foncé dont les poignets et le col étaient ornés de dentelle or.

— J'suis chez David Fox ?

— Oui. Vous êtes monsieur Novak ? lui demanda-t-elle dans un français impeccable.

— C'est moi.

— Entrez, je vous prie.

La servante l'aida à se débarrasser de son manteau et de son sac, qu'elle rangea dans une armoire.

— Si vous voulez bien me suivre, monsieur Novak, je vais vous mener au Maître.

L'immense appartement était surchargé de meubles antiques massifs de diverses époques, de porcelaine, de cristal, de tapis exotiques, de têtes d'animaux empaillées, de masques ainsi que d'une multitude de bibelots qui provenaient de différents pays. Novak fut impressionné par l'étonnante collection de toiles, dont il ne douta pas un instant de l'authenticité, qui tapissait les murs. Il aurait voulu prendre le temps de les observer, mais il continua de suivre la servante dans cet univers labyrinthique.

Ils atteignirent enfin une salle à manger au centre de laquelle une longue table était dressée pour deux personnes. Argenterie et cristal étincelaient. À l'une des extrémités était assis un homme vêtu d'un complet gris foncé et d'une chemise blanche. Il buvait un jus d'orange dans une flûte à champagne. Dégagé par ses courts cheveux noirs lissés vers l'arrière, son visage reflétait la noblesse et ses étonnantes pupilles dorées suscitaient l'attention.

— Si vous voulez bien vous joindre au déjeuner de mon Maître, l'invita la jeune fille.

Jimmy resta près de la porte, impressionné par tout cet apparat et vaguement mal à l'aise sous l'intense et puissant regard de David Fox.

— Venez vous asseoir, Jimmy.

— J'ai pas vraiment faim.

— Peut-être avez-vous soif ?

L'artiste ne pouvait nier qu'il avait la gorge desséchée. D'un pas hésitant, il entra dans la salle à manger et prit place en face du « Maître ».

— Que désirez-vous boire ?

— Jack Daniel's.

— Apportez une bouteille neuve et un verre, ordonna Fox à la servante.

Cette dernière disparut sans dire un mot pour revenir, à peine deux minutes plus tard, avec la bouteille et le verre qu'elle déposa sur la table.

— Vous pouvez disposer, Mira. Je vais déjeuner plus tard. Laissez-nous seuls.

Mira se retira et ferma la porte de la salle à manger.

Il y eut quelques minutes de silence pendant lesquelles les deux hommes se toisèrent, réciproquement intrigués, David cherchant à deviner quel lien unissait le jeune peintre à Kaguesna, Jimmy se demandant comment il était possible qu'un homme du statut social de Fox soit au courant de quoi que ce soit le concernant, lui, un simple artiste.

— Comment ça s'fait que tu sais que j'existe ? demanda Jimmy, après s'être versé un verre de whisky.

— Une de mes connaissances était présente à votre vernissage. En discutant avec d'autres invités, il a appris que vous aviez peint votre autoportrait et que vous l'aviez intitulé Kaguesna. Il m'a transmis cette information, car il savait qu'elle m'intéresserait. Et je vous ai fait venir ici pour que nous discutions de Kaguesna.

— J'ai pas grand-chose à t'dire là-dessus. C'est juste un mot auquel j'ai rêvé. Comme c'était plate d'appeler mon autoportrait « Autoportrait » ou « Jimmy Novak », j'ai choisi « Kaguesna » parce que j'trouvais que c'était un mot étrange qui sonnait bien.

Les pupilles d'or brillaient d'intérêt.

— Quand vous avez rêvé à Kaguesna, qu'avez-vous vu ?

— J'ai vu l'mot écrit.

— Rien d'autre ?

— Non.

— Comment vous êtes-vous souvenu d'avoir rêvé à ce mot ?

— J'me suis réveillé pis je l'ai noté sur un bout d'papier.

— Vous êtes-vous demandé si ce mot existait ailleurs que dans votre rêve ?

— J'ai pensé que c'était peut-être le nom d'une ville dont j'avais déjà entendu parler quelque part. J'ai fouillé dans mon vieil atlas et j'ai trouvé Kagoshima, mais pas Kaguesna.

— Vous êtes donc certain de ne jamais avoir entendu ce mot avant ?

— Pas que j'me souvienne.

— Avez-vous rêvé à d'autres mots ?

— Non.

Sous la table, Novak bougea les pieds pour essayer de chasser les engourdissements qui venaient de se manifester.

— Pourquoi ça t'intéresse tant que ça, « Kaguesna » ?

— C'est une longue histoire, Jimmy. Mais si vous êtes prêt à l'entendre maintenant…

— J'suis pas pressé. J'ai pas d'billet d'retour. Mais y faudrait que Mira m'apporte un cendrier.

— Il y en a un sur le buffet derrière vous, dit David Fox en s'appuyant confortablement au dossier de sa chaise.

Jimmy se retourna et allongea le bras pour s'emparer d'un cendrier en cristal, en forme d'étoile à cinq branches, dans lequel reposait un briquet plaqué or. Il fouilla ensuite dans une des poches arrière de son pantalon de cuir et il en tira un paquet de Du Maurier neuf, mais en piteux état. Après avoir allumé une cigarette et s'être servi un nouveau verre, il s'appuya, lui aussi, contre le dossier de sa chaise.

— Kaguesna est située au cœur d'un incommensurable désert, commença le Maître. Je ne sais pas très bien de quoi elle a l'air, parce que je n'y suis jamais allé. Je ne peux donc pas vous la décrire comme je serais capable de le faire, par exemple, pour Londres. C'est une Cité à l'atmosphère étrangement bleutée, constituée d'immenses édifices et où toutes les activités, du moins les visibles, se déroulent la nuit. Elle est traversée, d'une extrémité à l'autre, par une large avenue qui donne naissance à de nombreuses rues perpendiculaires de moindre envergure. Il n'existe aucune rue parallèle à cette avenue. Bien qu'elle ne soit entourée d'aucune clôture ou palissade pour la protéger, uniquement d'édifices, il semble que les gens y entrent et en sortent tous par le même espace dégagé, situé à l'extrémité sud, entre deux édifices. En apprenant que vous aviez utilisé le mot Kaguesna, j'ai eu l'espoir que vous ayez déjà vu cette Cité, vous aussi. Mais, même si ce n'est pas le cas, le seul fait que vous connaissiez ce nom fait de vous un individu spécial.

— Pourquoi ?

— Je vais vous raconter de quelle manière Kaguesna est venue jusqu'à moi et cela va sans doute vous confirmer, du moins en partie, que vous et moi avons un lien en commun. L'histoire remonte au XVIIe siècle. Je n'étais, à l'époque, qu'un jeune homme de seize ans et, comme des milliers d'autres, j'habitais Londres.

— Ben voyons, n'importe quoi ! J'vas quand même pas…

— Ne m'interrompez pas, Jimmy, ordonna le Maître d'une voix tranchante. Écoutez jusqu'au bout avant de vous faire une opinion sur ce que je vous raconte.

Novak secoua nerveusement les jambes ; les engourdissements progressaient vers le haut.

— Une nuit de décembre 1664, alors que je circulais dans une rue encore plus sombre que les autres, j'ai été interpellé par un individu à la peau blanche comme farine et aux yeux, non pas injectés de sang, mais bel et bien rouges. Il disait se nommer Listar. Notre conversation n'a pas été très longue. Il a prétendu que j'étais différent, sans préciser en quoi ni pourquoi, et il m'a confié une mission : je devais veiller sur Kaguesna, sa Cité, tant et aussi longtemps que ce serait nécessaire. Listar viendrait la récupérer un jour et elle devait être exactement dans le même état que lorsqu'il me l'avait confiée. En échange de mon service, il me promettait l'immortalité. J'ai accepté la mission, sans comprendre ce qu'il voulait dire par « je vais transférer Kaguesna dans ta tête ». Il a dit qu'il me reverrait au bout de vingt-cinq ans, soit pour me rendre immortel, soit pour reprendre sa Cité et m'abandonner, simple mortel. Listar a alors pris ma tête entre ses mains et j'ai ressenti une étrange chaleur contre mes tempes. Puis, il a disparu dans la nuit. Peu de temps après, une forme bleutée, au centre d'un univers noir, est apparue dans mon esprit. Petit à petit, des images se sont concrétisées, celles d'énormes édifices qui ne ressemblaient en rien aux cathédrales, églises, palais ou châteaux de mon époque. J'ai alors compris que ce devait être Kaguesna. Et, à partir de ce jour, j'ai commencé à vivre avec la Cité de Listar en moi. Je la voyais en plongée, de trop haut pour être capable de mieux la définir, mais d'assez près pour constater que cette magnifique création était aussi déserte de population que le vaste désert qui l'entourait. Et moi, David Fox, j'étais désormais responsable de garder cette Cité telle quelle. Qui était Listar ? D'où venait-il ? Où se trouvait réellement Kaguesna ? De quelle manière pouvais-je contrôler ce qui se passait à

Kaguesna ? Il était bien difficile pour le jeune homme que j'étais d'y comprendre quelque chose. Néanmoins, j'ai continué de vivre normalement sans que personne sache quel trésor se cachait dans ma tête. Je redoutais de confier ce secret à qui que ce soit ; je n'avais pas envie de me retrouver sur le bûcher parce que j'avais peut-être pactisé avec le Malin. J'ai survécu aux deux fléaux qui se sont abattus sur la Cité de Londres les années subséquentes : la Grande Peste de 1665 et le Grand Incendie de 1666. Ma vie de jeune adulte s'est déroulée dans des conditions difficiles, mais j'ai passé à travers tout cela en veillant précieusement sur Kaguesna. Avec le temps, j'en suis presque venu à l'oublier tellement elle faisait partie de moi, jusqu'en 1689, année où il s'est produit un événement qui m'a bouleversé : j'ai aperçu, pour la première fois, une faible lueur qui brillait dans Kaguesna. Mais elle s'est éteinte aussi rapidement qu'elle s'était allumée. Quelques jours plus tard, je croisais Listar sur ma route. Il me félicitait pour mon travail de « gardien externe de Kaguesna » et il me confirma qu'à partir de ce jour j'étais immortel, à la condition de continuer de veiller sur sa Cité. J'en déduisis qu'il n'avait pas vu la lueur... Il me salua et, avant que j'aie le temps de lui poser des questions, il me donna rendez-vous vingt-cinq ans plus tard. J'avais alors quarante et un ans. Et je les ai toujours...

Jimmy alluma une nouvelle cigarette. Fox avait réussi à piquer sa curiosité ; n'avait-il pas, lui aussi, une Cité bien présente dans son imaginaire ? Elle ne ressemblait pas à Kaguesna, du moins telle que Fox la décrivait, et elle ne lui avait pas été « insérée » dans l'esprit par un étrange personnage sorti de nulle part. Mais Jimmy se demanda s'il n'y avait quand même pas un lien possible entre les deux. Il laissa le Maître poursuivre sa narration.

— J'ai continué d'apercevoir des lueurs occasionnelles dans Kaguesna, mais jamais plus d'une à la fois. Tous les vingt-cinq ans, Listar revenait me féliciter pour mon travail – peu importe où je me trouvais dans le monde – et me confirmer que j'étais bel et bien immortel. En 1766, les lueurs se sont éteintes. Ce fut le début de la longue période d'accalmie qui dura presque deux cents ans. Puis, le fléau s'est abattu sur la Cité. En 1964, peu de temps après ma dernière rencontre avec Listar, j'ai été témoin du début de la colonisation progressive de Kaguesna. Dépourvu de piste, d'élément, d'un seul petit indice qui m'aurait aidé à comprendre de quelle manière je pouvais empêcher l'invasion de la Cité, j'étais impuissant. Au retour de Listar, en 1989, la Cité abritait des milliers d'individus que je voyais circuler, petites taches vues de haut, la nuit seulement. Il m'a calmement demandé des explications, mais je n'en avais aucune. J'avais prévu le pire: comme je ne pouvais plus lui garantir la « pureté » de sa Cité, j'allais redevenir un simple mortel. Mais ce n'est pas ce qui se produisit. Listar me proposa un marché; il me donnait un sursis de vingt-cinq ans en tant qu'immortel pour libérer Kaguesna de sa population. Après tout, avait-il expliqué, j'avais fait du bon boulot pendant trois cents ans. J'ai tout de suite soupçonné qu'il se passait quelque chose que Listar n'avait pas prévu et que mon sursis camouflait probablement son impuissance à régler le problème. En fait, j'avais compris que Listar ne pouvait pas « vider » Kaguesna sans mon aide, mais qu'il n'allait pas s'en vanter.

Fox fit une pause pour vider son verre de jus d'orange.

— Il me reste maintenant dix-neuf ans avant son retour, donc dix-neuf ans pour trouver un moyen de débarrasser la Cité de sa population. Ça peut sembler beaucoup de temps, mais c'est très court. Comprenez-vous pourquoi, lorsque j'ai su que vous aviez utilisé le nom Kaguesna, j'ai enfin pensé avoir trouvé un allié, une personne qui en saurait peut-être plus que moi sur cette Cité, une personne qui aurait peut-être, elle aussi, rencontré Listar ? Qui sait, une personne qui saurait comment accéder à Kaguesna ? Si elle est peuplée, peu importe où elle se trouve, c'est qu'il existe un moyen de s'y rendre. De l'extérieur, je n'ai aucun contrôle sur les événements qui s'y déroulent mais, si j'y étais, ou si quelqu'un qui a la possibilité de s'y rendre y allait, ce serait plus facile de la... nettoyer.

Jimmy ne sentait plus du tout ses membres inférieurs. Depuis quelques secondes, sa vision était devenue légèrement brouillée. Mais ces malaises ne lui avaient pas fait perdre une seule ligne de ce que Fox venait de raconter.

— J'peux-tu poser des questions ?

— Allez-y.

— Si j'comprends bien, ça s'rait possible que j'aie un rapport avec toute cette histoire-là ?

— Vous êtes la première personne que je rencontre, dans ma très longue existence, qui connaisse le mot Kaguesna.

— Ça peut pas être juste un hasard ? J'sais pas moi, une sorte de coïncidence ?

— C'est impossible. Vous y êtes forcément lié d'une manière ou d'une autre. Et si je vous ai demandé de venir ici, c'est pour essayer de le découvrir avec vous. Peut-être que quelque part, enfoui en vous, Jimmy, vous connaissez le moyen d'aller à Kaguesna.

— Moi, ça m'étonnerait ben gros que j'sache comment rentrer dans une Cité qui est dans la tête de quelqu'un d'autre.

— Ça ne vous coûtera rien d'essayer de trouver un moyen d'y accéder. Vous resterez mon invité aussi longtemps qu'il sera nécessaire.

— J'suis pas sûr que j'ai envie d'rester « longtemps ».

— Je ne vous retiens pas, Jimmy. Vous serez libre de partir en tout temps. Mais avant que vous preniez une décision, je vous demande de bien réfléchir. Je suis prêt à vous payer très cher si vous m'aidez à nettoyer Kaguesna.

— J'suis pas certain que j'ai envie de tuer des gens que j'connais pas juste pour que tu vives encore plus longtemps.

— Si vous ne les connaissez pas, que vous importe qu'ils meurent ?

— J'te connais pas plus, j'ai donc pas d'raison d'encourager ton immortalité.

— Une large compensation financière pourrait-elle vous intéresser ?

— Contre le génocide d'une population complète ?

— Et si je vous proposais l'immortalité ?

— Ben voyons, n'importe quoi.

— Admettons que nous trouvions, vous et moi ensemble, le moyen de vider Kaguesna et que nous réussissions pour le prochain retour de Listar. Je pourrais parler en votre faveur et expliquer votre précieuse collaboration. Je suis persuadé que je pourrais négocier votre immortalité.

Jimmy voulut s'emparer de la bouteille de Jack, mais il réalisa que son bras ne répondait plus. Il jura et voulut se lever, mais il s'effondra de sa chaise et s'étala de tout son long sur le tapis.

Fox, déjà debout, vint se pencher sur lui. Il appuya deux doigts sur le cou du peintre et constata que son pouls était très lent.

Incapable de bouger, blessé de se retrouver dans une situation qui le rendait totalement vulnérable, Novak n'avait pas le choix de s'en remettre au destin.

— J'vas probablement être pogné comme ça une quinzaine de minutes, puis après ça va être OK, affirma-t-il en ne le pensant pas vraiment.

Dans le regard de braise du Maître, il lut que ce dernier avait aussi compris que la situation n'était pas normale.

Les engourdissements gagnaient son cou. C'était la première fois qu'ils se rendaient si haut.

Entre-temps, Fox avait appelé Mira qui se précipitait dans la salle à manger.

— Nous allons le transporter dans la chambre d'invité, lui dit-il.

Lorsque la servante aida Fox à soulever Novak, la vision de ce dernier était devenue si floue qu'il reconnut à peine la jeune fille.

— Woh ! J'te vois même pus, Mira, réussit-il à ironiser un peu.

— Ça n'a aucune importance, je ne vous vois pas non plus, répondit l'Asiatique. Je suis aveugle.

Le Maître et la servante transportèrent l'artiste, dont le corps était lourd et raidi par les engourdissements, dans la chambre d'invité. Malgré son allure frêle, Mira était forte et solide.

Ils allongèrent Jimmy sur un lit à baldaquin. La servante s'affaira dans la chambre, à tirer les rideaux, vérifier la température de la pièce et sortir une couverture de laine supplémentaire d'un coffre. Debout près du lit, Fox observait son protégé.

— J'crois que j'm'enligne pour un long voyage, murmura Novak, la bouche légèrement crispée.

Il voulut ajouter quelque chose, mais il lui fut impossible de remuer les lèvres. Le temps que les engourdissements envahissent toute sa tête, il eut une pensée pour Tura ; il était parti pour Londres sans lui dire au revoir. *J'suis vraiment un salaud…*

Quelques secondes plus tard, Jimmy Novak plongeait dans un profond sommeil.

Qui dura plusieurs mois.

JOURNAL DE JULIE, 13 JANVIER 1996, 23 H 15

Je suis encore allée sonner au loft de Novak, mais tôt ce matin, en me disant que j'avais peut-être une meilleure chance de le voir. C'est l'Ange écarlate qui m'a ouvert. Elle avait l'air magané. Je lui ai dit que je voulais interviewer Jimmy au sujet de ce qu'il préparait pour sa prochaine exposition. Il n'était pas là. J'ai voulu savoir si elle l'attendait bientôt, mais elle a répondu qu'elle n'en avait aucune idée et elle m'a fermé la porte au nez. Même si elle l'avait su, elle ne m'aurait sans doute rien dit, sachant sûrement que Jimmy n'aime pas m'avoir dans ses parages. Mais je crois qu'effectivement elle n'en sait rien. Pourquoi? Parce qu'au courant de la journée, j'ai contacté Évelyne Dufort et Martin Laberge, les deux autres personnes les plus proches de Novak, et qu'aucune des deux ne sait où il est.

Je me demande bien où il se cache et pourquoi. Je sais qu'il me déteste pour avoir publié des articles dans lesquels je dénonce son étrange violence. Mais il avait qu'à ne pas s'afficher en public et personne ne l'aurait su! Qu'il pratique des actes qui relèvent du vampirisme – voire du cannibalisme – dans le corridor de son immeuble, et sur la femme qu'il aime en plus, ne peut pas passer inaperçu.

Je n'ai donc pas grand-chose à offrir à mon patron sur Jimmy Novak pour le moment, mais je vais quand même pondre un petit article, dans le genre « à cause de son étrange nature et de certains actes douteux, Jimmy Novak a été obligé de disparaître pour une période indéterminée ». Après tout, mon hypothèse n'est peut-être pas si éloignée de la réalité que ça…

WESTMOUNT, 7 OCTOBRE 1997

Béluterre ouvrit brusquement les yeux. Il était de nouveau allongé par terre sur le plancher de sa cuisine. Sur lui, et autour de lui, des traces de sang et de sperme séchés lui confirmèrent ce qu'il redoutait : la veille, après avoir bu son sang, s'être masturbé et avoir vu les images très précises de l'étrange Cité, il s'était endormi.

La première fois qu'il avait été atteint d'une Absence temporaire, chez Fox, à Londres, il n'avait pas eu d'autres symptômes précurseurs que les troubles de vision et les engourdissements. Par contre, les deux fois suivantes, il s'était endormi pour quelques heures les jours qui avaient précédé le début du long sommeil. Il n'en avait donc vraiment plus pour longtemps…

Ian passa une main dans ses courts cheveux, s'étira et se leva. Il alla jusqu'à la fenêtre et jeta un coup d'œil derrière les rideaux. C'était déjà la fin de l'après-midi.

Il prit une douche rapide et quelques minutes pour panser sa blessure. Il enfila ensuite son pantalon de cuir, un col roulé noir et ses bottes d'armée. Il prit, sur le coin du comptoir, son portefeuille à l'intérieur duquel il trouva la carte noir et or de Boris Wagner. Il l'avait gardée en souvenir…

Une fois dans l'entrée, il ramassa une enveloppe bleue qu'on avait glissée dans la fente de sa porte. Il la fourra dans la poche de sa redingote et sortit.

Cinq minutes plus tard, assis à l'arrière d'un taxi, il lisait le billet que contenait l'enveloppe :

Cher Ian,

Si tu veux en savoir plus sur cette femme qui te ressemble, sois chez moi, ce soir, à 21 h. Elle sera là…

Julie

Le billet retourna au fond de sa poche.

Vers 18 h, le taxi s'immobilisa devant une propriété ceinte d'unc haie de cèdres. Béluterre paya le chauffeur et descendit du véhicule qui s'éloigna dans la nuit.

Debout devant la majestueuse villa recouverte de lierre qu'il entrevoyait à travers les arbres, Ian apprécia la caresse du doux vent de l'été des Indiens sur son visage. Son rythme cardiaque accéléra un peu ; sans doute était-il causé par son imminente rencontre avec Wagner, cet homme qui avait fait surveiller Jimmy Novak pour une raison qui demeurait obscure. Ce même homme qui entretenait un lien spécial avec Tura.

Ian emprunta le sentier en pierres des champs qui menait à la porte d'entrée principale. Il n'avait pas atteint cette dernière lorsque son cœur se mit à battre plus vite et qu'un étourdissement l'obligea à cesser de marcher. Cette fois, il ne pouvait pas s'agir d'un simple énervement. Si le malaise pouvait être dû à son état physique fragile et instable, les pulsations, elles, étaient bien celles de l'Appel du sang.

Quelques secondes lui furent nécessaires pour retrouver un semblant de mieux-être et franchir la distance qui le séparait de la porte. Il appuya sur la sonnette dorée, tout en essayant de prévisualiser la personne qui viendrait lui ouvrir, mais son pouvoir était toujours inactif.

La porte s'ouvrit. Ian, qui s'attendait à être accueilli par un majordome austère ou, du moins, par un domestique, fut surpris de se trouver face à face avec l'homme aux yeux violets.

— Bonsoir, dit Wagner. Je vous en prie, entrez.

Dès que Béluterre mit les pieds dans la villa, l'Appel du sang le frappa de plein fouet. Il tituba et dut s'appuyer sur le mur le plus près. La tête lui tournait et son cœur pompait à vive allure.

— Où est-elle ? réussit-il à articuler.

— Elle n'est pas ici, répondit Boris, sachant très bien de qui son interlocuteur voulait parler. Ce n'est que l'odeur de son sang qui vous affecte.

— Que lui avez-vous fait ? demanda-t-il d'une voix rauque et basse. Vous l'avez tuée ?

— Bien sûr que non, répondit encore calmement Wagner, impassible devant la gamme d'émotions qui se succédaient sur le visage du jeune homme.

À chaque nouvelle inspiration, Béluterre se sentait de plus en plus affecté par l'Appel du sang. Toutes les veines de son corps pulsaient de manière lancinante.

— Tura, murmura-t-il.

Son cœur se mit à battre beaucoup trop vite. Ian pensa qu'il allait transpercer sa peau et bondir hors de sa chair. Une sensation de choc électrique se propagea soudain dans son corps, raidissant tous ses membres. Il hurla de douleur. Au moment où il crut qu'il était en train de rendre l'âme, il vit dans un brouillard trouble la silhouette de Wagner lui prendre les mains et étendre ses bras en croix de chaque côté de son corps. Puis, l'homme chauve lui plaqua rudement le dos contre le mur et appuya son corps massif contre le sien ; à ce contact, toute douleur cessa instantanément, comme si un aimant venait d'absorber d'un seul coup la souffrance à la fois physique et morale.

Boris recula de trois pas.

Redevenu aussi normal qu'il pouvait l'être compte tenu des circonstances, Béluterre plongea son regard bleu dans celui, violet, de l'homme chauve, debout en face de lui ; aucun signe extérieur ne laissait deviner que Wagner venait littéralement d'assimiler les effets physiques de l'Appel du sang.

— Si vous voulez bien me suivre, nous serons plus à l'aise pour discuter confortablement assis.

Toute trace d'émotions extrêmes l'ayant abandonné, Ian emboîta le pas à son hôte.

Lumières tamisées, lourds meubles antiques sombres, murs couverts de toiles, de masques et de vitrines remplies d'armes, de bibelots, d'urnes et de figurines de différentes origines et époques, Ian trouva que l'atmosphère feutrée et chaleureuse de cette villa ressemblait étonnamment à celle de l'appartement de Fox.

Après avoir parcouru un dédale de couloirs, rétrécis par la surcharge de meubles et d'objets témoignant de nombreux voyages, Wagner monta un long escalier en bois dont les marches étaient couvertes d'un tapis exotique dans les tons de bourgogne, crème et noir. En le suivant, Ian fut fasciné par l'immense toile d'Attila Richard Lukacs – représentant une scène de boucherie dont les victimes étaient humaines – qui couvrait tout un mur.

Au deuxième étage, ils se rendirent au bout d'un couloir. Boris invita Ian à entrer dans une pièce où résonnait la voix féminine, chaude et sensuelle, d'une chanteuse.

Une fois à l'intérieur de la salle de musique, Béluterre repéra tout de suite la fiole noire qui reposait sur la table, entre les deux fauteuils, au milieu de la pièce. Il avança jusqu'à cette table, prit le flacon ouvert qui contenait le sang de Tura et il en huma le parfum enivrant reconnaissable entre toutes les odeurs. Il comprit alors la raison de sa violente réaction quelques minutes plus tôt ; il n'avait pas senti cette odeur depuis fort longtemps… La touche du sang séché de Tura, sur *L'Ange écarlate*, avait réveillé en lui l'Appel du sang, mais l'effet en avait été minime comparativement à celui de cet échantillon liquide.

— Que faites-vous avec le sang de Tura ? demanda-t-il en déposant la fiole sur la table.

— Elle a un jour perdu conscience dans cette pièce. J'ai recueilli quelques gouttes de son sang que j'ai gardé précieusement au froid, depuis plus de deux ans.

— Comment avez-vous recueilli son sang ? demanda Ian, qui appréciait de se sentir calme et surtout vide de Violence noire pour le moment.

— Rassurez-vous, je n'ai pratiqué qu'une fine coupure. Elle n'a rien senti et aucune trace n'est restée sur sa peau. Comme vous avez pu le constater, je suis doué d'un pouvoir qui me permet de guérir les blessures et d'apaiser les émotions trop fortes.

— Pour quelle raison avait-elle perdu conscience ?

— Parce qu'elle avait vu *Kaguesna*, répondit Wagner en se rapprochant de l'œuvre en question.

Ian alla se placer à droite de Boris Wagner. En examinant l'homme aux longs cheveux noirs et au regard d'ébène du portrait, il se sentit touché au plus profond de son être. Peu importe qui il était devenu, peu importe en quoi David Fox avait essayé de le transformer, il était encore et serait toujours l'intense, l'arrogant, le passionné et le violent peintre Jimmy Novak.

— Pourquoi vouliez-vous le sang de Tura ?

— J'en ai fait analyser un échantillon afin de savoir s'il contenait des particularités spécifiques. Mais il est tout à fait normal. Il n'y a que vous qui puissiez « sentir » sa différence.

— Comment savez-vous que je suis capable de reconnaître l'odeur du sang de Tura ?

Boris Wagner ne répondit pas.

— J'ai conservé le reste du flacon, continua-t-il, curieux de vérifier si vous alliez le reconnaître même s'il n'était plus frais.

— Si la bouteille est là et débouchée, vous saviez donc que j'allais venir aujourd'hui ?

Boris Wagner s'éloigna de *Kaguesna* et se mit à chercher un disque compact parmi la vaste collection. Il le trouva rapidement et, après avoir retiré celui qui jouait, il inséra dans le lecteur celui qu'il avait choisi.

Les premières notes d'une musique lugubre résonnèrent dans la pièce.

— Permettez-moi de vous servir quelque chose à boire, Ian.

Béluterre fronça les sourcils; comment pouvait-il aussi connaître son nouveau prénom? Et il n'avait laissé paraître aucune surprise devant sa nouvelle apparence.

— Whisky, dit-il en s'assoyant dans la bergère en velours marron et en observant la solide et très droite carrure de Wagner qui quittait la pièce.

Une voix de sorcière déchira soudain les haut-parleurs. Une voix en lame de couteau prête à entailler la peau humaine. Vacillant entre la folie et le génie. Mélange de cris provenant d'une gorge enflammée par des cordes vocales chauffées à blanc et de mots crachés pour percer les tympans. Ian, qui n'avait jamais entendu une voix féminine aussi démoniaque, trouva qu'il s'agissait d'un curieux choix musical pour un être aussi serein que son hôte.

Ce dernier revint, quelques minutes plus tard, avec un verre d'alcool. Et il n'était pas seul; derrière lui entra David Fox, impeccable dans son costume indigo, un verre de cognac à la main.

Béluterre n'en crut pas ses yeux. Il se leva d'un bond.

— Fox! Qu'est-ce que vous faites ici, vous?

— Je suis ici chez moi, Ian.

Le Maître avança jusqu'au fauteuil en cuir dans lequel il prit place. Boris vint donner son verre à Ian puis il resta debout près de la porte, les mains enfoncées dans les poches de son veston vert foncé.

— Assoyez-vous, Ian, dit l'homme aux yeux d'or.

Le jeune homme s'assit de nouveau dans la bergère.

— Avant que j'essaie de comprendre quelque chose à la situation dans laquelle je me trouve, quelqu'un sait-il où se trouve la femme que je cherche ? demanda-t-il, sur un ton insolent.

— Je ne le sais pas encore, répondit Wagner. Après votre départ pour l'Angleterre, je l'ai vue quelques fois, mais à des intervalles éloignés. Chaque fois, elle avait dépéri physiquement et mentalement. Elle a continué à payer votre loyer pendant des mois en espérant que vous reviendriez. La dernière fois qu'elle est venue chez moi, en août 1996, elle venait de terminer son contrat avec William Glencross et elle semblait plongée dans un profond déséquilibre émotif.

— Comment ça se fait que vous connaissez Glencross ?

— Je ne le connais pas. Tura me confiait le nom et les coordonnées de ses clients pour se protéger si jamais il lui arrivait quelque chose. Quand David m'a fait savoir que vous reveniez à Montréal pour la retrouver, j'ai commencé à faire des recherches. Glencross, qui a été son dernier client, était sur ma liste de personnes à contacter.

— Vous êtes donc allé lui poser des questions sur Tura ? demanda Béluterre en se rappelant que l'architecte lui avait mentionné la visite d'un autre individu qui cherchait l'Ange écarlate.

— Oui.

— Comment expliquez-vous l'avoir perdue de vue, vous, son prétendu meilleur ami ?

— J'ai passé une année complète à Toronto. Je lui avais demandé de me donner de ses nouvelles, mais elle ne l'a jamais fait.

— Vous auriez pu en prendre, vous, de ses nouvelles.

— Ce n'est pas le genre de relations que j'ai avec Tura.

En entendant les mots « relations avec Tura » sortir de la bouche de Wagner, Ian constata que la jalousie qu'il ressentait à propos de la singulière amitié qu'entretenaient Boris et Tura était encore bien présente en lui. Il cala la moitié de son verre de whisky. Comment pouvait-il blâmer Boris de ne pas avoir pris de nouvelles de Tura pendant un an alors que lui avait fait la même chose pendant deux ans…

Assis confortablement, une jambe croisée sur l'autre, Fox savourait son cognac.

— Comment saviez-vous que le sang de Tura m'affecte à ce point ? redemanda Ian à l'homme chauve puisque ce dernier n'avait pas répondu à la question.

— Vous l'avez confié à Tura qui me l'a confié.

— Ah ! Et quel genre de lien y a-t-il entre vous deux ? demanda Béluterre en regardant les deux hommes, tour à tour.

— Disons une grande amitié, répondit le Maître, dont les yeux brillaient de la même couleur que son alcool.

— C'est ça, une autre belle amitié, répliqua Béluterre. Est-ce que Tura est aussi votre amie, Fox ?

— Je ne connais pas Tura. Je ne l'ai jamais rencontrée.

Le chant de la sorcière combla une pause. Ian vida son verre qu'il déposa sur la table, près de la fiole de sang.

— Va donc chercher la bouteille, lança-t-il à Wagner.

L'homme aux yeux violets quitta la salle de musique.

— Vous vous êtes remis à boire de l'alcool de manière immodérée ? s'informa le Maître.

— Seulement depuis tout de suite. Pourquoi m'avoir caché que vous connaissiez Boris ?

— Ma longue existence m'a appris qu'il vaut mieux toujours garder quelques atouts dans ses manches. Boris en était un. Comme je savais que vous alliez finir par désirer revoir l'Ange écarlate, et sachant que Wagner était son meilleur ami, je ne voulais pas que vous débarquiez chez lui tout de suite après votre retour à Montréal, en pensant qu'il allait vous aider à la retrouver. Je voulais vérifier de quelle manière vous alliez vous y prendre pour la rechercher. Je désirais également savoir quelle était l'efficacité de l'Appel du sang en dehors du corps de Tura.

— D'accord. Je comprends votre point de vue, Fox, mais maintenant que je sais que vous gardez sans doute d'autres atouts dans vos manches, je ne suis pas certain d'être capable de vous faire confiance de nouveau.

— Sachez que je ne vous mens jamais, Ian. Je ne fais que vous dévoiler des informations au moment que je juge opportun.

Wagner, de retour dans la salle de musique avec la bouteille de Jim Beam, la donna à Ian qui s'en versa tout de suite un verre. Fox se leva.

— Si vous voulez bien m'excuser, dit-il, je dois faire quelques appels.

Le Maître quitta la salle de musique. Boris prit sa place.

— Vous ne buvez rien ? lui demanda Ian.

— Je ne bois jamais, je ne mange jamais et je ne dors jamais.

— Ma foi, vous êtes un vrai robot, Wagner !

— Peut-être bien…

Une nouvelle lampée d'alcool vint caresser la gorge de Ian.

— Pourquoi m'avez-vous fait espionner par Martin Laberge ?

— Le fait que vous connaissiez le nom Kaguesna prouvait que vous étiez un individu différent. David voulait apprendre tout ce qu'il était possible de savoir sur vous. Martin a été utile pour me décrire votre transformation, pour me révéler que vous suciez votre sang et enfin pour me donner toutes sortes d'autres détails intéressants à votre sujet. Je savais que vous étiez en route pour ici parce que monsieur Tomasso m'a contacté pour m'avertir que vous aviez terrorisé Martin afin de lui soutirer le nom de celui pour lequel il espionnait Jimmy Novak. Comme mon nom a été dévoilé, je savais que vous alliez bientôt vous manifester pour avoir des explications. De toute façon, étant à la recherche de Tura, vous alliez finir par venir me poser, tôt ou tard, des questions, à moi aussi.

— Puisque vous êtes son ami…

— Vous n'avez aucune raison d'être jaloux.

— Je ne le suis pas, se défendit-il. Je trouve seulement que votre relation avec Tura est… ambiguë.

— Elle ne l'est pas du tout.

— Si vous le dites, j'imagine que je dois vous croire.

La pièce se remplit soudain de cris déchirants issus des haut-parleurs.

— On dirait la voix d'une possédée, marmonna Ian.

— C'est une voix qui me fait vibrer, répliqua Boris. Vous réagissez au sang ; je réagis aux voix féminines. Et certaines voix me font plus d'effets que d'autres.

Béluterre s'impatienta dans son fauteuil, car il pensait que Boris changeait de sujet pour éviter de lui parler de ceux qui l'intéressaient vraiment.

— Chaque fois que j'entends la voix de Tura, poursuivit-il, elle me plonge dans un état de béatitude. Je ne crois pas que cela ressemble à l'Appel du sang, mais c'est aussi un sentiment très profond que j'éprouve pour elle. Sa voix fait naître en moi des sensations que la voix de personne d'autre ne me procure. J'ai alors envie de la posséder. De l'avoir avec moi pour toujours.

Ian faillit échapper son verre. L'homme chauve, le soi-disant ami parfait, venait enfin de confirmer qu'il éprouvait quelque chose de plus que de l'amitié pour Tura.

— Tura est au courant ?

— Non. Ça ne servirait à rien. Je connais Tura depuis sept ans. Si elle avait dû être « ma femme », elle le serait depuis déjà longtemps. Tura est « votre femme ». Elle ne sera jamais la mienne.

Comme si ce qu'il venait de révéler lui pesait, Wagner se leva brusquement et partit à la recherche d'un autre disque compact. Béluterre, étonné de le voir « réagir » à quelque chose pour la première fois, resta silencieux.

L'amour sorcier se mit à jouer. Boris s'excusa auprès de son hôte et quitta la pièce.

Laissé seul, Ian fit un geste pour se verser un autre verre de Jim Beam, mais il résista à la tentation. La tête lui tournait déjà assez. Il n'était pas certain de pouvoir encore tolérer cette sensation d'euphorie artificielle que Novak recherchait en permanence.

Il avait des dizaines de questions en tête et il espérait bien que, si Boris préférait être seul, Fox reviendrait lui tenir compagnie pour y répondre.

Il dut attendre au moins dix minutes avant que le Maître le rejoigne.

— Je viens d'apprendre une excellente nouvelle, dit ce dernier en reprenant sa place dans le fauteuil en cuir. Vous avez sans doute déjà appris que la mère de Tura est décédée le dix-neuf octobre de l'année dernière ?

— Non, je ne le savais pas, mentit Ian, qui avait eu l'information par le biais de Julie.

— Vous n'avez pas pu assister aux funérailles, mais vous allez avoir la chance d'assister à la messe commémorative qui aura lieu, le dix-neuf octobre prochain, à la chapelle des Frères missionnaires, à Laval. Tura y sera sûrement.

— Vous ne savez rien d'autre qui pourrait m'aider à la retrouver plus rapidement? J'ai peur de bientôt tomber en Absence temporaire et il faut absolument que je la voie avant.

— Si vous vous endormez avant de l'avoir revue, Boris et moi prendrons soin de Tura et, lorsque vous vous réveillerez, je vous promets qu'elle sera près de vous. Je sais à quel point elle vous manque.

L'idée que le tandem Fox-Wagner s'occupe de Tura ne plaisait guère à Ian dont la confiance était ébranlée. Il décida d'orienter la conversation sur un autre sujet que Tura.

— Est-ce vous qui étiez derrière le contrat qu'Évelyne Dufort m'a fait signer?

— Effectivement. Lorsque Boris a su que vous aviez mis du sang sur votre autoportrait, il a cru que ce serait une bonne idée de stimuler votre esprit provocateur et votre nature étrange en vous offrant, avec mon approbation et ma collaboration, ce contrat dans lequel se trouvaient les clauses dix et onze.

— Ça ne faisait pas très sérieux.

— Peut-être pas, mais vous avez mordu quand même parce que vous aviez besoin d'argent et, surtout, vous aviez envie de gloire. Deux désirs qui se sont d'ailleurs réalisés.

— Ça n'explique pas pourquoi j'ai vendu toutes mes toiles le soir du vernissage.

— Comme vous le savez, je suis un grand amateur d'art. Je connais de nombreux autres amateurs d'art à travers le monde. Il m'a donc été facile de recruter des acheteurs garantis pour ce vernissage.

— Ça n'avait donc aucune importance que ces toiles soient marquées de mon sang?

— Cela n'en avait pas pour eux. Soyez assuré de votre talent; ces individus ont tous acheté vos toiles parce qu'ils les trouvaient vraiment splendides et ils n'avaient aucune connaissance des clauses spéciales du contrat. Par contre, moi, j'étais content qu'il y ait quelques gouttes de votre sang sur chacune de ces toiles qui allaient se retrouver aux quatre coins de la planète. On ne sait jamais, peut-être qu'un jour quelqu'un d'autre en remarquera une, quelqu'un qui ressentira l'Appel de votre sang…

— Évelyne Dufort n'avait donc aucun rôle vraiment important à jouer dans tout cela ?

— Bien au contraire. Grâce à moi, vous auriez quand même vendu vos toiles, mais sans elle, vous n'auriez eu aucune couverture médiatique donc, pas de gloire.

Ian réfléchit un moment puis il enchaîna sur un autre sujet qu'il désirait éclaircir.

— Qui a averti Julie Lévesque de mon retour à Montréal ?

— Moi. C'était une sorte de test pour voir de quelle manière vous alliez vous en tirer avec elle. La Violence noire qui vous habite, dont vous m'avez beaucoup parlé pendant votre séjour à Londres, allait-elle prendre le dessus ? Alliez-vous déjouer la journaliste ou lui révéler des informations compromettantes ? Alliez-vous finir par la tuer si elle vous importunait trop ?

— J'ai bien failli.

Le Maître sourit, révélant ses dents parfaites.

— Cela aurait été dommage.

— Vraiment ?

— Julie Lévesque détient peut-être des informations qui nous seraient précieuses.

Fox fouilla dans la poche intérieure de son veston et il en sortit une coupure de magazine qu'il déplia et tendit à Ian. Ce dernier la prit. La page était couverte de petites annonces dont une avait été encerclée en rouge :

KAGUESNA RECHERCHE JIMMY NOVAK

— Qui a fait passer cette annonce ?

— Regardez le nom du magazine, en bas.

Béluterre lut *Rencontres-chocs*.

— Vous croyez que c'est Julie ?

— Pas de nom, pas de numéro de téléphone ni de télécopieur, pas d'adresse où envoyer une réponse... Boris a cherché à faire parler la préposée aux petites annonces, mais cette dernière n'a rien voulu lui dire. Il en a déduit que c'était probablement un message de Julie qui, par le biais de la préposée, pouvait filtrer le nom des personnes qui s'intéressaient à son message, tout en gardant l'anonymat.

— Vous êtes en train d'insinuer que Julie serait, elle aussi, au courant de Kaguesna ?

— C'est possible.

Ian réfléchit. Depuis qu'il était de retour à Montréal, la journaliste prétendait qu'elle détenait des informations susceptibles de l'intéresser. Il avait d'abord cru que ces renseignements concernaient Tura, mais il s'était trompé. Julie semblait, par contre, savoir des choses sur son sosie féminin. Cette dernière pouvait-elle avoir un rapport avec Kaguesna ?

Il fut tenté de partager ses réflexions avec Fox, mais changea d'idée. Il décida de se rendre au rendez-vous de Julie et de rencontrer cette femme. Il verrait ensuite ce qu'il confierait au Maître.

Après tout, il avait bien le droit, lui aussi, de garder des atouts dans ses manches...

Béluterre avait encore de nombreuses questions en tête mais, après avoir jeté un coup d'œil à l'horloge numérique de la chaîne stéréo, il se leva.

— Je dois partir, lança-t-il.

— Voulez-vous que Boris vous reconduise ? demanda calmement Fox.

— Non. Je préfère prendre un taxi.

— Je vous fais appeler une voiture.

Avant de quitter la salle de musique, Béluterre se tourna vers le Maître.

— J'imagine qu'on va se revoir?

— Sans aucune doute, Ian.

JOURNAL DE JULIE, 19 OCTOBRE 1996, 23 H 53

Ouf! Toute une journée. Cet après-midi, je me suis pointée chez Alfred Dallaire où était exposée la mère de Tura Sherman. J'espérais que Jimmy s'y montrerait le bout du nez, mais il n'était pas là.

Même si, jalouse, je n'ai jamais porté l'Ange écarlate dans mon cœur, ça m'a fait quelque chose de la voir si défraîchie. On aurait dit un vrai paquet d'os. Ses yeux étaient cernés de brun, ses cheveux rouges n'avaient pas été teints depuis longtemps et ses vêtements n'étaient pas propres. Je lui ai quand même souhaité mes sympathies et j'ai osé lui demander si elle avait eu des nouvelles de Novak. Elle a répondu non, sans rien ajouter. Je crois bien qu'elle ne se remet pas de la disparition de son amant…

Ce soir, il m'est arrivé quelque chose de pas mal intéressant. Je suis allée couvrir un vernissage, dont je n'ai pas grand-chose à dire sinon qu'il m'a permis de faire une rencontre des plus étonnantes. Je déambulais dans la galerie, comme toujours avec mon calepin et mon stylo en main, lorsque, l'instant d'un éclair, j'ai cru voir Jimmy Novak, mais avec de longs cheveux blonds cendrés et des yeux pâles. En l'observant comme il faut, j'ai finalement constaté que ce n'était pas le peintre, mais plutôt une femme qui lui ressemblait à s'y méprendre avec, bien sûr, un quelque chose de féminin. Évidemment, je me suis précipitée vers elle pour engager la conversation en commençant par lui dire qu'elle me faisait penser à quelqu'un que je connaissais. Elle m'a regardée d'un air hostile et elle s'est éloignée. Mais il faut plus qu'un air bête pour me décourager ! Je l'ai laissée faire le tour de l'exposition, ce qui m'a permis de l'observer à souhait et de constater que la ressemblance entre elle et Jimmy est vraiment incroyable.

J'ai attendu qu'elle sorte de la galerie et je l'ai suivie.

Elle s'est rendue dans le Vieux-Port, à pied, et elle s'est appuyée contre la rampe, là où un cargo était amarré. J'ai pris le risque d'aller lui tenir compagnie. Je me suis présentée et, devant sa réaction de surprise parce que je l'avais suivie, je lui ai répondu qu'elle avait l'air mystérieux et que j'avais envie de la connaître. C'était tout à fait ridicule comme introduction, mais je n'avais pas trouvé mieux.

Elle m'a regardée d'une étrange manière, comme pour vérifier si elle pouvait me faire confiance, puis elle a dit que j'étais une drôle de femme.

Je lui ai demandé si elle connaissait Jimmy Novak. Elle n'en avait jamais entendu parler. Quand j'ai su qu'elle était à Montréal seulement depuis juillet, ça m'a semblé normal qu'elle ne sache pas qui il était. D'où venait-elle ?

– D'ailleurs.

Son unique réponse.

La conversation s'est poursuivie une dizaine de minutes. Je devrais plutôt dire « mon monologue ». Ayant constaté que je ne tirerais pas grand-chose de cette femme, j'ai quand même voulu, au moins, connaître son nom.

– Tamara Black.

Je lui ai donné ma carte d'affaires, sur laquelle j'ai noté mon adresse personnelle, et je lui ai dit que si jamais elle passait dans mon coin, elle était la bienvenue. Elle n'a pas l'air du genre à nouer aisément des contacts avec les gens. Elle est sans doute bien seule à Montréal.

Je l'ai laissée dans le Vieux-Port, à contempler le fleuve, certaine qu'elle va communiquer avec moi un de ces jours. Je ne sais pas ce que j'ai derrière la tête, mais cela a plus ou moins d'importance. On verra la suite, s'il y en a une.

MONTRÉAL, 7 OCTOBRE 1997

— Bonsoir, Ian.

Julie Lévesque se tenait devant lui, pourtant il ne la vit pas. Son regard se braqua instantanément sur la femme debout, en arrière-plan, au milieu du salon. Ses muscles se contractèrent et la température de son corps augmenta. Il écarta la journaliste avec rudesse.

Ayant compris que son rôle d'hôtesse polie ou de possible médiatrice venait de tomber à plat, Julie décida de se faire aussi discrète qu'une ombre.

Ian avança lentement vers son sosie, fasciné. N'eussent été ses longs cheveux, son teint pâle, la féminité de son corps et les vêtements qu'elle portait, l'effet-miroir aurait été parfait. Mais plus il approchait d'elle, plus un sentiment d'aversion le gagnait.

Enfin, face à face, leurs visages à quelques centimètres l'un de l'autre, Ian Béluterre et Tamara Black se scrutèrent en silence. Plus qu'une simple ressemblance physique, le peintre comprit que quelque chose de malsain, de pervers et d'indésirable l'unissait à cette femme.

Installée à l'angle formé par le couloir et le salon, Julie n'avait d'autre choix que d'essayer de survivre à l'intensité insoutenable, du moins pour le commun des mortels, qui vibrait dans son appartement. Mais, les connaissant tous les deux, elle devinait qu'elle n'assistait justement pas à un affrontement entre « commun des mortels ». Elle rêvait, en ce moment, de pouvoir photographier la scène – on aurait dit deux prédateurs prêts à bondir l'un sur l'autre – car elle savait que le pouvoir des mots serait, dans ce cas-ci, bien faible en comparaison d'une image. Une image qui aurait pu avoir un impact aussi puissant que celle du célèbre face-à-face de la Crise d'Oka, mais mettant en vedette un duo encore plus fascinant.

— Où est la femme aux cheveux bruns ? demanda soudain Tamara.

— Quelle femme aux cheveux bruns ? répliqua Ian.

— Celle qui était dans le logement de la ruelle où tu es allé, il y a quelques jours.

— C'est une femme aux cheveux roses qui habite là.

— J'ai reconnu l'odeur d'une autre femme. Elle était là aussi. Où est-elle maintenant ?

Un éclair meurtrier traversa le regard de Béluterre.

— Tu connais Tura Sherman ?

— Je ne savais pas son nom.

— Mais tu reconnais son odeur ?

— L'odeur de son sang.

Ian plissa les yeux.

— Comment peux-tu… Qui es-tu ?

— Elle était dans ce logement, n'est-ce pas ?

— Qu'est-ce que tu lui veux ?

Tamara resta silencieuse. Une grimace de haine déforma soudain le visage de Béluterre.

— Tu as déjà « bu » son sang…, affirma-t-il.

— Oui, et j'ai l'intention de le boire de nouveau.

— Ça ne t'arrivera plus jamais. Tura Sherman est à moi. Si je te recroise sur ma route, je t'arrache les tripes.

Sans ajouter quoi que ce soit, Béluterre sortit en claquant la porte.

Toujours debout au milieu du salon, Tamara se tourna vers la journaliste.

Pour la première fois depuis qu'elle la connaissait, Julie vit exactement la même lueur de violence démoniaque, qui brillait parfois dans le regard du peintre, briller dans celui de son double féminin.

— Dis-moi où il habite.

Sous le choc de l'intensité des émotions qui vibraient toujours dans son environnement, Julie fut incapable de trouver une bonne raison pour refuser de donner l'adresse de Ian à Tamara. Lorsqu'elle referma la porte derrière le sosie du peintre, la journaliste s'effondra sur son divan, en larmes et complètement vidée d'énergie.

La tension avait vraiment été beaucoup trop intense pour une simple « commune des mortels »…

JOURNAL DE JULIE, 26 NOVEMBRE 1996, 23 H 23

C'est que je ne m'y attendais vraiment pas ! Tamara Black est débarquée chez moi, comme ça, sans prévenir, en début de soirée. Et elle vient de partir il y a environ une heure.

Quelle étrange femme…

Je lui ai proposé qu'on s'installe à la cuisine et je lui ai offert un café instantané, mais elle a préféré une simple tasse d'eau chaude. Lorsque je lui ai donné sa tasse, elle a sorti une pochette en cuir d'une poche de sa veste violette – on aurait dit une blague à tabac – qu'elle a ouverte. Elle a pris une pincée de la fine poudre noire qui s'y trouvait et elle l'a laissée tomber dans sa tasse. Bien sûr, je n'ai pas pu résister à la tentation de lui demander ce que c'était. Elle m'a alors raconté que c'était du koftee.

– C'est un mélange de café, de thé et d'autres ingrédients. C'est Jack Tee qui a inventé la recette.

— Jack Tee ?

Elle a hésité un peu avant de me répondre.

— C'est mon père.

Je lui ai demandé si ça se vendait en magasin.

— Non. Mon père n'a jamais commercialisé le produit.

— Est-ce que je peux y goûter ?

J'en ai avalé une gorgée en grimaçant tellement ça goûtait mauvais. Tamara a souri.

— Pourquoi ton père se nomme Tee et toi Black ?

Elle a brusquement cessé de sourire.

— Je ne le sais pas, a-t-elle répondu sur un ton contrarié.

J'ai alors compris que, si je lui posais trop de questions, j'allais la perdre. J'ai donc fermé ma grande gueule et nous avons discuté de choses et d'autres. Je ne lui ai pas dit que je la soupçonnais d'être liée à un peintre violent disparu de la circulation depuis des mois. Je préfère attendre d'en savoir plus sur elle, pour essayer de découvrir quels liens pourraient l'unir à Novak.

Tout est parfait ainsi. Pour une fois dans ma vie, j'ai l'impression que faire preuve de patience va me mener quelque part. Tamara me fait penser à un personnage qui se serait évadé d'un roman et qui se sent mal à l'aise dans un monde qui n'est pas le sien. Je sais que ça peut sembler absurde, mais c'est en me souvenant qu'elle m'a dit venir « d'ailleurs » que j'ai eu cette étrange réflexion.

Bien sûr, quand elle est partie, j'ai tout de suite surfé sur Internet. J'ai fait une recherche sur « koftee » mais je n'ai rien trouvé. Avec « Jack Tee », je me suis ramassée sur des sites de golf... Mais je me rassure. Si Tamara est venue me voir une fois, elle reviendra. Et, chaque fois, j'en apprendrai un tout petit peu plus sur elle.

Montréal, 8 octobre 1997

Assis par terre depuis des heures devant le portrait de l'Ange écarlate, Ian pensait que la vie de Béluterre – calme et ordonnée ces deux dernières années – devenait de plus en plus semblable à celle de Novak, complexe et malsaine. À Montréal dans le simple but honorable de revoir la femme qu'il aimait, voilà qu'il se retrouvait au cœur d'une suite de tensions qui excitait la Violence noire et le détournait de son principal but.

Tout de suite en voyant Tamara Black, il avait su qu'elle était la présence malsaine qui l'avait suivi le jour de son arrivée à Montréal. C'était également sa silhouette qu'il avait vue s'enfuir à l'extérieur du Else's. Il l'avait su parce que la Violence noire s'était manifestée sans aucune raison justifiable. Du moins en apparence. Mais ce qu'il avait ressenti au plus profond de lui, cette haine qui l'avait envahi quand il avait été si près de ce « lui » féminin, ne pouvait être relié qu'à une émotion d'une extrême intensité. Et ce que Béluterre connaissait de plus extrême, mis à part la Violence noire, était l'Appel du sang de Tura Sherman. Il n'avait pas eu besoin de nombreux indices ou d'explications détaillées pour ressentir que Tamara pouvait, elle aussi, vibrer à l'Appel du sang. De découvrir qu'une autre personne que lui était capable d'éprouver cette émotion si personnelle et intime était terrifiant. Le seul fait de savoir qu'elle avait osé toucher « sa femme » le rendait fou et d'apprendre qu'elle avait aussi goûté à son sang aurait dû être une raison suffisante pour la tuer sur-le-champ. Pourquoi ne l'avait-il pas fait ? Quelque chose avait empêché la Violence noire d'éclater.

Tamara Black était beaucoup plus qu'une simple femme qui lui ressemblait.

Il aurait d'ailleurs dû s'en préoccuper plus tôt. Dès sa première apparition, et même s'il l'avait à peine vue, elle avait été la cause d'une violente réaction physique. Plus encore, à la suite de cette réaction, les images qui avaient jadis hanté Ian, et qu'il croyait à jamais disparues, avaient refait surface. Les images de cette Cité macabre. Cette Cité de la Peste. Et voilà que cette femme ressentait, elle aussi, l'Appel du sang.

Tamara pouvait-elle être sa jumelle ? Était-il possible que des jumeaux, un mâle et une femelle, naissent identiques ? Et si elle était sa jumelle, pourquoi n'en avait-il jamais entendu parler ? Pourquoi ses parents lui auraient-ils caché l'existence de cette sœur ?

Julie avait donc dit vrai… Si elle avait pu organiser une rencontre entre Tamara et lui, c'est qu'elle la connaissait. Jusqu'à quel point ? Julie savait-elle des choses que Fox ignorait ? Fox était-il au courant de l'existence de Tamara ? Était-elle un autre atout qu'il cachait dans sa manche pour mieux le sortir au moment qu'il jugerait opportun ?

Ian avait beau désirer trouver des réponses à toutes ces questions, il n'était pas plus avancé au sujet de Tura. Patienter encore onze jours avant cette messe était impensable. Il ignorait si son état physique précaire allait lui permettre de tenir aussi longtemps. L'ombre d'une Absence temporaire se rapprochait de plus en plus. Pire, la possibilité que Tamara puisse retrouver Tura avant lui était intolérable.

Profitant du fait qu'il ne ressentait aucun engourdissement et que sa vision était bien claire, il décida de se rendre au Deli, car il avait bon espoir que François ait découvert des renseignements qui l'aideraient à retrouver Tura avant le dix-neuf octobre.

JOURNAL DE JULIE, 27 NOVEMBRE 1996, 23 H 47

La visite de Tamara, hier soir, m'a inspiré une idée géniale aujourd'hui. En préparant mon souper, je me suis souvenue de ma rencontre avec Bob Novak, par une belle journée ensoleillée d'août 1995. Il m'avait accueillie, assis à l'ombre, sous le long porche de sa coquette maison de campagne. Sa femme avait dû s'absenter pour la journée, mais il avait accepté de répondre à toutes mes questions. Assise à ses côtés, je me souviens de l'avoir écouté pendant des heures me narrer l'enfance et l'adolescence de son fils, précieux souvenirs qui m'avaient permis de conclure que Jimmy avait toujours été de nature sauvage et violente, ce qui expliquait, du moins en partie, la violence dont il faisait encore preuve à l'âge adulte.

Le souvenir de cette chaleureuse rencontre, et la facilité avec laquelle Bob s'était confié à moi dans le temps, m'a soudain incitée à lui passer un coup de fil. J'avais une idée bien précise en tête. Espérant obtenir des révélations intéressantes, je n'ai pas pris de chance et j'ai enregistré la conversation sur mon mini-magnétophone. Je la retranscris ici :

— Allô !

— Robert Novak ?

— Lui-même.

— Julie Lévesque, la journaliste de Montréal. Vous vous souvenez de moi ? Je suis allée vous voir, il y a un peu plus d'un an, pour vous poser des questions sur votre fils.

— Oui, oui, je me souviens très bien, Julie. Au fait, savez-vous où il est ? Ma femme et moi n'avons pas eu de ses nouvelles depuis… depuis… je ne sais même plus depuis quand…

— Non, je ne sais malheureusement pas plus que vous où il est.

— C'est dommage. J'aurais aimé savoir si tout allait bien pour lui.

— Moi aussi, j'aimerais bien le savoir.

(Pause)

— Dites-moi, Robert, je dois vous poser une question délicate, mais c'est très important que vous me disiez la vérité.

— Essayez toujours.

— Se pourrait-il que Jimmy ait une sœur jumelle ?

— Je ne vois pas de quoi vous voulez parler…

— Il y a une femme à Montréal qui ressemble étrangement à Jimmy.

— Ah ! C'est… amusant.

— Amusant ?

— Oui. Que voulez-vous que je vous dise d'autre ?

— Pourquoi êtes-vous sur la défensive, Robert ?

— Je ne suis pas sur la défensive, je suis… Écoutez, je ne veux pas de problème.

— Pourquoi parlez-vous de problème ?

(Long silence)

— C'est une histoire du passé.

— Quelle histoire, Robert ? Voulez-vous me la raconter ?

— Pourquoi le ferais-je ?

— Parce que, si Jimmy a bien une sœur jumelle, vous allez devoir de toute façon, un jour ou l'autre, donner une explication à quelqu'un. Alors pourquoi pas à moi ?

— Disons que ce n'est pas une histoire dont je sois bien fier. Il faut dire qu'à l'époque où ça s'est déroulé, Alice et moi étions de gros consommateurs de LSD et de marijuana. J'ai encore parfois des remords à propos de ce qui s'est passé, surtout que je n'ai jamais su si le père de la sœur de Jimmy a été bon pour elle.

— Vous voulez dire son père adoptif ?

— Non, son vrai père.

— Ce n'est pas vous le père ?

— Pour être franc, je ne le sais pas. Nous n'en avons jamais été tout à fait certains.

— Vous n'êtes pas certain d'être le père de Jimmy non plus ?

— C'est ça.

— Pouvez-vous m'expliquer tout cela depuis le début ?

— Le jour de la naissance de Jimmy et de sa sœur, un inconnu s'est présenté à l'hôpital. Il m'a accroché dans un corridor et il a prétendu être le père des jumeaux qu'Alice venait de mettre au monde. Je savais qu'Alice avait des relations sexuelles avec d'autres types que moi et, encore cette journée-là, j'étais très… gelé. J'ai donc conclu un marché avec l'inconnu : je lui ai dit que, comme nous n'avions aucune preuve de l'identité du père, nous pourrions garder chacun un des enfants. J'avoue que ça faisait mon affaire parce que ma femme et moi n'avions pas d'argent et que je nous voyais mal en train d'élever deux enfants. L'inconnu a accepté la proposition et il a choisi la petite fille. Alice, sur un trip elle aussi, a trouvé que c'était une excellente solution. Un enfant lui suffisait. L'inconnu est parti avec le bébé et on n'a plus jamais entendu parler d'eux. Alice et moi n'en avons jamais reparlé non plus. Je me demande parfois si ma femme n'a pas complètement effacé cet événement de sa mémoire.

— Que savez-vous sur l'homme qui est parti avec votre fille ?

— Ma fille ou « sa » fille ! Rappelez-vous, nous n'avons jamais su qui était le vrai père. Vous savez, en 1969, les tests d'ADN… Sur cet homme, je ne sais rien. Je crois qu'il est resté dans notre commune quelques jours, mais je ne lui ai jamais parlé. Je ne

savais même pas son nom. Il était jeune, à peu près du même âge que moi, je dirais vingt ans. Il avait une étrange figure. Je ne sais pas trop comment dire, mais avec ses yeux bridés, ses cheveux très raides et très noirs, il avait l'air d'un Asiatique. Sauf qu'il n'avait pas le teint euh… jaune.

— Votre femme, de quoi a-t-elle l'air ?

— C'est une blonde aux yeux bleus.

— Vous croyez que vous êtes le père des jumeaux, Robert ?

— Je ne sais pas. Jimmy ressemble tellement à sa mère, alors c'est difficile pour moi de juger. Mais, dites-moi, savez-vous quelque chose sur la sœur de Jimmy ?

— Je crois que c'est bien elle que j'ai croisée à Montréal, mais je ne sais rien d'autre. Votre fils est-il au courant de l'existence de sa sœur ?

— Croyez-vous ! De quoi aurions-nous l'air ? Avoir abandonné sa jumelle à un inconnu le jour même de sa naissance !

— Il finira bien par apprendre la vérité un jour.

— Sans doute, mais notre relation avec lui a toujours été si difficile ! S'il apprend cela en plus, j'ai bien peur qu'il ne veuille plus jamais nous parler.

(Long silence)

— Robert ?

— Je suis toujours là.

— Si je le revois, je vous promets de ne rien lui dire.

— Qu'allez-vous faire de cette information ?

— La garder pour moi. Je vous remercie pour votre confiance, Bob.

— Vous êtes bien gentille. Au revoir, Julie.

Et voilà ! Mon instinct du tout début ne m'a pas trompé : Jimmy Novak et Tamara Black ont effectivement un lien. Mais je n'aurais jamais cru qu'il puisse être aussi… intéressant. Certes, ils se ressemblent, mais on a déjà vu des sosies presque parfaits n'avoir aucun lien de parenté. Je n'ai jamais entendu parler de jumeaux identiques de sexe différent mais, de toute façon, avec ces deux-là, rien n'est jamais tout à fait normal.

Ce bon vieux Bob ne serait donc pas le père de Jimmy. À la place, le vrai père serait une espèce de Chinois blanc. Il s'agirait d'un certain Jack Tee, inventeur du koftee. Quant à savoir où il se trouve, si je posais la question à Tamara, je ne serais pas étonnée qu'elle me réponde « ailleurs ». Ça ne m'en dit pas bien long, mais c'est tout de même un début. Et le fait de savoir quelque chose sur Jimmy Novak que lui ne sait pas me place dans une situation avantageuse si jamais il revient dans les parages…

MONTRÉAL, 8 OCTOBRE 1997

François était au rendez-vous, une tasse de café devant lui.

Anna vint déposer devant Béluterre le thé qu'il lui avait commandé tout de suite en entrant. La présence de cet excentrique juché dans des bottes de *rock star* et vêtu d'un long manteau de cuir noir inquiétait toujours un peu la serveuse. Elle avait posé des questions à François sur cet homme bizarre. Il avait rassuré Anna en décrivant Ian comme un voyageur qui venait d'arriver à Montréal et qui avait juste envie de jaser.

Le « voyageur » enleva sa redingote et remonta les manches de son tricot noir. En apercevant la blessure que Ian avait au bras gauche, François grimaça.

— Encore blessé ! C'est laid en plus. Coudonc, as-tu été mordu par un chien enragé, vieux ?

Béluterre avait négligé de remettre un pansement neuf sur sa blessure.

— Pire. Par un humain dément.

François ébaucha un sourire en comprenant qu'il n'aurait pas la vraie réponse à sa question.

— Alors, *Bond of the week*, tu as appris quelque chose sur Tura Sherman ?

— Oh ! James ! Pourquoi dois-je répondre à toutes vos questions alors que vous ne répondez jamais aux miennes ? lança ironiquement François.

— Si je répondais à toutes vos questions, vous me trouveriez bien ennuyant, Moneypenny, répliqua Ian.

Un large sourire aux lèvres, Moreau fouilla dans une poche de son blouson. Il trouva un paquet de gauloises bleues déjà entamé. Il en sortit une cigarette qu'il alluma. Il en tira une longue bouffée dont il expira la fumée, en grimaçant.

— C'est ma troisième depuis une heure. C'est dégueulasse. As-tu déjà fumé ?

— Oui.

— T'as arrêté ?

— Oui.

— Comment t'as fait ?

— J'ai dormi longtemps et quand je me suis réveillé, ma dépendance à la nicotine avait disparu.

— Dormir longtemps, ça veut dire combien de temps ?

— Plusieurs mois.

— Ouais, ouais…

François se redressa et appuya ses coudes sur la table, se rapprochant ainsi de Béluterre.

— Alors, tu veux savoir ce que j'ai appris sur Tura Sherman ?

— Cesse de me faire languir.

— D'abord, je ne veux pas te causer de fausse joie. J'aime mieux te dire tout de suite que je ne sais pas où elle est. Mais j'ai un tuyau. Il y aura une messe commémorative pour le décès de sa mère, le dimanche dix-neuf octobre. D'après moi, elle devrait y être, sinon les membres de sa famille pourront sûrement…

— Je sais déjà ça.

— Pourquoi tu ne me l'as pas dit l'autre jour ?

— Parce que je l'ai appris après.

— Fais chier…

Frustré, François pompa sa cigarette quelques secondes sans parler.

— J'ai aussi appris qu'elle a été hospitalisée pendant dix semaines, du quatorze février au vingt-huit avril de cette année, finit-il par dire. Mais ça aussi tu le savais sans doute…

Béluterre fronça les sourcils.

— Non, je ne le savais pas. Sais-tu pour quelle raison elle s'est retrouvée à l'hôpital ?

— Elle a été attaquée.

— Attaquée ?

— Agressée, si tu préfères.

— Par qui ?

— Elle n'a jamais voulu porter plainte contre son agresseur.

— Et elle est restée plus de dix semaines à l'hôpital ?

— Ses blessures étaient importantes.

— Quel genre de blessures ?

— Je ne connais pas les détails, répondit Moreau, vaguement mal à l'aise. Mais j'imagine qu'il devait y avoir une grande part de traumatismes psychologiques.

— Comment se fait-il que tu saches tout ça, François ?

— Tu ne réponds pas à toutes mes questions, je ne suis donc pas obligé de répondre à toutes les tiennes…, répondit le jeune homme en soutenant son regard.

— Qu'est-ce qui me dit que je peux te faire confiance ?

Moreau haussa les épaules et écrasa sa cigarette dans le cendrier en verre.

— À propos de quoi ?

— De tout.

François avala une gorgée de café, puis sa bouche esquissa une grimace d'étonnement amusée.

— Bah ! Écoute, j'essaie d'imaginer le sort réservé à un type qui te jouerait dans le dos et, franchement, je ne crois pas que je voudrais être à sa place. Mais pourquoi tu me demandes ça ?

— Je ne sais plus à qui faire confiance.

— Ouais, répliqua François en s'adossant à la banquette orange. C'est pas facile de faire confiance aux gens.

Il y eut un moment de silence, puis François ajouta :

— Tu sais, vieux, j'ai aucun intérêt à te niaiser. Je sais même pas qui tu es. J'aurais pu essayer de trouver des informations sur toi à la place de Tura Sherman. C'est vrai que je suis curieux de nature, mais avec toi c'est différent. Si jamais tu veux me dire qui tu es, tu me le dis. Je comprends juste que t'es pas n'importe qui.

Béluterre avait besoin de donner sa confiance à au moins une personne et il décida que cette personne était le jeune homme à la tête ébouriffée.

— Tu viens faire un tour chez moi ? l'invita-t-il.

— Pourquoi pas ! répondit François, surpris d'apprendre que Ian avait un chez-lui, et touché par cette invitation à laquelle il ne se serait jamais attendu.

Après avoir payé leur consommation, ils quittèrent le Deli.

En marchant avenue du Mont-Royal, Ian confia à François, sans lui donner de détails, que plusieurs événements étaient venus bouleverser sa vie ces derniers jours et qu'il vivait des moments difficiles.

— Ça ira mieux quand tu auras retrouvé la femme que tu aimes.

— Sans doute.

Quelques minutes plus tard, ils étaient chez Béluterre. Tout de suite en entrant, François nota l'absence de mobilier.

— Ça fait pas longtemps que t'es arrivé ?

— À peine quatre jours. Whisky ?

— T'as pas une bière ?

— Non.

— Ça va aller pour le fort.

François examina les lieux pendant que son hôte leur servait à boire.

— Coudonc, tu dors par terre ? s'informa-t-il en sortant de la chambre à coucher, vide aussi.

— Je ne dors pas beaucoup.

— Quand même, c'est pas un peu raide, le plancher ?

— On s'habitue.

François entra dans la pièce double. Lorsqu'il vit la toile appuyée contre le mur, il ne put s'empêcher de siffler d'admiration. Avant qu'il ait le temps d'émettre un autre commentaire, Ian était à côté de lui.

— C'est elle, Tura Sherman. L'Ange écarlate, dit-il en donnant son verre à François.

— Toute une femme ! Méchant portrait. C'est superbe. C'est qui l'artiste ?

Comme François ne semblait jamais l'avoir identifié à Jimmy Novak, Ian ne voyait pas l'intérêt de lui révéler cette information maintenant.

— C'est moi.

— Tu m'as jamais dit que tu peignais !

— J'ai cessé depuis longtemps.

— Tu devrais recommencer.

— Peut-être bien.

La première gorgée de Jack brûla la gorge de François, habitué à la bière.

— J'ai une autre information qui pourrait t'aider à retrouver Tura, continua-t-il, le regard toujours fixé sur le fascinant portrait. Elle n'a pas de casier judiciaire à proprement parler, mais disons qu'elle a commis une petite infraction qui…

La porte arrière de la cuisine s'ouvrit brusquement.

— C'est sûrement pas un coup de vent, fit remarquer François en se rappelant que la soirée était douce et sans brise.

De l'angle où il était, il put voir la femme qui venait de pénétrer dans le logement. Jambes écartées et regard dément, elle se tenait bien droite au milieu de la cuisine, dramatique et menaçante comme un personnage de *manga*. Fait encore plus insolite, cette intruse ressemblait étonnamment à Ian. Moreau n'avait aucune idée de ce qui allait se passer, mais il devina qu'il avait intérêt à ne pas poser de questions et à rester tranquille dans son coin.

Béluterre alla au-devant de celle qui était peut-être issue de la même chair que lui. Le visage crispé par la haine, Tamara Black était en état de crise. La Violence noire, qui venait de se réveiller en lui, émanait aussi de cette femme. L'effet était terrifiant, et Ian, ayant l'impression de se retrouver face à face avec lui-même, comprit à quel point les témoins de cette violence pouvaient être effrayés.

Leurs corps, à un mètre l'un de l'autre, vibraient des mêmes réactions physiques. Ian pouvait entendre les battements de cœur de Tamara, il sentait le sang circuler dans ses veines et la chaleur qui se dégageait de son corps aux muscles tendus, prêts à bondir…

— Où est Tura Sherman ?

— Elle n'est pas ici.

— Et l'odeur de son sang ?

— C'est uniquement celle de son sang séché, sur son portrait, dans la pièce d'en avant. C'est cette toile que j'ai sortie du logement de la ruelle de Chateaubriand.

Tamara se rendit dans la pièce désignée.

Dans son coin, François espéra qu'il passerait inaperçu. Et en effet, la version féminine de son ami ne parut pas s'apercevoir de sa présence ; elle se planta devant le portrait de l'Ange écarlate quelques secondes, puis elle retourna à la cuisine.

François entendit alors un vacarme de bouteilles renversées. Il avança lentement, sur la pointe des pieds, afin de voir ce qui se passait : la femme, les mains autour de la gorge de Béluterre, tentait de l'étrangler. Elle semblait d'une puissance incroyable, car ce dernier luttait visiblement de toutes ses forces pour se déprendre de cette étreinte meurtrière. Moreau allait s'élancer au secours de son ami lorsque la situation changea : Ian réussit à se libérer. François comprit que non seulement il était inutile d'intervenir, mais qu'il valait peut-être mieux pour lui qu'il ne s'en mêle pas afin de sauver sa peau. Il n'était pas de taille à se battre contre ce duo qui lui semblait tout droit sorti d'un film de science-fiction.

Lorsque Tamara réussit de nouveau à lui enserrer le cou, Ian sentit la Violence noire exploser en lui. Le sang se mit à circuler à vive allure dans ses veines tendues et tous ses muscles se contractèrent. Il agrippa les poignets de son ennemie et, d'un seul mouvement sec, les brisa.

Tamara hurla.

En entendant les os craquer et la femme crier, François déglutit.

Rapide comme l'éclair, la femme blessée s'enfuit par la porte arrière, restée ouverte.

Ian se lança à sa poursuite. Il n'était plus que Violence noire.

Il devait tuer.

JOURNAL DE JULIE, 14 FÉVRIER 1997, 23 H 58

Jamais je n'aurais cru que Tamara allait passer une nuit chez moi. Elle est pourtant là, couchée sur le divan, et elle dort d'un profond sommeil.

Dire que je ne l'avais pas vue depuis des semaines… En fait, depuis le début de l'année. Mais je n'ai pas eu le temps de lui demander ce qu'elle avait fait tout ce temps-là parce qu'elle était à peine entrée chez moi qu'elle se plaignit d'être épuisée. Elle avait l'air si bizarre que je l'ai invitée à s'allonger. Je suis allée lui chercher une couverture et, tandis que je l'étendais sur elle, j'ai remarqué que ses mains et ses vêtements étaient tachés de sang… Avant de s'endormir, elle a dit :

— Je devrais retourner à Kaguesna.

Intéressant… Ce fameux « ailleurs » dont elle dit venir, serait-ce Kaguesna ? Mais évidemment, comme pour le koftee et Jack Tee, rien sur ce nom ni dans le dictionnaire, ni dans l'Encyclopédie ou sur Internet. J'ai même passé un coup de fil à Bob Novak, qui n'a jamais entendu parler de Kaguesna.

MONTRÉAL, 8 OCTOBRE 1997

Ian vit Tamara s'enfoncer dans la noirceur du parc LaFontaine. Tel un fauve traquant sa proie, mû par l'instinct de tuer, il savait qu'elle ne pouvait lui échapper. Elle courait à une vitesse incroyable mais, vêtue d'un long manteau sombre qui flottait au vent, elle était facile à repérer. Il la vit près de l'étang nord, haletante et fixant l'eau. Il se rapprochait, mais soudain il s'arrêta net ; après s'être tournée vers lui – la lueur d'un lampadaire lui permit d'apercevoir son regard de bête blessée – Tamara se jeta dans l'étang. Elle avança de quelques pas vers le centre, puis elle disparut sous l'eau.

En quelques enjambées, Ian atteignit le bord de l'étang. Aux aguets, il promena son regard sur l'eau, cherchant à deviner où Tamara allait refaire surface.

Après trois minutes, elle n'était toujours pas visible.

Béluterre sauta à l'eau. La Violence noire circulant toujours dans ses veines, il se mit à marcher dans la direction que Tamara avait prise avant de disparaître. Certain qu'elle ne pouvait se cacher bien longtemps dans moins de cinq pieds d'eau, il commença tout de même à perdre patience ; était-elle vraiment capable de retenir sa respiration aussi longtemps ?

Pataugeant à gauche et à droite, hors de lui, il dut se retenir pour ne pas se mettre à crier de rage. N'ayant pas été assouvie, que ce soit par le sang de Tura ou par un acte violent, la Violence noire devint insoutenable. Ian crut que son corps n'allait pas pouvoir soutenir une telle tension encore longtemps lorsque, tout à coup, il ne ressentit plus rien du tout. Pendant quelques secondes, il crut qu'il cessait de vivre, mais tout de suite son cœur reprit un rythme normal tandis que toute trace de Violence noire disparaissait.

Béluterre aperçut alors le corps de Tamara, à un mètre de lui ; il flottait, la face dans l'eau, entouré des longs cheveux.

JOURNAL DE JULIE, 12 MAI 1997, 23 H 13

Ce matin, j'ai failli faire une syncope. Je buvais mon café tranquille, lorsque Tamara est apparue dans la cuisine, l'air hébété.

– Qu'est-ce que je fais ici ?

Je lui ai expliqué qu'elle venait de se taper une cure de sommeil de plusieurs semaines… Elle n'a pas eu l'air de comprendre ce que je lui disais.

– Est-ce que tu te souviens des événements qui ont précédé cette léthargie ?

Je me serais adressée à un zombie que j'aurais eu la même réaction.

Elle a bu un koftee, sans dire un mot, et elle est partie tout de suite après. Je lui ai rappelé que j'étais là si elle avait besoin de moi.

Elle va sûrement revenir…

MONTRÉAL, 9 OCTOBRE 1997

Drapé dans sa redingote, Ian entra au Deli.

Assis à sa place habituelle, François regardait dehors. Béluterre marcha jusqu'à la table et prit place sur la banquette.

Le jeune aux cheveux ébouriffés se détourna. Il montra le *Journal de Montréal* sur la table.

— Page trois, dit-il.

Béluterre vit d'abord la photo de Tamara Black, flottant dans l'étang du parc LaFontaine, telle qu'il l'avait vue la veille au soir. Il parcourut l'article. Comme la jeune femme n'avait aucune carte ni papier sur elle, on ignorait toujours son identité. Une enquête avait été ouverte sur ce cas de noyade suspect: la victime avait les poignets brisés. Il n'y avait aucun témoin pour l'instant. Le sergent détective Jacques Moreau, de la police de la Communauté urbaine de Montréal, était responsable de l'enquête.

— C'est mon père, Jacques Moreau, lança François. Je pensais te le dire hier, chez toi, mais on n'a pas eu le temps d'en jaser. Et je dois admettre que je n'étais pas certain que tu allais apprécier d'apprendre que mon père est policier…

Anna déposa un thé devant Béluterre. Elle tenta d'accrocher le regard de François, pour *flirter* un peu, mais ce dernier fixait le cendrier devant lui. Elle lui versa du café et s'éloigna sans passer de remarque.

— C'est mon père qui a interrogé Tura, à l'hôpital, pour avoir une description de la personne qui l'a agressée. Comme elle n'a rien voulu dire, l'enquête n'est pas allée plus loin. Tu sais, quand il s'agit des liens entre les gens, Montréal n'est pas si grande que ça.

Comme « Bond » n'émettait toujours aucun commentaire, François crut bon de le rassurer.

— Je n'ai pas parlé de toi à mon père.

— Pourquoi ?

Cette fois, ce fut Moreau qui resta silencieux.

— Est-ce que tu crois que j'ai tué cette femme, François ?

Le fils du policier avala une gorgée de café avant de répondre.

— Visiblement, au début, elle voulait te tuer et tu t'es défendu, mais lorsque tu es partie à sa poursuite, tu semblais chercher à l'attaquer à ton tour pour je ne sais quelle mystérieuse raison. Est-ce que je peux savoir qui elle est pour te ressembler autant ?

— Peut-être ma sœur jumelle.

— Tu n'es pas certain ?

— Pas encore, mais je ne vais pas tarder à le savoir. Tu n'as toujours pas répondu à ma question : tu crois que je l'ai tuée ?

— Bah ! Profitant qu'elle avait les poignets brisés et qu'elle ne pouvait pas se défendre, tu aurais pu la forcer à avaler sa tasse d'eau mortelle. Avais-tu une raison de vouloir la tuer ?

— Disons qu'elle était un peu trop attachée à Tura.

— Lesbienne ?

— Non. Ce n'est pas ça. C'est beaucoup plus complexe. Ça ne te fait pas peur d'avoir peut-être en face de toi un meurtrier ?

François passa une main dans ses courts cheveux bruns.

— Franchement, je ne crois pas que tu l'aies tuée. Vous vous êtes sans doute encore battus dans l'eau et, sentant que c'était toi ou elle, tu t'es défendu jusqu'au bout. Homicide involontaire.

Il recula sur son banc et, cette fois, se prit la tête à deux mains.

— Oh *fuck* ! C'est débile ce que je dis. Je sais pas, moi, pourquoi je veux justifier ton meurtre ou cette noyade ou je ne sais pas quoi !

Ian aurait bien aimé comprendre ce qui se passait dans la tête de François.

— Écoute, Bélutière…

— Béluterre.

François se rapprocha de la table et poursuivit plus bas.

— Tu veux savoir le fond de ma pensée ?

— J'y tiens.

— L'idée de me retrouver impliqué dans une histoire flyée m'excite.

Ian sourit. La franchise et la spontanéité de François eurent raison des derniers doutes qu'il pouvait entretenir concernant la relation qui s'était établie entre eux. Que son père soit policier était un avantage puisqu'il permettait à François d'accéder à des informations difficiles à obtenir par un autre moyen.

Il tendit la main à celui qu'il considérait désormais comme un ami. Ce dernier le regarda un moment avant de tendre la sienne, puis les deux hommes se serrèrent la main. Sans avoir besoin de le formuler verbalement, ils venaient de conclure un pacte de complicité.

François alluma une gauloise dont il tira plusieurs longues bouffées.

— Tu sais que si des témoins t'ont vu et s'ils sont capables de t'identifier, tôt ou tard, mon père remontera jusqu'à moi. On nous a vus ici, environ une heure avant la mort de cette femme, puis on a marché ensemble jusque chez toi. La fille est sortie en courant, tu es sorti en lui courant après et je suis resté derrière. Un voisin a pu remarquer tout ça.

— Oui, mais tu pourrais bien avoir été avec moi ici, on aurait pu sortir ensemble, marcher un peu, puis aller chacun dans une autre direction à un moment donné. Tu n'as pas un ami qui peut dire que tu étais avec lui, hier soir ?

— Mon meilleur ami ne prendrait jamais ce genre de risque. Et puis, si ma mémoire est bonne, il avait quelque chose de prévu hier soir. Il était donc avec d'autres personnes à qui on ne peut pas demander de faire semblant de m'avoir vu sans leur donner des explications.

— Tu ne m'as pas dit que tu avais une blonde ?

— Pas fiable pour deux sous.

— Tu n'as pas un frère, une sœur…

— Ma p'tite sœur Caroline ! Tiens, c'est vrai, elle est allée au cinéma toute seule, hier soir. Je pourrais bien être allé la rejoindre. Elle m'adore. Elle ferait ça pour moi. Je n'ai qu'à inventer quelque chose en rapport avec ma blonde, que je l'aurais trompée, en guise d'explication. Mais toi, que vas-tu fournir comme alibi si on te retrouve et te pose des questions ?

— J'ai décidé que ce serait plus facile si je restais enfermé chez moi jusqu'au dix-neuf. Ça fait si peu de temps que je suis installé dans le quartier, je ne crois pas que les voisins aient fait attention à moi.

— Ouais, mais quand mon père se met en tête de retrouver un suspect, crois-moi, il ne lâche pas !

— Dans ce cas, j'inventerai aussi un alibi, dit-il en se levant. Je dois partir. J'ai un dernier endroit où aller avant de m'enfermer.

— Eh ! Attends une seconde. J'ai commencé à t'expliquer que j'avais une piste à propos de Tura, hier, mais ta jumelle est entrée et tu n'as jamais su la suite.

— Je ne me souviens même pas du début de cette conversation.

— Compte tenu des circonstances, ce n'est pas étonnant. Je voulais te dire que j'ai réussi à retracer sa Fiat noire et que, grâce à cette information, je vais peut-être bientôt savoir où elle habite. Il y a donc des chances pour que je te redonne signe de vie avant le dix-neuf.

— Merci, François.

— Il n'y a pas de quoi, vieux ! Tu sais où me trouver si tu as besoin de moi, lança-t-il avec un clin d'œil.

JOURNAL DE JULIE, 9 OCTOBRE 1997, 21 H 30

Mon salon vibre encore d'ondes malsaines et violentes. Je ne suis pas allée au bureau depuis deux jours. Je n'ai même pas eu la force d'écrire mon journal. Je n'ai rien fait, à part dormir, réfléchir et rager. J'en ai long à raconter…

D'abord le patron m'a téléphoné ce matin pour me demander comment j'allais, mais ça n'a pas pris de temps que j'ai compris le véritable but de son appel. J'ai eu droit à une série de remontrances sur mon travail de la dernière semaine : j'ai négligé la rédaction de deux articles, oublié de respecter la date de tombée d'un autre, je n'ai pas fait toutes les heures que je devais, j'ai tout le temps l'air fatigué et ma face tuméfiée n'augure rien de bon pour ma carrière.

— Tu n'aurais pas besoin de changer d'air, Julie ?

— Pas particulièrement.

Comme je le connais bien, je me doutais qu'il avait quelque chose derrière la tête. Il m'a expliqué qu'une nouvelle mode circulait parmi les adolescents européens : collectionner des parties du corps, vêtements ou objets pris sur des cadavres, de préférence décédés de mort violente. Ces jeunes s'identifient au mouvement CFC – pour Crazy for Corpses *– dont les origines demeurent floues. Nadeau veut que j'aille passer quelques semaines en Europe afin d'interviewer ces jeunes et de ramasser assez de matière pour rédiger une série d'articles sur le mouvement CFC.*

Je me suis mise à gueuler que c'était impossible, que j'accumulais du matériel sur quelque chose de bien plus intéressant qu'une bande de nécrophiles fétichistes et que j'allais bientôt avoir un scoop extraordinaire.

— Ah oui ? Et de quoi s'agit-il ?

— De révélations sur Jimmy Novak.

Le patron a poussé un gros soupir laissant sous-entendre que c'était un sujet épuisé ou insignifiant.

— Je te donne trois jours pour penser à mon offre et prendre une décision. Après ce délai, si tu dis non, j'envoie quelqu'un d'autre.

Ça commençait mal la journée. Et la suite est encore pire.

La page trois du Journal de Montréal *m'a causé tout un choc : Tamara Black est morte, hier soir. On ne mentionne son nom nulle part, mais en voyant la photo de la silhouette flottant sur l'eau, et en lisant la description détaillée, j'ai su que c'était elle. En apprenant qu'elle avait les poignets brisés au moment de sa noyade, j'ai pensé que Ian l'avait tuée. J'ai toujours cru qu'il était un meurtrier potentiel. Mais sait-il qu'il a tué sa propre sœur ?*

D'après la conversation que Tamara et lui ont eue chez moi, il se pourrait bien que le sang de Tura Sherman soit à l'origine de ce meurtre. Finalement, les vampires ne seraient pas juste une légende ! ? ! Vraiment, tout ça est bien difficile à comprendre.

Avoir su, je me serais intéressée de plus près à l'Ange écarlate.

Mes espoirs de découvrir quelque chose d'extraordinaire sur Tamara et Ian sont morts avec elle. Espérer la collaboration de Béluterre pour dénicher Jack Tee ou savoir où se situe Kaguesna est…

Merde, on sonne à la porte.

Montréal, 9 octobre 1997

Julie ouvrit la porte. En apercevant Ian, elle fit un mouvement pour la refermer. Il ne lui en laissa pas le temps.

— Qu'est-ce que tu veux ? lui demanda-t-elle, en colère, tandis qu'il entrait et fermait derrière lui.

Béluterre prit Julie par un bras et l'entraîna au salon où il la força à s'asseoir, près de lui, dans le canapé.

— Tu dois me dire « tout » ce que tu sais sur Tamara Black.

— Ah ! Tiens ! Tu t'intéresses à elle après l'avoir tuée ?

— Je ne l'ai pas tuée.

— Qui alors ?

— Elle s'est noyée.

— Et tu crois que je vais avaler ça ? Comment expliques-tu ses poignets brisés ?

— C'est moi qui les ai brisés, mais c'est elle qui est restée sous l'eau trop longtemps.

— Et, bien sûr, tu ne pouvais pas la sortir de là !

— Je ne suis pas ici pour répondre à tes questions.

— C'est ça ! Tu crois que je vais te dire tout ce que je sais sur Tamara et toi, tu ne vas rien me dire en échange ! Tu me prends vraiment pour une imbécile ? s'emporta la journaliste.

— Eh ! Calme-toi un peu, dit Ian en lui secouant un bras.

— Cesse de me brasser ! cria-t-elle plus fort.

Il lui flanqua un coup de poing au visage. Remise du choc, Julie afficha son air de défi le plus convaincant.

— Tu peux me frapper tant que tu veux, dit-elle, je ne te dirai rien.

— Ne me force pas à être encore plus violent, Julie.

— Maudit lâche ! Ton seul pouvoir réside dans la violence.

— Ça fait partie de moi.

— Pourquoi est-ce que je te dirais ce que je sais sur Tamara ?

— Parce que c'est de ma vie qu'il s'agit et que j'ai le droit de savoir quel lien avait cette femme avec moi.

— Dans ce cas, il y a des choses que j'ai le droit de savoir moi aussi.

— Comme quoi ?

— Je veux savoir qui m'a avertie de ton retour à Montréal et pourquoi.

— Son nom ne te dirait rien. C'est l'homme chez qui j'ai habité pendant deux ans, à Londres. Il voulait savoir de quelle manière j'allais me débrouiller avec toi une fois de retour à Montréal.

— Qu'est-ce que tu as fait pendant ces deux années ?

— J'ai appris à mieux me connaître.

— Et qu'as-tu appris sur toi que tu ne savais pas déjà ?

— Que je suis quelqu'un auquel tu devrais cesser de t'intéresser.

— Tu crois que je vais cesser de m'intéresser à toi depuis que je sais que tu avais une sœur, que Bob Novak n'est pas certain d'être ton père et que le sang de Tura Sherman a quelque chose de spécial qui fait que tu es capable, et que ta jumelle aussi l'était, de le « sentir » ?

— Que veux-tu dire par Bob n'est pas certain d'être mon vrai père ? Comment as-tu eu cette information ?

— C'est lui-même qui me l'a donnée.

— Qui serait mon vrai père, alors ?

— Il a parlé d'un type qui aurait l'air d'un Asiatique mais à la peau très blanche.

— C'est tout ce qu'il t'a dit ?

— Bob m'a expliqué que Tamara et toi étiez nés l'un juste après l'autre et que, cette journée-là, un pseudo-Chinois s'est pointé à l'hôpital en revendiquant votre paternité. N'ayant aucune preuve de quoi que ce soit, et après discussion, les deux hommes ont conclu un arrangement à l'amiable : Bob te gardait et l'autre partait avec la petite fille.

— Comment as-tu rencontré ma sœur ?

— Tout à fait par hasard, dans un vernissage. Évidemment, j'ai été frappé par sa ressemblance avec toi. Je me suis intéressée à elle et nous sommes devenues… je n'irais pas jusqu'à dire des amies, mais disons des copines.

— Tamara t'a-t-elle déjà parlé de ce Chinois ?

— À peine. Je sais qu'il a inventé le koftee, une infusion bizarre dont le goût est horrible. À part ça, je crois qu'il habite « ailleurs ».

— Ailleurs, ça veut dire quoi ?

Julie hésita un peu, sachant pourtant qu'elle était allée trop loin pour reculer.

— Kaguesna, ça te dit quelque chose ?

— Que sais-tu sur Kaguesna ?

— Un soir, Tamara s'est pointée ici et, avant de s'endormir, elle a dit « Je devrais retourner à Kaguesna ». C'est tout.

— Et c'est à la suite de ça que tu as mis l'annonce dans *Rencontres-chocs* ?

— Tu as vu l'annonce ?

— Récemment, oui.

— Est-ce que l'homme qui m'a avertie de ton retour à Montréal avait vu mon annonce ?

— Je n'en sais rien, mentit Ian. Pourquoi n'as-tu pas simplement demandé à Tamara où se trouvait Kaguesna ?

— Parce que le soir où elle m'en a parlé, elle s'est endormie pour plusieurs semaines.

— Te souviens-tu de la date à laquelle elle s'est endormie ?

— Je ne peux pas l'avoir oublié, c'était le jour de la Saint-Valentin.

— Cette année ?

— Oui.

— Et quand s'est-elle réveillée ?

— Un matin, à la fin d'avril.

— Sais-tu ce qui l'a plongée dans ce sommeil ?

— Tu devrais plutôt être étonné de savoir qu'elle a dormi si longtemps !

— Il y a quelqu'un d'autre que toi qui est au courant ?

— Non. Je n'en ai parlé à personne. J'ai pensé appeler un docteur après quelques jours, mais comme sa respiration était normale et qu'elle avait un air plutôt paisible, j'ai préféré garder tout ça pour moi. Je ne suis quand même pas sotte ; je savais bien que ce n'était pas une femme normale. Je ne voulais pas que d'autres personnes soient mises au courant. J'avais peur qu'on s'intéresse trop à elle. On aurait sans doute voulu la transporter dans un laboratoire d'observation. Elle serait devenue un cobaye de la science et ça ne m'inspirait pas confiance. Et toi, tu passes aussi des semaines à dormir ?

— T'a-t-elle dit ce qui l'avait plongée dans ce long sommeil ? insista Ian.

— Aucune idée, répondit Julie en faisant la moue parce qu'elle savait qu'elle n'aurait pas de réponse à sa propre question. Après son réveil, j'ai essayé de revenir sur le sujet quelques fois, mais elle semblait avoir complètement oublié ce qui avait précédé ce long repos. Le seul détail que je peux te donner, c'est que, lorsqu'elle s'est endormie, ses mains et ses vêtements étaient tachés de sang.

Béluterre inspira profondément. Les informations de Julie étaient précieuses.

— De quelle manière entrais-tu en contact avec Tamara ?

— Pas de téléphone, pas de pagette numérique, pas de cellulaire. C'est elle qui débarquait chez moi quand elle en avait envie. Comme tu le fais.

— Et la photo que tu m'as montrée d'elle, qui l'a prise ?

— Moi. Je l'ai prise à la dérobée parce que mon intuition me disait que ça lui aurait déplu de se faire photographier.

— Tu es certaine qu'elle ne t'a jamais parlé de Kaguesna ?

— Bien certaine. Crois-moi, je m'en serais souvenue. J'ai eu beau faire des recherches, je n'ai trouvé aucune ville qui se nomme ainsi. Et toi, tu sais où se trouve Kaguesna ?

— J'ai une idée, mais je ne sais pas comment m'y rendre.

Il se leva.

— Il faut que je parte, dit-il.

— Tu ne me dis rien sur ton exil ? Je t'ai donné toutes les informations que j'avais.

— Oublie-moi, Julie. C'est mieux pour toi.

La journaliste regarda Ian Béluterre quitter son appartement avec l'impression qu'elle le voyait pour la dernière fois…

Journal de Julie, 9 octobre 1997, 22 h 48

Je ne croyais pas que le coup avait été si fort. Je vais avoir l'air fin avec un deuxième œil au beurre noir…

C'est incroyable à quel point je peux faire preuve de faiblesse et de naïveté – deux défauts pourtant contraires à ma nature – en présence de Ian. Je lui ai déballé une foule d'informations alors que lui ne m'a donné que quelques miettes.

J'ai tout de même réussi à garder un secret pour moi toute seule : Jack Tee. Maintenant que Tamara est morte, je serais bien surprise que quelqu'un d'autre que moi soit au courant du nom de son père et de celui de Ian. S'il s'agit bien de leur père biologique. Ce qui n'est pas confirmé. Peu importe, je conserve ce nom précieusement en mémoire. On ne sait jamais. Quant à Kaguesna, je ne suis pas plus avancée. Et je ne le serai pas de sitôt. J'ai besoin de tourner une page…

Changer d'air me fera du bien, car qu'il se nomme Jimmy Novak ou Ian Béluterre, ce peintre demeure un être profondément malsain. Je vais suivre son conseil : je vais l'évacuer de ma vie avant qu'il ne m'évacue de la sienne de manière draconienne.

Nadeau va être content que j'accepte sa proposition. Et puis, c'est bon pour ma carrière.

Attention les CFC, j'arrive !

MONTRÉAL, 9 OCTOBRE 1997

Béluterre avait transporté *L'Ange écarlate* dans la chambre vide de son logement. Cet après-midi-là, il était revenu chez lui avec un sac rempli de tubes de peinture à l'huile, de pinceaux de plusieurs largeurs et de spatules de différentes formes et grosseurs.

Debout dans la pièce double, il crayonnait sur un mur des images de la Cité de la Peste tandis que se bousculaient dans son esprit une foule de questions: pourquoi Tamara s'était-elle volontairement noyée? Avait-elle espéré qu'il la sauve? Avait-elle simplement choisi de se suicider plutôt que d'affronter son jumeau? Était-elle « vraiment » sa jumelle? Qui était ce mystérieux Chinois à la peau blanche qui pouvait être leur père? Pourquoi, au moment où Tamara était morte, Ian avait-il eu l'impression de mourir aussi? La possibilité que le même sang que le sien coule dans ses veines à elle expliquait peut-être cette impression. Sans doute était-ce également la raison pour laquelle il n'avait pas tué Tamara lors de leur premier affrontement chez Julie. Mais la Violence noire avait tout de même fini par l'emporter sur ce lien de frère et sœur biologiques.

Une phrase rapportée par Julie l'obsédait: « Je devrais retourner à Kaguesna. » Tamara venait-elle vraiment de Kaguesna? Si oui, elle connaissait donc le secret pour sortir de cette Cité logée dans la tête de Fox et sans doute y retourner. Fox soupçonnait Julie d'avoir des renseignements sur Kaguesna, mais que savait-il sur l'existence de la jumelle de Ian? Était-ce une autre information qu'il gardait en *standby* dans sa manche? Si le Maître était au courant de l'origine de Tamara et qu'il avait appris sa mort, il devait être dans tous ses états; perdre une personne qui pouvait entrer et sortir de la Cité de Listar…

Béluterre avait pensé téléphoner à Bob et Alice pour en apprendre plus sur le jour où il avait été séparé de sa jumelle, mais il avait changé d'idée. Naïf, Bob avait sûrement tout dit à Julie au sujet de cette histoire. Quant à Alice, sans doute se demandait-elle seulement pourquoi elle n'avait pas gardé la petite fille à la place de ce fils qu'elle avait toujours détesté.

Il ne se sentait nullement coupable ou triste de la mort de Tamara. Il était plutôt rassuré de savoir Tura de nouveau en sécurité. Grâce aux renseignements de François et à ceux de Julie, il avait pu déduire que c'était bien sa jumelle – et non un client en colère comme il l'avait cru au début – qui avait agressé l'Ange écarlate, le quatorze février précédent, pour boire son sang. Si Tamara n'avait pas été déjà morte, elle l'aurait été sous peu, de toute façon. Quiconque attaquait sa femme – peu importe son lien avec Ian – était condamné à mourir. Mais plus personne n'allait s'en prendre à Tura. Lorsqu'il la retrouverait, il ne la quitterait plus jamais.

Ayant appris ce que Julie savait sur sa jumelle, il n'avait plus besoin de la journaliste. Elle était bien déçue de la mort de Tamara, en qui elle devait puiser des bribes d'espoirs de futurs *scoops* du siècle : des jumeaux vampires qui viennent de Kaguesna, une ville qui n'existe sur aucune carte géographique... Ian espérait qu'elle se trouverait une autre obsession que « la vie de Jimmy Novak » afin qu'elle cesse de l'importuner pour toujours. Ce dont il doutait...

François et lui étaient devenus, par la force des choses, complices. Le père de François étant policier, Béluterre jugeait la situation délicate pour son ami, mais il ébaucha un sourire en pensant que le jeune aux cheveux ébouriffés, en s'impliquant dans cette histoire obscure et exceptionnelle, désirait se sentir « différent ». Et Ian savait que se sentir différent pouvait mener à bien des chemins surprenants...

Quatre heures, une bouteille de Jack et trois cartons de jus d'orange plus tard, Ian avait couvert le mur. Il avait peuplé ce décor pestiféré, lourd et tragique, d'un dédale de ruelles dans lesquelles se côtoyaient des individus solitaires, certains en haillons, d'autres nus qui hurlaient et plusieurs recroquevillés dans des recoins sombres. Les visages crasseux étaient suants. Sanglants. Les regards, désespérés.

Seuls deux hommes se distinguaient des autres, car ils semblaient avoir été épargnés par la maladie. Le premier, dont la chemise blanche aux manches arrachées flottait hors de son pantalon, longeait le mur d'une ruelle en tenant une lourde valise de cuir au bout de son bras décharné. Son front luisait de sueur. Derrière ses lunettes, dont un des verres tenait à la monture grâce à un morceau de ruban gommé, ses yeux bouffis et cernés trahissaient une longue période sans sommeil. Médecin sans repos dans une Cité agonisante.

L'autre homme était appuyé contre une porte de bois branlante, les mains enfoncées dans les poches de son imperméable. Son visage, caché sous un feutre noir, était tourné en direction d'une porte éclairée par une ampoule rouge. Il semblait attendre quelque chose. Peut-être quelqu'un. Grâce à la lumière diffuse d'un des rares lampadaires encore en usage, on pouvait voir que le visage de l'homme était traversé d'une longue cicatrice.

Ian glissa son crayon dans une poche de son pantalon d'armée, puis il essuya ses mains moites sur sa camisole noire. Il recula pour avoir une meilleure vue d'ensemble de son travail.

Fox serait intéressé à contempler les images de la Cité que Ian avait dans sa tête, même si ce n'étaient pas celles de Kaguesna. Il existait peut-être un lien entre les deux Cités mais, peu importe, Béluterre avait décidé de garder ces images pour lui. Un autre atout dans sa propre manche…

CINQUIÈME PARTIE

AU-DELÀ DE LA PASSION

MONTRÉAL, 19 OCTOBRE 1997

La Cité de la Peste couvrait tous les murs de la pièce double. D'une simple fresque noir et blanc, elle était devenue une œuvre aux riches couleurs sombres, éclairée par les visages blêmes, les flammes et le sang.

Béluterre avait peint neuf jours durant sans répit. Après deux jours, les symptômes d'une Absence temporaire s'étaient manifestés, mais l'artiste avait lutté jusqu'au bout pour les repousser, refusant de lâcher son pinceau même si sa main engourdie ne lui obéissait presque plus, continuant d'appliquer les couleurs sur le mur malgré sa vision embrouillée, suçant son sang pour retrouver un peu d'énergie lorsque Morphée cherchait à le séduire, hurlant de rage lorsque ses jambes lourdes et ankylosées le forçaient à se traîner par terre pour atteindre ses tubes de peinture et se masturbant pour essayer de revoir les visions alors que son esprit s'engourdissait aussi. Pendant quarante-huit heures, Ian avait « refusé » l'Absence temporaire. Il en était sorti vainqueur, en forme pour poursuivre son travail sans plus ressentir aucun malaise.

Il s'attardait au dernier de ses personnages, inspiré d'une nouvelle vision de la Cité de la Peste qui lui était apparue, quelques heures plus tôt, en plein travail. Il avait vu un homme, à l'allure androgyne, vêtu d'un kilt en vinyle noir et d'un tricot prune trop court qui montrait son ventre plat. Ses longs cheveux ébène étaient attachés au sommet de sa tête, en queue de cheval, à l'aide d'un cône en cuir dans lequel étaient piquées et se croisaient deux baguettes chinoises vert fluo. Ian éprouvait une affection particulière pour cet excentrique dont l'habillement jurait dans le décor mais dont l'aura perverse s'intégrait parfaitement à l'atmosphère générale de la Cité.

Le peintre faisait quelques retouches au tricot du personnage lorsqu'on frappa à la porte arrière de manière insistante. Une fois dans la cuisine, Ian reconnut François derrière la vitre. Les mains tachées de peinture, il lui ouvrit.

— Mais qu'est-ce que tu fais, vieux ? T'es pas prêt ?

Déconnecté de toute réalité extérieure à la Cité de la Peste, Béluterre dévisagea le jeune homme.

— Prêt pour quoi ?

— *Fuck*, Ian, c'est le dix-neuf octobre ! La messe commence dans une heure !

— Oh ! Je…

— Grouille-toi, je t'attends dans la voiture.

— Quelle voiture ?

— Je t'expliquerai en chemin.

LAVAL, 19 OCTOBRE 1997

L'été des Indiens s'étirait. Déjà, à huit heures, la journée s'annonçait douce et ensoleillée.

Les vitres baissées, la Jetta filait à vive allure sur les routes dégagées en ce dimanche matin. Au volant, François n'avait pas trop insisté pour soutenir la conversation. Ian semblait dans un état second. Les taches sur ses mains – il n'avait pas réussi à les faire disparaître toutes en si peu de temps – laissaient comprendre qu'il s'était remis à peindre, une bonne idée selon Moreau.

— Comment ça se fait que tu es venu me chercher? demanda l'artiste, soudain plus «présent».

— Je me suis dit que Laval, c'est loin et que ce serait compliqué pour toi de t'y rendre.

— Elle est à qui cette voiture?

— À mon meilleur ami. Il me l'a prêtée pour la journée.

Ils traversèrent le pont Viau, passant ainsi de l'île de Montréal à celle de Laval. Tout de suite après le pont, la Jetta prit à droite. À l'intersection suivante, François tourna de nouveau à droite dans la rue qui menait au bord de l'eau où, cette fois, il prit à gauche.

Imposant, simple et paisible, le domaine des Frères missionnaires s'étalait face à la rivière des Prairies. Le premier réflexe de Béluterre fut de chercher une Fiat noire dans le stationnement qui longeait la partie est du terrain. Il n'en vit aucune. Mais Tura pouvait bien avoir changé de voiture.

François stationna celle de son ami tout près de l'entrée principale de la bâtisse. Il jeta un coup d'œil à sa montre.

— Huit heures et quart. Quinze minutes avant le début de la messe. Je vais t'attendre ici.

— Tu ne veux pas entrer?

— Oh! Tu sais, moi… les messes… Je vais plutôt relaxer en mâchant de la gomme.

Devant l'air interrogateur de Ian, il ajouta:

— C'est un nouveau truc que j'essaie pour arrêter de fumer.

Béluterre descendit de la voiture un sourire en coin. Si François n'était pas venu le chercher, il aurait manqué la messe. Et Tura.

Comme il restait quelques minutes avant le début de la célébration, il marcha près de la rivière, sur le trottoir aménagé pour les personnes âgées. Il en croisa quelques-unes qui avançaient à pas de tortue en s'appuyant sur des cannes ou des marchettes. Il essaya de s'imaginer aussi vieux, mais aucune image précise ne se dessina dans son esprit.

Il passa une main dans ses cheveux châtain clair plus longs qu'à son arrivée à Montréal, trois semaines plus tôt. Il tenta d'imaginer quelle allait être la réaction de Tura lorsqu'elle le verrait. Il ne pouvait espérer qu'elle se jette dans ses bras en lui disant simplement qu'il lui avait manqué. Elle était plutôt du genre à lui envoyer une bonne paire de gifles. D'autant plus qu'elle avait raison de lui en vouloir.

À huit heures quarante, certain que la messe était bien commencée et que son entrée dans la chapelle ne serait pas remarquée, Ian traversa la rue et se dirigea vers le bâtiment principal.

Au passage, ruminant une énorme mâchée de gomme rose, François lui fit un petit signe de la main pour lui souhaiter bonne chance.

◆

— Le Seigneur soit avec vous, proclama le prêtre, vêtu d'une aube blanche et d'une étole verte.

— Et avec votre esprit, répondit la poignée de personnes présentes dans la chapelle, pour la plupart des sœurs et des pères missionnaires résidents ayant passé l'âge de parcourir le monde.

Assis dans le dernier banc près de l'allée centrale, Ian se demandait si la chapelle brillait de simplicité par choix ou si c'était là le résultat de restrictions budgétaires.

Sur un geste de l'officiant, l'assemblée se leva. Seuls quelques religieux à l'allure centenaire restèrent assis, leur corps n'obéissant plus aux demandes les plus simples. Debout, Béluterre reconnut enfin la silhouette de Tura. Entourée d'un homme aux cheveux grisonnants à sa droite, et d'une fausse blonde à sa gauche, elle portait un imperméable noir verdâtre et des mèches brunes glissaient sur ses épaules.

Maintenant qu'il avait reconnu Tura, il porta attention à la faible augmentation de son rythme cardiaque. Mais l'Appel du sang était à peine perceptible dans son corps. Et pourtant, elle était là, en chair et en os, à quelques mètres de lui. Son sang conservé par Boris, pendant deux ans, lui avait fait plus d'effet. Béluterre s'inquiéta: se pouvait-il que le lien entre eux se soit brisé ?

Après une suite de paroles dédiées à la mémoire de madame Sherman, le prêtre invita l'assistance à « aller en paix ». Les religieux se dirigèrent les uns vers les autres pour se serrer la main et se souhaiter bonne journée. Une petite sœur aux vifs yeux bleus s'approcha du peintre et lui tendit la main. Il tendit la sienne, tachée de bleu et de rouge.

— Les obstacles font grandir, vous savez, lui dit-elle en souriant.

— Je sais.

— Bonne journée, mon ami.

Elle se dirigea vers quelqu'un d'autre en tendant de nouveau sa main.

Les premiers bancs se vidaient lentement. Béluterre resta debout, près de l'allée centrale où Tura ne pourrait faire autrement que de le voir, en passant.

Les quelques personnes qui sortaient de la chapelle paraissaient intriguées par Ian plutôt qu'hostiles, malgré son allure dérangeante.

Puis le trio suivit, Tura, amaigrie et les yeux cachés sous des lunettes aux verres noirs, entre cet homme et cette femme. Sûrement monsieur Sherman, pensa Ian.

La ressemblance était frappante : visage à l'ovale long, yeux gris, nez à la ligne plongeante, mâchoire volontaire… Quant à la blonde, bien que la ressemblance fût moins prononcée, l'air de famille était suffisamment présent pour lui laisser croire qu'elle était la sœur de Tura.

Il réfléchissait à ce qu'il devait faire : attendre qu'elle réagisse en le voyant ou aller vers elle ? Pendant qu'elle approchait, entourée des membres de sa famille, Ian demeurait sur la corde raide, balançant entre la première idée et la deuxième. Le fait de ne pas voir ses yeux, de ne pas savoir si elle le regardait, lui était insupportable. Il aurait voulu se précipiter sur elle et lui arracher ses lunettes, mais ce n'était pas le moment de s'emporter.

Elle n'était plus qu'à quelques pas de lui. N'y tenant plus, il avança dans l'allée, bloquant le passage au trio qui s'immobilisa.

— *Who are you ?* demanda monsieur Sherman. *What do you want ?*

— Tura, c'est moi, Jimmy, lança Ian sans se soucier des questions qu'on lui posait.

Il y eut un silence. Et aucune réaction de Tura. Monsieur Sherman passa soudain son bras autour des épaules de sa fille.

— *Let's go*, dit-il à celle qui devait être son autre fille.

Le trio se remit en marche, contournant Béluterre qui resta sur place, incapable de réagir à l'indifférence de Tura.

Elle s'éloigna.

L'Appel du sang disparut complètement.

◆

Les mâchoires fatiguées, François cracha sa grosse gomme par la vitre. Assis de travers sur son siège, il guettait nerveusement ceux et celles qui avaient assisté à la célébration et commençaient à sortir de la bâtisse. Détenant des informations qu'il n'avait pas encore été capable de dévoiler à Ian, il put reconnaître l'Ange écarlate, non sans éprouver un désagréable malaise. Il vit cette femme, aux cheveux bruns et aux yeux cachés par des verres fumés, monter dans un taxi qui l'attendait.

Béluterre sortit à son tour, au moment où le taxi démarrait. Il se précipita vers la Jetta.

— Vite ! cria-t-il en ouvrant la portière. Suis cette voiture !

Devant l'urgence que Ian avait mise dans son ton, François sut que ce n'était pas le moment de le contrarier. Il démarra en trombe.

— Quelle mouche t'a piqué, vieux ?

— Tura est dans ce taxi. Je dois savoir où elle va.

François fila le taxi pendant un moment puis, soudain, il stationna la Jetta sur le bord de la rue.

— Qu'est-ce que tu fais ? hurla Ian.

— On n'a pas besoin de le suivre. Je connais l'adresse de Tura.

Béluterre ferma les yeux et tenta de se calmer.

— Ça s'est passé comment, les retrouvailles ? demanda le fils du policier.

— Mal. Tura m'a ignoré.

— Elle avait peut-être une bonne raison.

Béluterre aurait préféré se faire crier laquelle par la tête plutôt que d'avoir eu à faire face à une statue d'indifférence. Si seulement il avait pu la regarder dans les yeux pour vérifier si la passion était toujours présente… Si seulement il avait pu entendre sa voix ! Ne serait-ce qu'un simple mot…

— Si tu veux mon avis, vieux, j'pense que l'Ange écarlate a besoin de toi. Tu lui as manqué et elle est sous le choc de ton retour. C'est normal qu'elle n'ait pas réagi en se jetant dans tes bras et en criant « youpi ! » comme une gamine.

La remarque de François réussit à faire sourire Béluterre.

— De quelle manière as-tu trouvé son adresse ?

— Tu te souviens, j'avais commencé à t'expliquer que j'étais sur une piste pour trouver ton Ange mais que je préférais attendre d'avoir des détails avant de t'en parler ? Quand tu m'as dit qu'elle se baladait en Fiat noire, j'ai compris que c'était là mon renseignement clé. Si tu savais le nombre de gens qu'on retrouve grâce à une voiture, c'est plutôt impressionnant. Et puis des Fiat, il n'y en a pas trois cents à Montréal. J'ai donc appris qu'elle a vendu, au début de mai, son petit bolide à un revendeur de voitures usagées. La même journée, elle a loué un autre véhicule sous son vrai nom, en donnant l'adresse de l'appartement où elle habitait encore. Le lendemain, elle est partie avec l'auto et sans doute quelques bagages, puis elle est disparue de Montréal. Elle fait donc partie de la liste noire de la compagnie qui lui a loué la voiture et de la liste des personnes qui ont commis un petit délit mais que la police n'a pas encore retrouvées pour toutes sortes de raisons qu'il ne serait pas intéressant d'énumérer. Disons que ce n'est pas un dossier prioritaire. Mais ça l'est devenu après que j'ai mené ma petite enquête…

— Ton père t'a-t-il donné un coup de main ?

— J'ai dû inventer une histoire pour justifier pourquoi je voulais retracer cette femme. J'ai dit que j'avais rencontré un type qui voulait écrire un livre sur elle et qu'il la cherchait désespérément. Rassure-toi, je n'ai pas mentionné ton nom une seule fois.

François fouilla dans une poche de son blouson de cuir. Il en sortit un paquet de gauloises dans lequel il restait deux cigarettes. Il en prit une et l'alluma.

— Pas efficace, la gomme à mâcher? questionna Ian.

— Quelle gomme à mâcher? marmonna Moreau.

En se rappelant tous les paquets de Du Maurier que Jimmy Novak avait fumés, le peintre sourit de nouveau.

— Mon père n'a jamais aimé les gens trop curieux, poursuivit le jeune aux cheveux ébouriffés, surtout ceux qui sont encore plus curieux que lui, si ça existe. Il n'était pas très emballé à l'idée de m'aider à retrouver une femme pour qu'un type puisse fouiller dans sa vie et en faire un livre mais, devant mon insistance, il a cédé. Étant débordé depuis des mois par une série d'enquêtes beaucoup plus importantes qu'un vol de voiture, il m'a laissé accéder aux informations qui donnaient quelques points de repère où l'auto louée par Tura avait été vue. J'ai emprunté la Jetta de Stéphane – c'est le nom de mon meilleur ami – et je suis allé me balader dans les endroits repérés. J'ai, bien sûr, fini par découvrir où était la voiture et j'ai noté l'adresse. Je n'ai pas osé aller frapper à sa porte. Je préférais rencontrer l'Ange écarlate avec toi ou que tu y ailles tout seul. Je ne suis pas venu te trouver avant aujourd'hui avec cette information parce que je la détiens seulement depuis hier. J'ai pensé que ça ne valait pas la peine de te la transmettre puisque tu allais sûrement rencontrer Tura à cette messe, ce matin.

Il y eut un long silence pendant lequel Béluterre réfléchit. Sachant maintenant où se trouvait Tura, Tamara étant décédée et Julie lui ayant fourni les renseignements qu'il voulait, il n'avait plus rien à faire à Montréal. Même si Tura n'avait pas réagi à sa présence, il n'était pas question qu'il l'abandonne une deuxième fois. Son ami avait raison: elle avait besoin de lui.

— François, es-tu prêt à m'aider encore ?
— J'ai juste ça à faire, vieux. Je te suis tout dévoué.
— En route pour chez moi, alors.

MONTRÉAL, 19 OCTOBRE 1997

Une vingtaine de minutes plus tard, Ian entrait dans son logement suivi de François qui, ébahi par la Cité de la Peste, s'approcha pour exminer les détails.

Pendant ce temps, Béluterre s'affaira : il fourra tous ses vêtements ainsi que le livre de littérature anglaise dans sa poche d'armée ; il transféra l'argent caché dans sa semelle gauche dans les poches de sa redingote ; il troqua ses bottes de *rock star* contre ses bottes d'armée, puis il laissa la clé du logement et deux cents dollars sur le comptoir de la cuisine afin que le propriétaire puisse régler ses prochains comptes de Bell et d'Hydro. Il ne fallait surtout pas avoir d'ennuis avec quelque chose d'aussi banal.

Il rejoignit François, toujours fasciné par la fresque.

— C'est toi qui as peint tout ça ?
— Oui.
— Et qu'est-ce que tu vas faire avec ?
— L'abandonner là.
— Ça ne te dérange pas ?
— Je ne dois pas y penser. Et puis, je peux la refaire ailleurs.
— Tu vas quitter le quartier ?
— Je crois que c'est mieux ainsi.
— Et *L'Ange écarlate* ?

Ian prit la main de François et y déposa une clé.

— C'est un double de la porte d'en avant. La toile est à toi si tu la veux. Attends quelques jours avant de venir la chercher. Tu diras que tu l'as ramassée dans les poubelles.

— Je suis pas certain que ce sera crédible.

— Tu as raison, mais avec tous les films que tu vois, tu devrais pouvoir trouver une autre explication… Il faut partir maintenant.

Le fils du policier ne posa pas de questions.

Une fois dehors, Ian lui demanda d'ouvrir le coffre de la Jetta.

— Peux-tu me garder ça pendant un moment ? dit-il à Moreau en lui donnant son sac d'armée et ses bottes aux semelles truquées. Je vais venir les chercher un jour.

— Pas de problème, répondit François en les chargeant dans le coffre.

Quelques minutes plus tard, la voiture de Stéphane roulait de nouveau.

— Où on va ?

— Je voudrais arrêter à la Caisse populaire Saint-Jacques.

— Tu veux aller vider ton compte de banque ?

— Non, récupérer de l'argent dans un coffret de sûreté.

— C'est pas une bonne idée. As-tu assez d'argent pour survivre quelque temps ?

— Je crois bien que oui.

— Alors reviens chercher l'argent du coffret plus tard. Il vaut mieux qu'on ne te voie pas dans ce genre d'endroits publics le jour de ta… fuite.

— Je vais suivre ton conseil.

— Est-ce que je peux savoir de qui ou de quoi tu te pousses, au juste ?

— J'essaie de fuir mon étrange destin. Il finira bien par me rattraper mais, en attendant, je veux être seul avec la femme que j'aime et trouver une solution de vie pour nous deux.

— Ça ne semble pas évident.

— Ça ne l'est pas.

— Alors, prochaine destination ? Chez Tura ? devina-t-il.

— Chez Tura.

LOUISEVILLE, 19 OCTOBRE 1997

— Je vais t'attendre dans la voiture, dit François en allumant une cigarette.

Béluterre s'apprêtait à ouvrir la portière lorsque son complice lui posa une main sur l'avant-bras.

— Il y a une chose que je dois t'avouer, Ian. Je t'ai caché une information à propos de Tura. J'espère que tu ne m'en voudras pas, mais je n'ai pas été capable de te le dire. Je suis désolé. J'ai cru que c'était mieux que tu le découvres toi-même.

— Laisse-moi juger.

Le peintre descendit de la voiture. Moreau ferma les yeux et inspira profondément. Il espérait que le choc ne soit pas trop grand.

Enveloppé dans sa redingote qui battait au vent, Béluterre monta les trois marches qui menaient au perron du chalet délabré où habitait Tura.

La poignée de la porte d'entrée n'opposa aucune résistance. Au moment où il entra, une odeur nauséabonde s'infiltra dans ses narines. Après avoir refermé derrière lui, il avança lentement dans la pièce principale qui s'étendait sur toute la largeur du chalet. À gauche, une table et deux chaises devant un bout de comptoir, une cuisinière au gaz et un vieux réfrigérateur servaient de cuisine. Dans l'évier était empilée probablement toute la vaisselle que pouvaient contenir les armoires.

Dans l'espace à droite de la porte d'entrée se trouvaient un divan défraîchi, un poste de télévision qui datait des années soixante-dix et des meubles sur lesquels traînaient journaux, vêtements épars et restes de nourriture.

Ian revint sur ses pas pour s'engager dans le court et étroit couloir qui donnait accès à deux portes. Sous celle de gauche, il aperçut une faible lueur.

L'Appel du sang se manifestait à peine.

Il poussa la porte, déjà entrouverte. Les rideaux étaient tirés et, si ce n'avait été de la pâle lumière d'une lampe de chevet, la pièce aurait été plongée dans l'obscurité. Assise derrière un bureau qui faisait face au mur, vêtue d'une robe de chambre déchirée aux épaules, Tura semblait endormie, le menton sur la poitrine.

— Tura ?

Il fit quelques pas, enjambant des vêtements et diverses choses qui jonchaient le plancher. Sur le bureau, trois bouteilles de Jack Daniel's lui arrachèrent un sourire amer. Ian s'accroupit devant Tura et lui souleva doucement la tête ; son visage émacié était traversé par une lanière de cuir noir à laquelle était rattachée une *patch* qui couvrait son œil droit. Commençant à redouter ce que François lui avait caché, Béluterre souleva la pièce de cuir ovale.

À la place de l'œil gris, il n'y avait plus qu'une cavité de chair rosée.

◆

Ian dut gifler Tura à plusieurs reprises, non seulement pour la réveiller de son sommeil mais pour la sortir de sa torpeur. Il la secoua par les épaules en lui criant qu'il était revenu pour elle, qu'il l'aimait et qu'il ne l'abandonnerait plus jamais. Il lui répéta tout cela jusqu'à ce qu'elle se mette à hurler et à le frapper avec ses poings. Il encaissa les coups sans protester, heureux de la voir enfin réagir à quelque chose. Une fois vidée d'énergie, elle s'effondra en larmes. De son unique œil. C'était la première fois qu'il la voyait pleurer.

— Cet endroit est malsain, lui dit-il en la prenant tendrement dans ses bras et en lui caressant les cheveux. Il sent le passé, mon absence, ta déchéance. Il faut partir.

Il aida Tura à enfiler une robe en lainage et un imperméable. Il ramassa un sac à bandoulière et fourra dedans quelques objets qu'elle lui indiqua.

Lorsque François vit Ian et Tura sortir du chalet, il redémarra le moteur, puis il sortit aider son ami à installer confortablement l'Ange à l'arrière de la voiture.

Avant de monter dans la Jetta, Béluterre demanda à Moreau de lui passer des allumettes.

— Qu'est-ce que tu veux faire avec des allumettes ?

— Je veux mettre le feu à cette baraque ! Je veux réduire le passé en cendres qui vont s'envoler au vent et dont on n'entendra jamais plus parler !

— Je ne voudrais pas contrecarrer ton projet incendiaire, vieux, mais avant les cendres, il y a les flammes, et les flammes vont attirer tous les pompiers et les policiers de la région. Mauvaise idée si tu tiens à disparaître « discrètement ».

Béluterre reconnut que la logique de son précieux allié convenait mieux aux circonstances que l'élan émotif qui l'aurait poussé à cet acte.

TROIS-RIVIÈRES, 19 OCTOBRE 1997

Tura se reposait sur la banquette arrière tandis qu'à l'avant les deux hommes discutaient.

— Il va bientôt falloir que je pense à vous laisser quelque part, Ian. Il faut que je retourne à Montréal. Stef va avoir besoin de sa voiture.

— Je comprends.

— Le mieux serait que je vous laisse dans un gros hôtel achalandé afin que vous passiez le plus inaperçus possible. Ça va être difficile avec votre allure, mais ce que je veux dire, c'est que si jamais quelqu'un vous cherche, il va faire le tour des petits motels isolés et bizarres en pensant que vous avez choisi ceux-là justement pour mieux vous cacher.

— Je ne t'en veux pas François pour m'avoir caché que Tura a perdu un œil, lança tout à coup Ian.

Moreau poussa un long soupir de soulagement.

— J'osais vraiment pas t'en parler. Je le savais depuis que mon père me l'avait dit. Tu comprends maintenant pourquoi Tura est restée si longtemps à l'hôpital ? As-tu une idée de qui a pu l'agresser ?

— C'était ma jumelle. Ça explique la raison pour laquelle Tura n'a pas voulu porter plainte. La ressemblance entre elle et moi a dû lui causer tout un choc et peut-être qu'elle pensait que c'était bel et bien moi qui l'agressais.

— Pour sucer son sang ?

Ian se tourna vers François.

— Pourquoi dis-tu ça ?

— Elle en avait perdu une quantité anormale lorsqu'elle est arrivée à l'hôpital.

Béluterre ne dit rien.

— Je ne poserai plus de questions.

François stoppa la voiture devant la porte de l'hôtel Delta. Les deux amis descendirent de la Jetta. Ian s'occupa de réveiller doucement Tura puis, avec l'aide de François, ils la firent sortir de la voiture. Elle était très faible et Béluterre dut lui entourer les épaules de son bras pour la soutenir.

— Bon, j'imagine que c'est ici qu'on se quitte, dit le jeune aux cheveux ébouriffés, les mains enfoncées dans les poches de son jean.

— Je t'en dois une, François Moreau.

— J'espère seulement que tu ne vas pas m'oublier, Ian Béluterre.

— Comment le pourrais-je ?

François se mit soudain à fouiller dans une des poches de son blouson de cuir. Il en tira un bout de papier froissé et un stylo à bille bleu. Il s'appuya sur le capot de la voiture, griffonna quelque chose, puis donna le papier au peintre.

— Mon adresse et mon téléphone si jamais tu… euh… « vous » avez besoin de moi. Je ne connais pas votre histoire, je ne sais pas où vous avez l'intention d'aller, mais j'espère que vous trouverez un endroit tranquille pour être heureux ensemble. Bonne chance.

— Merci encore pour tout, François.

— Il n'y a pas de quoi.

Le couple s'approcha des portes de l'hôtel avec, pour seul bagage, le sac à bandoulière de Tura. Moreau les regarda, un « motton » dans la gorge ; ça lui coûtait de se séparer de Ian et de ne pas avoir eu la chance de connaître la femme que celui-ci aimait.

— Eh ! cria-t-il. Merci pour *L'Ange écarlate* !

Béluterre se retourna et lui envoya un clin d'œil complice.

WESTMOUNT, 26 OCTOBRE 1997

Les flammes dansaient dans l'âtre en pierre de la villa de Westmount. Assis dans un fauteuil devant le feu, David Fox réfléchissait.

Ian avait sans doute retrouvé Tura, fort probablement à la messe commémorative, et les amants devaient s'être cachés quelque part pour se confier l'un à l'autre toutes les angoisses par lesquelles ils étaient passés. Fox, qui vivait depuis plus de trois cents ans, connaissait bien les émotions qu'éprouvaient deux amants de nouveau réunis après une longue séparation. Il avait beau être immortel, il restait d'origine humaine. Il avait l'intention de les laisser en paix, du moins pour les prochains mois.

Julie Lévesque, qui détenait peut-être des informations sur Kaguesna, avait quitté Montréal le treize octobre. Son patron l'avait envoyée faire une série de reportages en Europe. Elle avait pris soin, avant de s'envoler de l'autre côté de l'Atlantique, de faire retirer de *Rencontres-chocs* son annonce relative à Kaguesna. Boris qui, à la demande du Maître, gardait à l'œil la journaliste depuis le retour de Béluterre à Montréal, n'avait rien appris qui eût pu les aider à découvrir ce qu'elle savait sur la Cité de Listar. Qui lui avait mentionné le mot Kaguesna ? Puisque l'annonce avait commencé à paraître bien avant le retour de Ian, c'était forcément quelqu'un d'autre que lui. Fox aurait pu contacter Julie directement, mais son instinct l'avait mis en garde contre la fouineuse professionnelle. Il préférait ne pas la voir dans les parages. Ce qui ne l'avait pas empêché d'envoyer Boris surveiller les activités de la journaliste en Europe. Peut-être qu'elle avait eu une réponse à son annonce et qu'elle allait rencontrer un contact là-bas. Fox, quant à lui, avait décidé de rester à Montréal et de poursuivre ses recherches sur Jack Tee – probablement le vrai père de Jimmy Novak – ce précieux nom que lui avait dévoilé Alice. Le fils avait beau avoir découvert en rêve le mot Kaguesna, celui-ci devait bien lui avoir été transmis par quelqu'un. Pourquoi pas par son père ?...

Il n'y avait plus que des braises dans l'âtre. Le Maître sentait la fatigue peser sur ses yeux. Contrairement à Boris qui ne dormait jamais ou à Ian qui dormait parfois, il avait besoin de quelques heures de sommeil quotidien.

De nouvelles vies et sources d'énergie pullulaient sans cesse dans Kaguesna. La porte d'entrée de cette Cité vivant en Fox demeurait un mystère. Les années s'écoulaient, et il n'entrevoyait toujours pas la solution pour épurer la Cité de Listar de sa population indésirable. Il avait compris que l'individu à la peau blanche et aux yeux rouges avait besoin de lui, mais il n'avait aucune garantie que Listar n'ait pas envisagé la possibilité de transférer sa Cité à quelqu'un d'autre qui saurait la nettoyer. Fox devait trouver une solution avant 2014, année de la prochaine visite de Listar.

Il y avait bien longtemps que le Maître avait renoncé à essayer de comprendre qui était cet énigmatique personnage qui l'avait rendu immortel, ainsi que la vraie raison pour laquelle il l'avait choisi, lui, pour protéger sa Cité.

Parce que, pour David Fox, l'immortalité était plus importante que la vérité.

RIVIÈRE-DU-LOUP, 11 NOVEMBRE 1997

Assis sur le bord de la fenêtre d'une chambre du Quality Inn, Ian se souvenait des vers de Walter Scott qui reflétaient particulièrement bien sa situation actuelle :

The fox is heard upon the fell ;
Enough remains of glimmering light
To guide the wanderer's steps aright,
Yet not enough from far to show
His figure to the watchful foe.

The fox... Le renard. David Fox. Ce dernier était plus rusé qu'un renard. Ian, lui, se sentait comme un vagabond ne sachant trop où aller, mais qui poursuit sa route guidé par son intuition, sorte de lumière mystique intérieure. De plus en plus loin du Maître, il s'ingéniait à rester le moins longtemps possible au même endroit, augmentant ainsi la distance qui les séparait.

Depuis qu'il s'était enfui avec Tura, Ian suivait les conseils que François lui avait donnés pour leur faciliter la tâche de « disparaître » : ils ne louaient pas de voiture et ne prenaient jamais le taxi, car il était beaucoup plus facile, au nombre de voyageurs qui y passaient, de brouiller leurs traces en utilisant l'autocar ou le train ; ils n'avaient téléphoné à personne ; ils n'utilisaient aucune carte de crédit et ne donnaient jamais leur vrai nom ; ils portaient chacun une perruque à frange longue et des verres fumés – Ian avait retrouvé ses *goggles* au fond d'une poche de sa redingote – qui camouflaient la majeure partie de leur visage ; ils s'étaient acheté des jeans et des blousons d'hiver d'allure banale. Il n'y avait qu'un seul conseil de son ami que Béluterre n'avait pas respecté, mais il était certain d'être pardonné.

Financièrement, le couple n'avait pas de quoi s'inquiéter avant quelque temps encore. Quant aux douze mille dollars de Fox en sûreté dans le coffret de la Caisse populaire, Ian trouverait bien un moyen de les récupérer lorsqu'il en aurait besoin.

Le peintre se tourna pour observer la femme qu'il aimait. Elle dormait profondément, la tête appuyée sur un gros oreiller blanc moelleux. Le choix de cet hôtel de qualité ne s'était pas fait sans raison ; Tura avait repris du mieux quelques jours après leur fuite mais, depuis la veille, elle semblait de nouveau épuisée. Il avait voulu qu'elle se repose dans un endroit confortable et paisible.

Au fil des jours, Ian lui racontait ses deux ans à Londres et elle lui racontait les siens, au Québec. Il ne lui avait rien caché à propos de ce qu'il savait sur Fox, Kaguesna, Listar et même sur le fait que la femme qui l'avait agressée était probablement sa jumelle. Il avait toutefois précisé qu'il n'avait aucune preuve de toutes ces suppositions et qu'il n'avait pas l'intention de s'en préoccuper avant un bon moment. Tura lui posait de nombreuses questions, mais toujours personnelles. Elle voulait savoir pourquoi il avait changé d'allure, de nom et de manière de parler. Il lui répétait, en souriant, que c'était par pur caprice, mais elle ne semblait jamais satisfaite de cette réponse. Elle espérait qu'il lui explique la raison profonde d'un changement de personnalité aussi radical.

Tura ne se lassait pas de caresser la nouvelle peau de son amant, cherchant à comprendre comment, de blanche et fine, elle avait pu devenir brune et tannée comme du cuir. À cela, Béluterre n'avait aucune explication logique ; après sa première Absence temporaire chez Fox, il s'était réveillé avec cette peau qui lui donnait l'air plus vieux.

Croyant qu'elle allait pouvoir survivre à l'abandon de Jimmy, Tura avait continué de vaquer à ses occupations habituelles, de respecter son contrat avec Glencross, de faire ses longueurs de piscine, de visiter les galeries d'art, bref, elle avait vécu pendant des mois en tâchant de faire complètement abstraction du souvenir du peintre. Mais, petit à petit, elle s'était rendu compte que sans lui, sa vie était intolérable et vide de sens. L'Ange écarlate avait alors commencé à dépérir. Un soir, attaquée par quelqu'un qui ressemblait à Jimmy – elle n'était même pas certaine s'il s'agissait d'un homme ou d'une femme –, elle s'était retrouvée à l'hôpital, le visage ensanglanté, le corps lacéré et la moitié de la jambe gauche arrachée. Sous le choc pendant des jours, elle était finalement revenue à elle la journée où on lui avait expliqué qu'il allait falloir prélever de la peau sur sa cuisse pour la greffer dans son orbite éborgnée. Elle s'était alors mise à hurler en se rappelant la clé que son agresseur avait enfoncée dans son œil droit. L'inspecteur Jacques Moreau était venu lui poser des questions, mais elle avait refusé de répondre. Profondément troublée émotivement et psychologiquement, elle croyait réellement avoir été attaquée par Jimmy, devenu fou.

À sa sortie de l'hôpital, et après s'être observée dans une glace de longues heures, incapable de supporter l'aspect de son nouveau visage, Tura avait décidé de quitter Montréal. Elle n'avait qu'un désir: se cacher afin que personne ne la voie jamais ainsi. Surtout pas Jimmy. Mais au fond d'elle-même, elle avait toujours gardé espoir qu'il reviendrait, sinon elle se serait suicidée. Maintenant qu'il était là, et après lui avoir prouvé à quel point il l'aimait, elle savait qu'elle n'avait plus rien à craindre. Ils étaient « vraiment » inséparables.

Béluterre alla s'asseoir sur le bord du lit. Il caressa les cheveux de celle qui était sienne.

Ils faisaient l'amour souvent. Lentement. Tendrement. Il avait voulu donner le temps à Tura de reprendre des forces avant de s'abreuver de son sang, mais elle avait insisté. Alors il y allait à petite dose et doucement, non sans atteindre l'extase qui lui était nécessaire pour équilibrer sa nature violente.

Depuis qu'ils étaient de nouveau réunis, l'Appel du sang ne se manifestait plus de la même manière. Il était toujours présent, mais de façon constante et diffuse plutôt que soudaine et sauvage. Ian ne s'en inquiétait pas; il jugeait normal que cette mystérieuse attirance pour le sang de Tura puisse passer par différents cycles. Les symptômes d'une Absence temporaire, eux, n'étaient pas réapparus depuis que le peintre avait gagné la dernière bataille avec, comme arme, son art. Quant à la Violence noire, elle sommeillait toujours au fond de ses entrailles, mais rien ne laissait supposer qu'elle allait se réveiller bientôt.

Ian caressa le visage émacié de Tura, traversé par la lanière et la *patch* de cuir noir qu'elle refusait d'enlever pour dormir. Il trouvait sa femme belle. Encore plus belle qu'avant, d'avoir compris qu'il allait revenir et d'avoir survécu à l'horrible attaque de Tamara. Il avait hâte de faire son portrait. Celui de Tura Sherman. Car, tout comme Jimmy Novak, l'Ange écarlate faisait partie de leur bagage de souvenirs communs.

Tamara Black avait été chanceuse de s'en tirer avec les poignets cassés. Il pensait souvent au sort qu'il lui aurait réservé si elle ne s'était pas noyée avant qu'il apprenne qu'elle avait éborgné Tura. Il n'arrivait pas à se faire à l'idée que cette femme puisse avoir eu le même père que lui. C'était un mystère qu'il voudrait éclaircir un jour. Mais, pour les semaines à venir, sa préoccupation principale était de trouver un endroit tranquille où s'installer avec sa femme.

Ian espérait que Fox aurait la décence de les laisser vivre en paix, lui et son amante. Il ne savait pas de quelle manière entrer à Kaguesna et c'était bien dommage si la seule personne qui semblait être au courant était décédée, mais il n'y pouvait rien. De toute façon, même s'il venait à découvrir ce secret, il n'était pas certain qu'il allait le partager avec le Maître, dont le but ne lui paraissait pas des plus nobles. Béluterre préférait vivre intensément les années qu'il avait à vivre, plutôt que d'obtenir l'immortalité en échange du génocide d'une population, peu importe de quelle origine elle était. Et puis, à quoi bon être immortel si Tura ne l'était pas ?

Le peintre se demandait parfois si sa Cité n'existait pas, elle aussi, « ailleurs ». Étant donné la manière dont Fox lui avait décrit Kaguesna, la Cité de la Peste n'était-elle pas, elle aussi, réellement « existante » en Ian ? Si Fox était persuadé de la possibilité d'aller à

Kaguesna, peut-être y avait-il aussi possibilité d'entrer dans la Cité de la Peste d'une manière ou d'une autre ?

Béluterre remonta la couverture de laine sur les épaules de Tura. Depuis qu'elle était de nouveau dans sa vie, il n'avait pas bu une seule goutte d'alcool. Et cela ne lui manquait pas. Son pouvoir de prévisualiser les événements de quelques secondes semblait l'avoir abandonné, mais il s'en foutait.

Après s'être dévêtu, il s'allongea à côté de sa femme. Il blottit son corps tiède contre le sien, très chaud.

Par respect pour Tura, Ian gardait aussi sa *patch* pour dormir.

Quelques jours après leurs retrouvailles, il avait graduellement perdu la vision de son œil gauche. Son destin étant si étroitement lié à celui de Tura, il avait accepté cette réalité dans un état de grande paix intérieure.

Cela n'avait pas été si douloureux de s'arracher un œil qui, après tout, ne servait plus. Et puis, il trouvait qu'une *patch* lui allait bien ; cela lui donnait un nouveau style.

Ian Béluterre était désormais l'œil droit, et Tura Sherman, l'œil gauche.

MONTRÉAL, 4 DÉCEMBRE 1997

François Moreau ne recevait jamais de courrier. Aussi, lorsqu'il trouva une enveloppe à son nom dans la boîte à lettres familiale, il devina tout de suite de qui elle était.

Il alla s'enfermer dans sa chambre et s'assit par terre, en face de *L'Ange écarlate* et de l'affiche d'*Alien*, le dos appuyé contre son lit. Il décacheta l'enveloppe. Il vérifia d'abord la signature : c'était bien une lettre de Béluterre qu'il s'empressa de lire.

Cher François,

Tout va bien pour nous. J'espère que tout est OK pour toi aussi.

Merci encore de tout ce que tu as fait pour Tura et moi.

Je te souhaite de rencontrer une femme passionnante.

Je ne t'oublie pas.

Ian

La lettre ne disait rien de précis, mais les choses semblaient bien se dérouler pour ses amis. Même si François avait déconseillé à Béluterre de lui écrire, il devait bien admettre qu'il était rudement content d'avoir de ses nouvelles.

Il se sentait si fier d'avoir contribué à la fuite de ces deux êtres exceptionnels follement amoureux l'un de l'autre. Sous des apparences de rebelle insensible, François camouflait une personnalité romantique qu'il avait sentie vibrer en voyant de quelle manière Ian avait pris soin de Tura en la retrouvant. Lui n'avait jamais rencontré une fille dont il avait eu envie de prendre soin. De toutes, il avait toujours eu envie de se débarrasser au plus vite. Il espérait bien, un jour, rencontrer enfin une femme qui l'enflammerait autant que l'Ange écarlate passionnait l'artiste. Mais ce n'était peut-être pas possible…

François aurait aimé savoir où écrire à son ami pour lui annoncer que, finalement, l'enquête sur la mort de Tamara Black semblait ne plus intéresser personne. Il avait posé quelques questions à son père ; ce dernier lui avait expliqué, sur un ton bourru, que, la jeune femme n'ayant aucun papier d'identité sur elle et personne n'ayant réclamé son corps, il était inutile de perdre du temps à s'efforcer de découvrir s'il s'agissait d'un meurtre ou d'une noyade, alors qu'il y avait des enquêtes dont le suivi était beaucoup plus urgent.

Fils de Jacques Moreau, François avait deviné que son père lui cachait quelque chose. Cela ne lui ressemblait pas de ne pas poursuivre une enquête jusqu'au bout. Un soir, il avait de nouveau abordé le sujet avec son père, qui lui avait répondu: « Cette histoire doit être oubliée par tous. » Au pourquoi de François, il avait répliqué qu'il valait mieux ne pas perdre son temps à essayer de comprendre des choses qui ne se pouvaient pas. La tentation de poser d'autres questions avait démangé François mais, ne voulant pas prendre le risque de discuter d'un cas qui pouvait les mettre, Béluterre et lui, dans le pétrin, il n'avait plus jamais évoqué le sujet. Ce qui ne l'avait pas empêché de se poser bien des questions. Qu'en était-il de la mort de ce double féminin de Ian? Qu'était-il arrivé de si extraordinaire pour que Jacques la décrive comme « quelque chose qui ne se pouvait pas » ? François avait le projet d'en apprendre plus à ce propos...

Le jeune Moreau relut les quelques phrases écrites par son ami. Il plia ensuite la feuille, la replaça dans l'enveloppe et la rangea dans le tiroir de sa table de chevet. Il sortit un paquet de gauloises de la poche de sa chemise bleue en marmonnant des jurons parce qu'il en allumait encore une.

Il glissa sa main libre sous son lit et il en tira une des bottes de Béluterre. Un soir, il s'était amusé à les essayer, curieux de voir de quoi il avait l'air juché sur des semelles de plusieurs centimètres. Il s'était trouvé complètement ridicule. Elles n'avaient du style que sur Ian.

Il déposa sa cigarette dans le cendrier, puis il se mit à examiner la semelle de la botte qu'il tenait. Il venait de penser que, sous ses apparences farfelues, cette « épaisseur » pouvait bien être vide et servir à dissimuler des choses. Comme dans les films d'espionnage.

François se mit à tripoter la semelle en quête d'un dispositif qui l'ouvrirait. Soudain, il entendit un déclic qui confirma ses soupçons.

Il souleva le dessous de la semelle et trouva, au fond de cette dernière, un étui bourgogne de forme allongée. Il le sortit de sa cachette et, délicatement, il fit glisser hors de cette pochette de velours l'objet qui se trouvait à l'intérieur. Il observa le faux ongle de métal argent – aussi effilé qu'une lame de couteau – qui reposait dans sa main, puis la botte à semelle truquée. Était-il vraiment étonné de sa découverte ?

— Cré Béluterre…

Il avait maintenant la preuve que les James Bond et autres types bizarres n'existaient pas seulement dans les films.

Le jeune homme replaça l'ongle dans son étui, puis ce dernier dans le fond de la semelle. D'un geste précis, il referma le dispositif. Il glissa la botte sous le lit et prit la gauloise qui se consumait dans le cendrier.

François Moreau comprit soudain qu'il avait trouvé un but à son existence : percer le secret des mystères qui entouraient Ian Béluterre, son étrange et obscur ami.

Remerciements

L'auteure tient à remercier les personnes suivantes :

Gab et Marie-Pier, pour leur soutien moral, affectif, financier et j'en oublie sûrement ;

Mathieu Daigneault, dont le personnage de Jimmy Novak, dans sa nouvelle intitulée « Nature morte », m'a inspiré le personnage du même nom ;

Mitch D. Krol, dont l'unique et incroyable *look* m'a inspiré un personnage clé des prochains romans ;

Thierry Vincent, qui a inlassablement entendu parler de mes cités et personnages pendant des heures ;

Claude Bolduc, Stéphane Saint-Arnaud et Guy Sirois, lecteurs de *L'Ange écarlate* dans une version pas encore tout à fait au point ;

Joël Champetier et Valérie Bédard, pour m'avoir donné la chance d'écrire dans la tranquillité de leur chaleureuse maison à Saint-Séverin-de-Proulxville ;

Chantal Richer, qui m'a aidée à mieux comprendre la psychologie de certains personnages ;

Et, bien sûr, Jean Pettigrew, pour avoir cru aux personnages de *L'Ange écarlate* alors qu'ils n'étaient que des embryons (et pour avoir été d'une patience

« d'ange » parce qu'ils sont venus au monde bien après neuf mois) ;

Enfin, merci à tous ceux et celles qui m'ont encouragée dans ce projet.

J'aimerais également mentionner les endroits suivants, lieux d'inspiration ou de travail :

Bonheur d'occasion, Le Toaster, plusieurs Second Cup, Porté disparu, le 3800 de Mentana, le Van Houtte de la Place des Arts, deux restos du quartier chinois dont j'oublie le nom, la bibliothèque de Montréal, le bord de la fontaine de la Place des Arts, les Brûlerie Saint-Denis, le Else's, le parc LaFontaine, les autocars Voyageur, quelques chambres d'hôtels et deux appartements de la rue Sherbrooke.

Natasha Beaulieu...

... a fait bien du chemin entre le début et la fin de la trilogie des « Cités intérieures ». Après avoir réalisé ce premier défi de carrière, elle est déjà à l'œuvre pour mettre en vie les autres personnages et histoires qui séjournent dans son imaginaire. Natasha a fait des études universitaires en cinéma et littérature anglaise. D'abord reconnue pour ses nouvelles de style fantastique, qui lui vaudront quelques prix littéraires, elle publie *L'Ange écarlate*, son premier roman, en 2000. Avec le recul, elle qualifie ainsi les livres de la trilogie des « Cités intérieures » : *L'Ange écarlate* – le livre des passions ; *L'Eau noire* – le livre des mystères ; *L'Ombre pourpre* – le livre des vérités. À travers ses nouveaux projets de romans, elle continue d'écrire des nouvelles, un style littéraire qu'elle affectionne toujours. À part cela, elle continue de fréquenter des gens bizarres. Elle tournoie toujours sur les planchers de danse de la scène underground. Et elle planifie son prochain voyage en Angleterre...

EXTRAIT DU CATALOGUE

ALIRE

Collection « Romans » / Collection « Nouvelles »

001	*Blunt – Les Treize Derniers Jours*	Jean-Jacques Pelletier
002	*Aboli* (Les Chroniques infernales)	Esther Rochon
003	*Les Rêves de la Mer* (Tyranaël -1)	Élisabeth Vonarburg
004	*Le Jeu de la Perfection* (Tyranaël -2)	Élisabeth Vonarburg
005	*Mon frère l'Ombre* (Tyranaël -3)	Élisabeth Vonarburg
006	*La Peau blanche*	Joël Champetier
007	*Ouverture* (Les Chroniques infernales)	Esther Rochon
008	*Lames soeurs*	Robert Malacci
009	*SS-GB*	Len Deighton
010	*L'Autre Rivage* (Tyranaël -4)	Élisabeth Vonarburg
011	*Nelle de Vilvèq* (Le Sable et l'Acier -1)	Francine Pelletier
012	*La Mer allée avec le soleil* (Tyranaël -5)	Élisabeth Vonarburg
013	*Le Rêveur dans la Citadelle*	Esther Rochon
014	*Secrets* (Les Chroniques infernales)	Esther Rochon
015	*Sur le seuil*	Patrick Senécal
016	*Samiva de Frée* (Le Sable et l'Acier -2)	Francine Pelletier
017	*Le Silence de la Cité*	Élisabeth Vonarburg
018	*Tigane -1*	Guy Gavriel Kay
019	*Tigane -2*	Guy Gavriel Kay
020	*Issabel de Qohosaten* (Le Sable et l'Acier -3)	Francine Pelletier
021	*La Chair disparue* (Les Gestionnaires de l'apocalypse -1)	Jean-Jacques Pelletier
022	*L'Archipel noir*	Esther Rochon
023	*Or* (Les Chroniques infernales)	Esther Rochon
024	*Les Lions d'Al-Rassan*	Guy Gavriel Kay
025	*La Taupe et le Dragon*	Joël Champetier
026	*Chronoreg*	Daniel Sernine
027	*Chroniques du Pays des Mères*	Élisabeth Vonarburg
028	*L'Aile du papillon*	Joël Champetier
029	*Le Livre des Chevaliers*	Yves Meynard
030	*Ad nauseam*	Robert Malacci
031	*L'Homme trafiqué* (Les Débuts de F)	Jean-Jacques Pelletier
032	*Sorbier* (Les Chroniques infernales)	Esther Rochon
033	*L'Ange écarlate* (Les Cités intérieures -1)	Natasha Beaulieu
034	*Nébulosité croissante en fin de journée*	Jacques Côté
035	*La Voix sur la montagne*	Maxime Houde
036	*Le Chromosome Y*	Leona Gom
037	(N) *La Maison au bord de la mer*	Élisabeth Vonarburg
038	*Firestorm*	Luc Durocher
039	*Aliss*	Patrick Senécal
040	*L'Argent du monde -1* (Les Gestionnaires de l'apocalypse -2)	Jean-Jacques Pelletier
041	*L'Argent du monde -2* (Les Gestionnaires de l'apocalypse -2)	Jean-Jacques Pelletier
042	*Gueule d'ange*	Jacques Bissonnette
043	*La Mémoire du lac*	Joël Champetier
044	*Une chanson pour Arbonne*	Guy Gavriel Kay
045	*5150, rue des Ormes*	Patrick Senécal
046	*L'Enfant de la nuit* (Le Pouvoir du sang -1)	Nancy Kilpatrick
047	*La Trajectoire du pion*	Michel Jobin

048	*La Femme trop tard*	Jean-Jacques Pelletier
049	*La Mort tout près* (Le Pouvoir du sang -2)	Nancy Kilpatrick
050	*Sanguine*	Jacques Bissonnette
051	*Sac de nœuds*	Robert Malacci
052	*La Mort dans l'âme*	Maxime Houde
053	*Renaissance* (Le Pouvoir du sang -3)	Nancy Kilpatrick
054	*Les Sources de la magie*	Joël Champetier
055	*L'Aigle des profondeurs*	Esther Rochon
056	*Voile vers Sarance* (La Mosaïque sarantine -1)	Guy Gavriel Kay
057	*Seigneur des Empereurs* (La Mosaïque sarantine -2)	Guy Gavriel Kay
058	*La Passion du sang* (Le Pouvoir du sang -4)	Nancy Kilpatrick
059	*Les Sept Jours du talion*	Patrick Senécal
060	*L'Arbre de l'Été* (La Tapisserie de Fionavar -1)	Guy Gavriel Kay
061	*Le Feu vagabond* (La Tapisserie de Fionavar -2)	Guy Gavriel Kay
062	*La Route obscure* (La Tapisserie de Fionavar -3)	Guy Gavriel Kay
063	*Le Rouge idéal*	Jacques Côté
064	*La Cage de Londres*	Jean-Pierre Guillet
065	(N) *Treize nouvelles policières, noires et mystérieuses*	Peter Sellers (dir.)
066	*Le Passager*	Patrick Senécal
067	*L'Eau noire* (Les Cités intérieures -2)	Natasha Beaulieu
068	*Le Jeu de la passion*	Sean Stewart
069	*Phaos*	Alain Bergeron
070	(N) *Le Jeu des coquilles de nautilus*	Élisabeth Vonarburg
071	*Le Salaire de la honte*	Maxime Houde
072	*Le Bien des autres -1* (Les Gestionnaires de l'apocalypse -3)	Jean-Jacques Pelletier
073	*Le Bien des autres -2* (Les Gestionnaires de l'apocalypse -3)	Jean-Jacques Pelletier
074	*La Nuit de toutes les chances*	Eric Wright
075	*Les Jours de l'ombre*	Francine Pelletier
076	*Oniria*	Patrick Senécal
077	*Les Méandres du temps* (La Suite du temps -1)	Daniel Sernine
078	*Le Calice noir*	Marie Jakober
079	*Une odeur de fumée*	Eric Wright
080	*Opération Iskra*	Lionel Noël
081	*Les Conseillers du Roi* (Les Chroniques de l'Hudres -1)	Héloïse Côté
082	*Terre des Autres*	Sylvie Bérard
083	*Une mort en Angleterre*	Eric Wright
084	*Le Prix du mensonge*	Maxime Houde
085	*Reine de Mémoire 1. La Maison d'Oubli*	Élisabeth Vonarburg
086	*Le Dernier Rayon du soleil*	Guy Gavriel Kay
087	*Les Archipels du temps* (La Suite du temps -2)	Daniel Sernine
088	Mort d'une femme seule	Eric Wright
089	*Les Enfants du solstice* (Les Chroniques de l'Hudres -2)	Héloïse Côté
090	*Reine de Mémoire 2. Le Dragon de Feu*	Élisabeth Vonarburg
091	*La Nébuleuse iNSIEME*	Michel Jobin
092	*La Rive noire*	Jacques Côté
093	*Morts sur l'Île-du-Prince-Édouard*	Eric Wright
094	*La Balade des épavistes*	Luc Baranger
095	*Reine de Mémoire 3. Le Dragon fou*	Élisabeth Vonarburg
096	*L'Ombre pourpre* (Les Cités intérieures -3)	Natasha Beaulieu
097	*L'Ourse et le Boucher* (Les Chroniques de l'Hudres -3)	Héloïse Côté
098	*Une affaire explosive*	Eric Wright
099	*Même les pierres…*	Marie Jakober
100	*Reine de Mémoire 4. La Princesse de Vengeance*	Élisabeth Vonarburg

L'Ange écarlate
est le trente-huitième titre publié
par Les Éditions Alire inc.

Ce troisième tirage
a été achevé d'imprimer
en août 2009 sur les presses de
Transcontinental

Imprimé sur Rolland Enviro 100, contenant
100% de fibres recyclées postconsommation,
certifié Éco-Logo, Procédé sans chlore, FSC
Recyclé et fabriqué à partir d'énergie biogaz.